カトーレンの王

ヤン・テルラウ
西村由美◉訳
にしざかひろみ◉絵

小学館世界J文学館セレクション

カトーレンの王

カトーレンの王◆もくじ

登場人物紹介《とうじょうじんぶつしょうかい》

スタッハ

主人公の少年、十七歳《さい》。生後まもなく孤児《こじ》になり、おじさんに育てられた。ものおじせずに、思ったことをはっきりと言う性格《せいかく》。カトーレン国の王になるために、七つのむずかしい任務《にんむ》に挑《いど》むことになる。

ヘルファースおじさん

スタッハの父の兄。スタッハの育ての親で、いっしょに暮《く》らしている。前王の召使《めしつか》いとして三十三年、今の大臣たちに十七年仕えている。スタッハが国王になる夢《ゆめ》をみて、スタッハが王になるべきだと考えた。

マジメーダ大臣

カトーレン国・真面目真剣省《まじめしんけんしょう》の大臣。六大臣の中で最年長。生真面目な性格《せいかく》で、十五本残っている髪《かみ》の毛のことを気にしている。

マッスーグ大臣

カトーレン国・正直公正省の大臣。気が休まることがないが、孫と話していて、ときどき笑ってしまう。

マモール大臣
カトーレン国・規則秩序省《きそくちつじょしょう》の大臣。規則正《きそくただ》しい暮《く》らしは、健康と仕事のためによいと考えている。趣味《しゅみ》は、気象学。

コーケツ大臣
カトーレン国・美徳善行省《びとくぜんこうしょう》の大臣。

ドタバータ大臣
カトーレン国・勤勉一心省《きんべんいっしんしょう》の大臣。朝から晩《ばん》まで走りまわっていて、ゆっくりしたいと思ったことがない。両手で同時に、ものすごく速く文字を書くことができる。

セーケツ大臣
カトーレン国・清潔衛生省《せいけつえいせいしょう》の大臣。一日三回下着を着がえるほど、清潔《せいけつ》な生活を送っている。

キム
ブキノーハラ市長の娘《むすめ》。スタッハのことが好き。

デシベル
ステリングヴァウデ
エキリブリエ
Nw
Ne
W
E
S
カトーレン国

アウクメーネ
ヴィ
レイエ
アフゼッテ
スモーク
エルドーレン
ブキノーハラ

王の死

　これは、カトーレン国の物語だ。

　物語は、十七年前のある夜に始まる。その夜は、二人の人物にとって、とりわけ重要だった。その二人とは、カトーレン国の王と、スタッハという少年である。

　王にとって、それは最後の夜となった。王は死んだ。八十歳《さい》で、統治《とうち》をすることに疲《つか》れていた。王は親しみやすく、幸せな人だった。いつも幸運に恵《めぐ》まれていた。この最後の夜でさえ、王の思いどおりになった。王は、たびたび言ったものだった。

「わしが死ぬときには、風が吹《ふ》き荒《あ》れ、ひょうがふり、稲妻《いなずま》が空を突《つ》き進み、突風《とっぷう》が木々の枝《えだ》を引きちぎらねばならぬ。花の香《かお》りと木の葉のそよぐ音に満ちた春の夜に、わしは死ぬことはできぬ。そんな夜には、公園の池のまわりを歩き、白鳥を見たり、大きな花火をあげたりしたいものだ」

　さて、まさしくそのことばのごとく、王が永遠《えいえん》に目を閉《と》じたとき、カトーレン国の首都、ヴィスは、それまでにない激《はげ》しい嵐《あらし》を体験したのだった。王の魂《たましい》は、老いてやせこけた体を離《はな》れ、嵐《あらし》によって、生者がこれまでに訪《おとず》れたことのない場所へと運ばれていった。

スタッハにとっても、それは、とくべつな夜だった。なぜなら、彼《かれ》は、その夜に生を受けたのだから。スタッハの母は、激《はげ》しい雷鳴《らいめい》が簡素《かんそ》な家をふるわせたとき、歯を食いしばっていた。そして、スタッハは、勝ち誇《ほこ》った産声をあげた。スタッハの目は大きく見開かれていた。それを見て、産婆《さんば》は言った。

「男の子よ。青い目をしてる」

人生の、このごく初期にスタッハが乳《ちち》を飲んで眠《ねむ》ることしか知らなかったのは、幸せだった。というのは、恐《おそ》ろしい災難《さいなん》が、次から次へと彼《かれ》を襲《おそ》ったのだから。始まりは、スタッハの父の事故《じこ》だ。父はレンガ職人《しょくにん》で、ヴィスの大聖堂《だいせいどう》、聖《せい》アロイシウスの改修《かいしゅう》工事に何か月もたずさわっていた。スタッハが生まれた翌朝《よくあさ》、宮殿《きゅうでん》から使いがやってきて伝えた。

「王が亡《な》くなった。あいにく、いつも大聖堂《だいせいどう》に旗を揚《あ》げている男が、昨夜の雨でずぶぬれになり、ひどい風邪《かぜ》にかかってしまった。そこで、そなた、半旗を掲《かか》げてくれないか」という依頼《いらい》だった。だが、そのためには上へ――大聖堂《だいせいどう》の塔《とう》へのぼらなければならない。

前夜、ほとんど眠《ねむ》れなかった父は、生まれたばかりの息子のことをあれこれ夢想《むそう》しているうちに、足を踏《ふ》みはずして、いちばん高いバルコニーから落ちてしまった。

出産したばかりの母は、ベッドでそのことを知らされた。かわいそうな母は、ひどい衝撃《しょうげき》を受け、産褥熱《さんじょくねつ》から回復《かいふく》することができなかった。つまり、スタッハは、生まれて三日で、孤児《こじ》になったのだ。

話を王にもどすと、王には、息子も娘《むすめ》もいなかった。そこで、王の跡継《あとつ》ぎ問題が持ちあがった。こうした状況《じょうきょう》のときによくあるように、さまざまな陰謀《いんぼう》や論争《ろんそう》が起こり、結局、六人の大臣が権力《けんりょく》をつかんだ。大臣たちは、「新しい王を指名するために適切《てきせつ》な方法を考え出す」と約束し、さらに、「カトーレン国には、よい王、最善《さいぜん》の王がふさわしい。したがって、その保証《ほしょう》がなければばならぬ……」などと、いろいろ言った。もちろん、そんな約束は果たされず、六人の大臣たちは、あっという間に、どっかりと王の後継者《こうけいしゃ》の座《ざ》にすわり、国を治めた。

その結果、カトーレンの国民は亡《な》くなった王を思い、なげき、悲しみつづけた。王は、五十年間も国を治め、国民に愛されていた。ささいなことで騒《さわ》ぎたてる人ではなく、えらそうな演説《えんぜつ》や、ぶ厚《あつ》い文書ばかりを信じる人でもなく、国民にとけこみ、大きな花火大会を開催《かいさい》したりする人だった。花火が大好きだったから、花火大会は年に三回開く、と法律《ほうりつ》で定めていた。それは、王の誕生日《たんじょうび》と大みそか、あとの一回は、王が開きたいと思ったときだった。その日の朝は、ラジオで、「今日は、臨時《りんじ》の王の日です。全国民の休日です」と知らせる。この方法の利点は、〈臨時《りんじ》の王の日〉は必ず天気がよいことだった。たとえば、復活祭《ふっかつさい》から四十日後の祭日、「キリスト昇天祭《しょうてんさい》」の日に開く、と前もって決めておいても、その日が晴天になるとはかぎらないから。しかし、王の死とともに、こうしたことのすべてが過去《かこ》のものとなった。

赤《あか》ん坊《ぼう》のスタッハは、もちろん、王位継承《けいしょう》や、産褥熱《さんじょくねつ》や、大臣たちのことについては何も知らずに、すくすくと育った。ほんの少し頑固《がんこ》なところがあったが、元気のよい子どもだった。前髪《まえがみ》がまっすぐ立ち、口をしっかりと閉《と》じていた。そのようすは、この子が人の食いものにはならない子であることをはっきりと示《しめ》していた。

それでも、かすみを食っては生きていけない。スタッハはおなかがすくと、ヘルファースおじさんがもの思いにふけるのをさえぎるほどの大声で泣いた。

ヘルファースおじさんは、スタッハの父の兄だ。おじさんには、考えるべきことがたくさんあった。というのは、彼《かれ》は、亡《な》くなった王の召使《めしつか》いとして、三十三年間も仕えてきたのだ。王の靴《くつ》の銀の留《と》め金《がね》をみがいたり、王のコートにブラシをかけたり、馬車に馬をつなぐように御者《ぎょしゃ》に伝えたり……そうしたさまざまなことをしてきた。ところが今、王と、実の弟と義妹《ぎまい》が数日のうちに死んでしまった。スタッハが泣きさけんで、おじとしての義《ぎ》務《む》を思い起こさせてくれなかったら、おじさんは自分の命を絶《た》つしかないと決断《けつだん》していたかもしれない。

けれども、ヘルファースおじさんはため息をついて町へ出かけ、ミルクとほ乳瓶《にゅうびん》を買い、まあ、なんとか、赤《あか》ん坊《ぼう》にミルクを飲ませた。そしてすべての葬儀《そうぎ》が終わると、この子を宮殿《きゅうでん》の裏《うら》にある自分の家に引きとろうと決心した。

こうして、スタッハは、ヘルファースおじさんのもとで育った。おじさんは仕事をつづけた。大臣たちは、会議をするために宮殿《きゅうでん》を使ったから、セーケツ大臣のコートにブラシをかけたり、いつも大急ぎでやってくるドタバータ大臣のためにドアを開けたりした。ヘルファースおじさんは、人に仕えるタイプの人間だった。彼《かれ》は、これまでの人生を通じてずっと、帽子《ぼうし》を差し出し、「はい、大臣閣下《かっか》」、「いいえ、大臣閣下《かっか》」などと、最小限《さいしょうげん》のことばで答え、必要とされないときには目立たぬようにしていた。実は、自らのへりくだった態度《たいど》に吐《は》き気がしていたほどだったが、それ以外の態度《たいど》を取ることはできなかった。だが、これから小さな男の子を育ててあげなくてはならないのだと悟《さと》ったとき、ヘルファースおじさんは、ある決心をした。すなわち、スタッハを、決してへりくだった男ではなく、大胆《だいたん》な、必要ならば、ずうずうしいくらいの男にしようと考えたのだ。

そこで、ヘルファースおじさんは、甥《おい》のスタッハが気弱なところを見せたときには言い聞かせ、勇気がなくて言いたいことを言えないときにだけ強くしかった。それ以外は、スタッハがしたいようにさせた。


王の死から何年も過《す》ぎたが、大臣たちはあいかわらず新しい王を任命《にんめい》しようとしなかった。カトーレンの国民は、今さら、新しい王が実現《じつげん》するだろうとは、だれも思っていなかった。そんなある夜、ヘルファースおじさんは不思議な夢《ゆめ》を見た。

夢《ゆめ》の中の自分は、ひどく年老いていた。けれども、王座《おうざ》のとなりのひじかけいすに、ゆったりとそりかえってすわっていた。パイプをくわえさせてくれる召使《めしつか》いがおり、扇《おうぎ》で涼《すず》しい風を送ってくれる美しい若《わか》い女たちもいた。すぐ横に王のひざが見えた。前の王がよみがえったのだろうか？　それとも、新しい王がいるのだろうか？　お顔を拝見《はいけん》しなくてはならない。そう思って、老いたしわくちゃの首をできるかぎりのばして、顔をあげた。王の体にそって視線《しせん》を上げていく。そして、見た。なんと、それはスタッハだった。

この夢《ゆめ》について、ヘルファースおじさんは長いあいだ考えこんだ。あの子は、王の死んだ夜に生まれた。勇敢《ゆうかん》で、活動的だし、誠実《せいじつ》だ。おじさんには、スタッハが次の王になるべきだ、と思えた。やがて、それは、よりいっそう強い確信《かくしん》へと変わっていった。

六人の大臣の中でいちばん年長の大臣はマジメーダといい、六十歳《さい》くらいだった。その顔の深いしわを見ると、心配性《しんぱいしょう》だな、と思われる。マジメーダ大臣は、笑うことがなかった。頭には、髪《かみ》の毛がまだ十五本残っていた。毎朝、マジメーダ大臣は、その髪《かみ》の毛を細い絵筆でていねいにあるべき場所にならべる。それは、この大臣にも茶目っ気があるんだなと思える唯一《ゆいいつ》の行動だった。それ以外は、きまじめにやたら重々しいことばかりしている。だからこそ、マジメーダ氏は、真面目《まじめ》真剣省担当《しんけんしょうたんとう》の大臣なのだ。マジメーダ大臣は、王の死後ただちに、花火についての法律《ほうりつ》を変えた。今、カトーレン国では、花火はすべて禁止《きんし》されている。大臣は、労働意欲《いよく》と義務《ぎむ》実行の擁護者《ようごしゃ》なのだ。

さて、王が亡《な》くなって十七年後のある朝、マジメーダ大臣は、宮殿《きゅうでん》の執務室《しつむしつ》にいた。窓《まど》からは、あふれるほどの六月の陽光が室内にさしこんでいた。それで、大臣は立ちあがると、ブラインドを下ろした。そのとき、ドアをノックする音がした。

「どうぞ」

と、大臣は大声で言った。

同僚《どうりょう》で、正直公正大臣のマッスーグだった。

「お邪魔《じゃま》かな？」マッスーグ大臣が小声できいた。

「いや、ぜんぜん。おかけください」

二人の大臣は、しばらく政治《せいじ》についての重要な話をしていたが、正直公正大臣が言った。

「今朝、気づいたんですが、あのヘルファースじいさんは、この宮殿《きゅうでん》に勤《つと》めはじめて五十年になるんですよ。前の王さまに三十三年、わたしたちに十七年です」

「ふうむ」と、マジメーダ大臣。

マッスーグ大臣が話をつづける。

「そのことで、ちょっとした祝祭を催《もよお》してやるのがよいように思えますが」

マジメーダ大臣は、そうしたことには快《こころよ》く賛成《さんせい》できなかった。そこで言った。

「祝祭は、労働意欲《いよく》と義務《ぎむ》実行のさまたげになりますな。何かほかのことはどうだろう、
マッスーグ大臣？」

「勲章《くんしょう》はどうでしょう？」

「それは名案だ！」

そこで二人は、ヘルファースおじさんにカトーレン国バイソン勲章《くんしょう》をあたえようと決めた。マジメーダ大臣がボタンを押《お》すと、まもなく、老いた召使《めしつか》いが姿《すがた》を見せた。

ヘルファースはきいた。

「何かご用でしょうか、閣下《かっか》」

「いや、用ではない」と、マジメーダ大臣。「こんどは、われわれがおまえのために何かしてやろうと思っているのだ、ヘルファース。マッスーグ大臣に言われて気づいたのだが、おまえは、この宮殿《きゅうでん》で勤続《きんぞく》五十年になるのだな。自分でそのことに気づいていたか？」

「はっ、はい、閣下《かっか》」ヘルファースおじさんは、ひどくはずかしそうに、少し口ごもりながら答えた。

「われわれは、おまえにカトーレン国バイソン勲章《くんしょう》を授《さず》けることにした。どう思うかね？」

ヘルファースおじさんは、わしにはあんたたちのお飾《かざ》りは必要ないよ、と思ったが、

「なんと申しあげてよいのか、わかりません。わしには、もったいないことでございます」

と答えた。

「そんなことはないぞ、おまえはそれに値《あたい》する」マッスーグ大臣が、陽気な声で言った。

そして、マジメーダ大臣がきく。

「われわれがおまえのためにできることが、ほかに何かあるかな？」

すると、二人の大臣がおどろいたことに、ヘルファースおじさんが、「はい、ございます」と答えたのだ。おじさんはことばをつづけた。

「わたしの甥《おい》のスタッハに、一度、お会いいただけたら、たいへんうれしく存《ぞん》じます」

「おまえの甥《おい》のスタッハだと？」

「十七年前、王さまがお亡《な》くなりになった夜、あの子は生まれました。翌朝《よくあさ》、わしの弟は聖《せい》アロイシウスから落ちてしまいました。三日後、義妹《ぎまい》は産褥熱《さんじょくねつ》で死にました。その日から、ふつつかながら、わしは、あの子を育ててきました」

「そんな話をしたことはなかったじゃないか」

ヘルファースおじさんは口をつぐんだ。大臣たちが、自分に何かたずねてくれたことがあっただろうか。

「なぜ、おまえはわれわれに甥《おい》を会わせたいのか？」

ヘルファースおじさんは、手に持った縁《ふち》なし帽《ぼう》をはずかしそうに何度もまわした。そして、口ごもりながら答えた。

「甥《おい》が望んでいるのでございます。大臣さま方に何かおききしたいとのことで……」

マジメーダ大臣は言った。

「悪いが、わたしは、十七歳《さい》の子どもの訪問《ほうもん》を受ける時間はないな。おそらく、マッスーグ大臣も同じだろう？」

マッスーグ大臣もあまり気乗りはしなかった。だが、こちらからたずねた以上、会えないとは言えない。

「明日、十時にこさせなさい。その子と、ちょっと話してみよう」

「たいへんありがたく存《ぞん》じます、閣下《かっか》。それでは失礼いたします」

カトーレン国バイソン勲章《くんしょう》の受章予定者はそう言うと、むきを変え、大臣の部屋を出ていった。


こうして翌朝《よくあさ》、スタッハは、マッスーグ大臣とむきあってすわっていた。

マッスーグ大臣は、気が休まるときがない人生を送っていた。彼《かれ》が率《ひき》いるのは正直公正省だが、大臣の顔を見れば、いかに苦労が多いかがわかる。大臣の下くちびるはすりむけている。というのは、つねに上の歯でぎゅっとかみしめているからだ。決まってときどき、一瞬《いっしゅん》目を閉《と》じて、自分が本当に真実を話しているかどうかを考える。たとえば、ある人に手紙を書くとき、その人をまったく尊敬《そんけい》していないのに、手紙の初めに「尊敬《そんけい》すべき××様」と決まり文句《もんく》を書くべきか、と長年悩《なや》んできた。一度、「たいくつなろくでなしの××様」と書いてみたが、たいへんな苦労がいった。今では、手紙の初めには、そうした決まり文句《もんく》を使わず、何も書かないことにしている。そして、そのことに満足していた。

マッスーグ大臣は、家でものんびりとは過《す》ごせなかった。妻《つま》や子どもたちの小さな嘘《うそ》を、しょっちゅう見やぶってしまうからだ。結局、息子のうちの二人は、外国に留学《りゅうがく》してしまった。

マッスーグ大臣はスタッハにむかって言った。

「では、きみがヘルファースの甥《おい》だな」

「はい、そうです、大臣閣下《かっか》」スタッハは、ものおじせず、大臣の目を見て答えた。

「それで、何かききたいことがあると？」

「はい、マッスーグ大臣、大臣方には、新しい王を指名するのに、十七年もの年月がありました。けれども、いまだに何も決まっていません。だから、ぼくはたずねにきたのです。カトーレンの王になるには、何をしなければならないのですか？」

正直公正大臣はおどろき、あきれはててしまった。こんな質問《しつもん》をする者は、これまでに一人もいなかった。大臣は目を閉《と》じて、考えこんだ。そして言った。

「今の質問《しつもん》を勤勉一心《きんべんいっしん》大臣にしていたら、きみは、十分後には、首をはねられていただろうよ」

「なぜですか？」スタッハはびっくりして、聞きかえした。

「なぜなら、今の質問《しつもん》は、わたしたちの政策《せいさく》がよくないと言っているも同然だからだ」

「そのとおりです」と、スタッハ。

「恥《はじ》を知れ！」

「大臣は正直さをたいせつになさる方だと、ぼくは思っていました」

「いいかね、よく聞きなさい。わたしは、きみが言ったことを、忘《わす》れるように努めよう。何か、べつのこと、何か、少年らしいむじゃきな質問《しつもん》をしなさい。そうすれば、必ず、ちゃんと、その質問《しつもん》を同僚《どうりょう》の大臣たちに伝えてやろう。そして家へ帰り、そんな恐《おそ》ろしいことを二度と口にしないようにするんだな」

「マッスーグ大臣」と、スタッハは言った。

「ぼくは、この質問《しつもん》を閣議《かくぎ》にかけるよう要求します。すなわち、『どうすれば、ぼくはカトーレンの王になれますか？』です」

「そんな要求は、死を招《まね》くことになるぞ」

「それにつけ加えて、お伝えしておかなければならないことがあります。ぼくは、ぜんぶの新聞社に電話して、今日、ぼくが質問《しつもん》する内容《ないよう》を伝えました。宮殿《きゅうでん》の門の前には新聞記者の一団《いちだん》が押《お》しよせています。みんな、回答にとても興味《きょうみ》を持っています。唯一《ゆいいつ》の回答が、ぼくを絞首台《こうしゅだい》にかける、だとしたら、新聞記者の一団《いちだん》が、ぼけーっと突《つ》ったってるとは、お思いにならないでしょう？」

マッスーグ大臣は歯ぎしりした。あのどぎまぎしてばかりいるヘルファースに、こんなずうずうしい甥《おい》がいたとは、おどろくばかりだった。今後この少年が、自分たちをおびやかす存在《そんざい》になるだろうとは、一瞬《いっしゅん》たりと思いもしなかったが、新聞社は、やはり恐《おそ》ろしい。何かしらないか、とやってきては、大臣が言ったほんの小さな嘘《うそ》でも、でかでかとした見出しをつけて印刷する。

大臣は、いかめしい顔で言った。

「きみの質問《しつもん》を閣議《かくぎ》にかけよう。その後、しかるべきときに返事をする。それだけか？」

「そうです、大臣閣下《かっか》」

「それでは、ごきげんよう」

スタッハは宮殿《きゅうでん》を出ると、新聞社の人たちに会見の報告《ほうこく》をした。一方、マッスーグ大臣は、とんでもないことになったと気をもみながら、そのまま部屋に残った。大臣の下くちびるは、ますますすりむけることになった。


スタッハが返事を受けとることもなく、何週間かが過《す》ぎた。けれども、スタッハはヘルファースおじさんから、閣議《かくぎ》が定期的に開かれていること、そしてまた、大臣たちの意見があまり一致《いっち》していないようだということを聞いていた。だが、大臣のうち二人が、スタッハをどこか外国に追放しようと言い、べつの二人は、打ち首にしようと言い、あとの二人は、七つのむずかしい任務《にんむ》を実行させようと言っているとは、スタッハも、ヘルファースおじさんも知らなかった。

マッスーグ大臣は言った。

「昔話の中では、そういうことは数え切れないほど起こっています。それは、国民の正義《せいぎ》感《かん》を満足させるでしょう」

「それに」と、清潔衛生省担当《せいけつえいせいしょうたんとう》のセーケツ大臣がその発言につけ加えた。

「むずかしい任務《にんむ》を七つ考えつくくらい、いとも簡単《かんたん》でしょう。一回目で、あの少年が伯《お》父《じ》のヘルファースに泣きつくようなむずかしいのをね」

けれどもドタバータ大臣は、それはあまりにもまどろっこしいと考えた。ドタバータ大臣は、問題をさっさとかたづけるのが好きだ。だからこそ、勤勉一心省《きんべんいっしんしょう》の大臣なのだ。

「この問題を長々と話しあうことはない。さっさと打ち首にしましょう」

と言うと、ドタバータ大臣は、すさまじい速さで自分のことばと同僚《どうりょう》の大臣たちのことばをノートにメモした。

規則秩序省《きそくちつじょしょう》を率《ひき》いるマモール大臣がそれに賛成《さんせい》した。しかし、マジメーダ大臣と美徳善《びとくぜん》行省《こうしょう》のコーケツ大臣は、国外追放がよいと言った。

何週間たっても意見がまとまらず、大臣たちは、とうとうくじ引きで決めることにした。

そこで、ヘルファースおじさんが呼《よ》ばれた。

マジメーダ大臣が言った。

「サイコロを持ってこい」

ヘルファースおじさんは、スタッハのことに関係があるなと感じて、心配しながら、サイコロの入った革製《かわせい》の筒《つつ》を持ってきた。

マジメーダ大臣が言った。

「一か二なら打ち首だ。三か四なら国外追放。五か六なら任務《にんむ》を課す。ヘルファース、サイコロを投げよ！」

ヘルファースおじさんはふるえながら、サイコロの入った筒《つつ》をふった。そして、筒《つつ》を逆《さか》さまにしてテーブルに置いた。ヘルファースおじさんは、筒《つつ》を持ちあげる勇気がなかった。ドタバータ大臣は、「時間がかかりすぎるぞ」と腹《はら》を立て、自分でサイコロの筒《つつ》を持ちあげた。

「六だ」と、ドタバータ大臣。「ということは、あの子は、七つの任務《にんむ》を命ぜられる。マジメーダ大臣よ、最初の任務《にんむ》はあなたに任《まか》せる。きっと、あの子が考えを変えるようなことを何か考え出してくれるだろうな。わたしは、これからアリの生活についての講演《こうえん》をしなくてはならんので、これで」

ドタバータ大臣は部屋を出ていった。ほかの大臣たちも立ちあがる。

マジメーダ大臣は、ヘルファースおじさんに言った。

「明朝十時にわたしのところにくるように、おまえの甥《おい》に伝えたまえ」

老人は、大よろこびでうなずいた。そして痛風《つうふう》で痛《いた》む足が出せるかぎりの速さで、ヘルファースおじさんは家に帰った。

その夜、スタッハは、「おじさんの見た夢《ゆめ》と王さまが死んだ夜のことを、また話してほしいな」とヘルファースおじさんに頼《たの》んだ。その話は、これまでにも数え切れないほど、おじさんから聞いていた。

ぼくは、本当に、カトーレン国の王になるように運命づけられているのだろうか？　スタッハは、屋根裏《やねうら》の自分の部屋へ行き、そまつな持ちものをひっかきまわす。母の写真。父の左官ごて。前にヘルファースおじさんからもらった、前王の走り書き。それ以外にはたいせつなものはない。スタッハは、父の左官ごてを手に取って、思った。

ああ、任務《にんむ》に失敗したら、ぼくはレンガ職人《しょくにん》になる。それも、いい職業《しょくぎょう》だ。けれども、心の奥底《おくそこ》では、ぼくは、任務《にんむ》をぶじに果たしてやる！と強く思っていた。なぜなら、ぼくは十七歳《さい》。どんな巨人《きょじん》やドラゴンや魔女《まじょ》にだって立ちむかえる年齢《ねんれい》だもの。そして前王の走り書きをいくつか読んだ。たいていは警句《けいく》のようなもので、ぜんぶはわからなかった。しかし、よいことばだと思った。

翌朝《よくあさ》、マジメーダ大臣はひどくそっけなかった。最初の任務《にんむ》について、昨夜おそくになってから、やっと決断《けつだん》がついたのだ。だから、今朝は寝不足《ねぶそく》だった。

大臣は、スタッハに言った。

「きみの顔から、ほほえみを引っこめよ。人生は、それほど楽しいものではない。いずれにせよ、任務《にんむ》の内容《ないよう》を聞いたならば、笑みは消え去るだろうから」

「とても楽しみです」と、スタッハは言った。

「このばかげた挑戦《ちょうせん》はあきらめたほうがよいと思わないか？　きみは、危険《きけん》なゲームをしている。失敗した場合にきみがどうなるのか、わたしはまだわからない。忠告《ちゅうこく》するが、この尊大《そんだい》な計画は忘《わす》れ、きみの伯父《おじ》のようにまともな召使《めしつか》いになりたまえ」

「ありがとうございます」

マジメーダ大臣は、これまでに何人もの対抗者《たいこうしゃ》をかたづけてきた厳《きび》しい人だった。だが今、この手ごわい大臣のむかいにすわっているというのに、恐《おそ》れもせずにじっとこちらを見るこの少年に、マジメーダ大臣はいくらかあわれみを感じた。そこで、大臣は自分の忠《ちゅう》告《こく》が役立ったのかと思い、たずねた。

「ということは、挑戦《ちょうせん》をあきらめるということか？」

「いいえ、ちがいます」と、スタッハ。「忠告《ちゅうこく》をくださったことにたいして、お礼を申しあげたのです。けれども、それに従《したが》うつもりはありません。すべての忠告《ちゅうこく》が、必ずしもよいものであるとはかぎらないからです」

「きみは、危険《きけん》なほど生意気だ。だれに学んだ？」

「伯父《おじ》からです」

マジメーダ大臣は、片方《かたほう》のまゆをあげた。

「それならば、自分で責任《せきにん》を持つんだな。最初の任務《にんむ》はこうだ。デシベル市の鳥の金切り声を終わらせろ」

「承知《しょうち》しました、閣下《かっか》。ぼくは、デシベル市の鳥の金切り声を終わらせます」

「この任務《にんむ》は、そんなにむずかしくないと思っているようだな？」

マジメーダ大臣は、不思議そうにきいた。

デシベルの鳥について何も聞いたことのなかったスタッハは、「とくべつなことではないと思います」と答えた。

そして、さらにつづけた。

「たいへんご親切なことに、最初の任務《にんむ》をそんな簡単《かんたん》なものにしてくださって……」

「早々とよろこぶな。さあ、これは、任務遂行《にんむすいこう》のために政府《せいふ》からのせんべつだ」と言って、大臣はスタッハに封筒《ふうとう》をわたした。

「ありがとうございます、マジメーダ大臣」

「元気で」

スタッハは宮殿《きゅうでん》を出ると、またも待ち受けていた新聞記者たちに任務《にんむ》の内容《ないよう》について知らせた。

家に帰って、封筒《ふうとう》を開ける。中身は、デシベル行きの列車の乗車券《じょうしゃけん》だった。片道切符《かたみちきっぷ》だ。

それから、スタッハは、一、二泊《はく》用の旅支度《たびじたく》が入るかばんを買って、清潔《せいけつ》なシャツを二、三枚《まい》、長めのロープ、小型ナイフ、さらにこまごましたものをいくつか入れた。そして、新聞を読んだ。新聞は、スタッハの任務《にんむ》について取りあげていたが、これまでにたくさんの学者たちが、この問題の解決《かいけつ》に失敗してきたことをあげ、十七歳《さい》の少年が成功するのは不可能《ふかのう》だ、とあった。次は、ヘルファースおじさんとの別れだ。おじさんは、スタッハがいよいよ出かけるときになると、愛する甥《おい》をこのような危険《きけん》な目にあわせることになってしまったことを後悔《こうかい》していた。

そのあと、スタッハは列車に乗った。
心は、ひたすら未来を見つめていた。
さあ、デシベルへ。
王位への道の第一歩だ。

デシベルの島

デシベル市は、カトーレン国のもっとも北東にある町だ。その先は、霧《きり》の立ちこめた海となっていて、近づきがたいごつごつした岩の島がいくつかある。

スタッハは駅を出て、デシベルの町の中に立ったとき、とつぜん、たった一人っきりにされたような気分になった。町の人に無視《むし》されてる——そんな気がした。だれもが、だまって足早にどんどん歩いていく。二人連れで歩いている人でさえ、同じようすなのだ。名前を聞いたことのない見知らぬ通りを、車が流れるように走っていく。

スタッハは、首都のヴィスしか知らなかった。これまで、ヴィスの外に出たことはなかった。デシベルで、まず目に留《と》まったのは、人々がみんな、縁《ふち》なし帽《ぼう》や、何かかぶりものを頭にかぶっていることだった。そんなに寒くないのに、不思議だ。女の人たちの帽子《ぼうし》は、コートによくあっていて優雅《ゆうが》だが、男の人たちは、みんな似《に》たような灰色《はいいろ》の薄地《うすじ》の縁《ふち》なし帽《ぼう》をかぶっている。

列車の中で思いついたのだが、スタッハは、まず、市長のところへ行こうと考えていた。

市長はきっと、問題の鳥のことや、その鳥をめぐって何が起こっているのかを教えてくれるだろう。スタッハは、市役所の場所をたずねようと思って、通りがかりの男の人を呼《よ》びとめた。

「あのう、すみませんが……」

スタッハのことばが聞こえなかったのだろうか、その人は、知らん顔で通りすぎてしまった。

そこで、スタッハは、ほかの人たちにもきいてみた。

「あのう、すみませんが……」

「えーと、教えていただきたいのですが……」

ところが、だれも立ち止まってくれない。ぼくのことばが聞きとれないのかな？　スタッハはあきらめた。運を天にまかせ、いちばんにぎやかな通りを行くことにした。ここは駅のそばだし、この道は、きっと町の中心の広場につづいてるんだろう。

自分はよそ者だ、と感じさせられ、冷えびえした気持ちで歩いていると、思いがけないことが起こった。

ある家のドアがぱっと開いて、女の人が一人、外に飛び出してきたのだ。台所にいたらしく、エプロンをかけたままだが、飾《かざ》り気のない帽子《ぼうし》のようなものをかぶっている。帽子《ぼうし》は、耳がかくれるくらいの長さだった。その人は、スタッハにかけよると、「いらっしゃい、こっちにいらっしゃい！」と大声で言い、スタッハのうでをつかんで、家に引きいれようとした。

おどろいたスタッハは、なされるがまま、引っぱられて家に入った。この人、いったいどうしたんだ？　中に入ると、女の人は、ほっとため息をついて、ドアを閉《し》めた。そして、言った。

「とんでもないじゃないの！　なんてことをしてるの？」

「なんてことって？」スタッハは、おどろいて聞きかえした。

「まあ、ちょっと部屋にお入んなさい」

通された部屋の床《ゆか》では、小さな男の子がすわってブロックで遊んでいた。四歳《さい》か、五歳《さい》くらいの男の子だ。その子は、二人が部屋に入ってきても、ふり返りもしなかった。

スタッハは、「こんにちは」と、声をかけた。

けれども、その子は、何も答えない。

「こんにちは！」

と、スタッハは少し力強い声でもう一度、言った。

だが、その子は何も気づいていないようだ。

すると、女の人が言った。

「気にしないで。この子は、ハルコー。この地方の吹奏楽団《すいそうがくだん》をぜんぶつれてきたって、聞こえないいんだから」

「ああ、かわいそうに」とスタッハ。「耳が聞こえないのですか？」

「この子ったら、わたしが目を離《はな》したすきにね」

と、女の人はつらそうな声で言った。「耳あてをしないで、庭に出たの。そしたら、すぐにやってきたの、もちろん、あいつらが。そのころ、一週間もきてなかったのに、そのとき、きたのよ」

「だれが？　鳥ですか？」と、スタッハは聞きながら、この町の事情《じじょう》が少しわかりかけてきた。

「もちろん、鳥よ。あなた、この町の人じゃないのね？　それでわかった、あなたが耳あてをしないで通りを歩いていたわけが。窓《まど》から見かけて、わたし、死にそうなほどおどろいた。もし、あいつらがきたら、あなたは今ごろ、うちのハルコーみたいに耳が聞こえなくなってたわ」

ここの鳥は、今、いったいどうなっているのか正確《せいかく》なことを知りたい、とスタッハが言うと、女の人は、こんなことを教えてくれた。

不定期に――ときには数時間おいて、ときには何週間かの間隔《かんかく》をおいて、黒い鳥の大群《たいぐん》が海のむこうから、この町へやってくる。有史以来ずっと、そうだった。この鳥は、かん高い声で鳴く。もちろん、ほかの鳥だって、同じようにかん高い声で鳴くこともあるけれど。でも、やっかいなことに、この鳥はみんな、ぴったり同じ高さの声で鳴く。そのせいで、その声はとてつもなく大きくなり、耳を保護《ほご》していなければ、人間の耳は永遠《えいえん》に聞こえなくなってしまう。だから、みんな、外に出るときには、耳あてのついた帽子《ぼうし》をかぶる。家の中にいれば、鳥の声で耳が聞こえなくなることはない。けれども、とてもいやな声なので、たいていの人は、家の中でも、耳あてのついた帽子《ぼうし》をかぶったり、家用のとくべつな耳あてをつけたままでいる。

話を聞いて、スタッハは言った。

「ぼくには、その鳥たちをだまらせなきゃいけない任務《にんむ》があるんです」

「まあ、気の毒に」と、親切な女の人。「それは、とても無理よ。これまでにも、数え切れないくらいたくさんの鳥類学者たちが、いろいろやってみたんだもの。その人たちの多くは、自分も耳が聞こえなくなってしまって、補聴器《ほちょうき》の改良に精《せい》を出したわ。その分野では、わたしたちは世界一なのよ」

「それは、あまりいいこととは思えませんね」と、スタッハ。「とにかく、ぼくは市長のところに行ってみます」

女の人は、市役所への行き方を教えてくれ、夫の古い耳あてを一組スタッハにわたした。

「これを持ってらっしゃいな。夫のは、タンスにまだ十個《こ》もあるから」

「ご親切に。ありがとうございます」

スタッハは、ハルコーの頭をなでて、表に出た。通りを二つも行かないうちに、恐《おそ》ろしい耳をつんざくような鳴き声に、スタッハは思わず、耳あてを押《お》さえた。胃にまで響《ひび》くような耐《た》えがたい声だ。あっという間に、空が何千羽という鳥のせいで暗くなった。通りにいる人たちは、空を見あげたりもしなければ、あたりを見まわしたりもしない。みんな、慣《な》れているのだ。このときになってやっと、スタッハは、さっきの女の人に、本当に感謝《かんしゃ》した。あの人が、ぼくに目を留《と》めてくれていなければ！　スタッハは耳あての上から耳を両手で押《お》さえて、そばにあった、レンガ造《づく》りの低い仕切り塀《べい》の上にすわって、鳥たちがいなくなるまで待った。それから、教えてもらった道を市役所へとむかった。

デシベル市長は、スタッハがこれまでに会った人の中で、いちばんよくしゃべる人だった。市長は、鳥と闘《たたか》うつもりだという少年を自分の家につれていってくれた。そして、そのあともずっと、しゃべりどおしだった。身ぶり手ぶり豊《ゆた》かに、感じのいい、ふっくらしたほおや頭まで動かしながら、絶《た》えずしゃべりつづけた。

「たとえば、副市長のモーフェンの例だ。彼《かれ》は、ある説をとなえておる。もう何年も、それについて話している。モーフェンは、その説で鳥に打ち勝つことができると考えているんだ。彼《かれ》の考えを、今、正確《せいかく》に説明はしないが、いちばん重要なのは、モーフェンは、も

う何年もその実行計画を一歩も進められていないということだ。だから、きみ、きみが何かやるというのは、不可能《ふかのう》だよ。というのは……」

「まずは、見てみましょう」と、スタッハ。

「……というのは、きみは、ここの者ですらないからな。もう一人の副市長のブランケルトにも、持論《じろん》がある。会議のたびに、彼《かれ》はそれについて話している。ブランケルトは、有能《ゆうのう》な男だ。彼《かれ》が知らない鳥の分野はほとんどない。それにもかかわらず、この害悪から、われわれを解放《かいほう》することに成功していない。それで、きみは、どうやってできるというのかね、こうした……」

「まずは、見てみましょう」と、スタッハ。

「……こうした、ブランケルトのような専門家《せんもんか》が手をこまねいている問題だというのに……？　決してじまんではないが、実は、わたしにも、うまくいきそうな計画があるんだ。それを実行に移《うつ》すための方法について考えているところだ。近いうちに、きみに説明しよう。きみのやる気をそぐわけではないが、この分野で、きみよりもいくらか経験《けいけん》に富《と》んだ者として、きみには出る幕《まく》がないと警告《けいこく》すべきだと思う」

もう何度目かになるが、スタッハは、

「まずは、見てみましょう」と、また言った。

スタッハは、市長の話を聞くために、家の中に入るとすぐに耳あてをはずした。だが、市長ははずさなかった。だから、ぼくが言ったことは、市長にはひと言も聞こえていないのだ。それがわかって、スタッハはずうずうしいとは思ったが、市長の耳あての片方《かたほう》を持ちあげて、大きめの声で、

「聞きましょう」と言った。

気のいい市長は、一瞬《いっしゅん》おどろいたが、はじけるように笑いだした。

「きみの言うとおりだ」と、市長。「この不ゆかいな耳あてつきの帽子《ぼうし》をかぶっていると、人の話を聞きとるのはむずかしい。だが、興味深《きょうみぶか》いことがそれほどたくさん話されるわけじゃない。だから、聞きのがしても、どうってことない」

「ぼくは、モーフェン副市長とブランケルト副市長、そして市長さんの考えがどんな内容《ないよう》なのか、ぜひとも知りたいと思います」と、スタッハ。

「おや、わたしの話を聞いていたとは！」

と、市長はおどろいて言った。「そうだ、今夜の市の会議にいっしょにくるといい。二人は、そこで自分の考えを話すことになっている。とにかく、わたしも、もう一度、自分の

提案《ていあん》を発表するつもりだ」

「ありがとうございます、市長さん」

市長の奥《おく》さんは、明るい人で、太っていることでは、市長にひけを取らない。とてもおいしい食事を出してくれた上に、「この家にお泊《と》まりなさい」と言ってくれた。それも、鳥がまたやってきて、スタッハが、おどろきのあまり、スグリの果汁《かじゅう》のかかったプディングをのせたスプーンを絨毯《じゅうたん》の上に落としたばかりだったのに、そう言ってくれたのだ。食事のあと、スタッハと市長は、ぶらぶら歩いて市議会の会議場へ行った。

スタッハは一般傍聴席《いっぱんぼうちょうせき》にすわって、会議場がかばんや資料《しりょう》をかかえた男女でいっぱいになるようすをながめた。市長が、議長席の机《つくえ》を木槌《きづち》でたたいて議会の開催《かいさい》を知らせ、モーフェン副市長に発言を許可《きょか》した。スタッハは、話を聞こうと、耳あてをはずした。

モーフェン副市長の話は、およそ、次のようなものだった。

鳥がわれわれをいじめるのなら、われわれも、鳥をいじめ返してやろう。鳥は、われわれにとって耐《た》えがたい声を出す。それならば、われわれは、鳥のきらう声、もしくは音を、出そうじゃないか。あの鳥を追いはらえる音を見つけようと、わたしは、数羽の鳥をつかまえて庭の檻《おり》に入れてある。檻《おり》の中の鳥たちは、わたしがほこりとり用のブラシでちりとりをたたくと、恐《おそ》ろしく、ひときわ高い声で鳴きだす。興味深《きょうみぶか》いことに、その鳥たちは、外にいるなかまの鳥とは、まったく異《こと》なる高さの声で鳴くことがあるのだ。すなわち、この鳥は、ほかの高さの声でも鳴くことができる。だから、わたしは、この鳥がいちばんきらう音を発見したい、と考えている。いったん、その音がわかれば、デシベルの市民全員で、同時にその音を出す。そうすれば、おそらくあのにくむべき鳥を追いはらうことができるだろう。

スタッハがおどろいたのは、モーフェン副市長がこれだけのことを説明するのに、一時間以上もかかったことだ。けれども、その考え自体は、そんなに悪い考えじゃない。何かヒントがありそうだ、と思った。

ところで、モーフェン副市長の話を聞いていたのは、なんと、スタッハだけだった。議員はみんな、新聞を読むか、何やら書類を書くか、こっくりこっくり居眠《いねむ》りをしているかだった。モーフェン副市長がようやく話を終えると、市長はぎくっとして、議員の一人に発言を許可《きょか》した。その議員も、ある案を持っていたし、その次の女性《じょせい》議員も、同じようにある計画を提案《ていあん》した。初めの議員は、「町をおおうような大きなガラスのドームを建設《けんせつ》しよう」と言い、女性《じょせい》議員は、「住民全員で、べつの地域《ちいき》に移転《いてん》しよう」と言った。この二つの考えは、まったく参考にならないと思われた。

ブランケルト副市長の番になると、スタッハはふたたび、よりいっそう耳をそばだてて聞いた。ブランケルト副市長の話は、こうだった。

彼《かれ》は、何羽かの鳥――かなり多くの数の鳥をつかまえて、その鳥たちに、なかまの鳥とは異《こと》なる高さの音程《おんてい》で鳴くことを教えるつもりだ。それに成功したら、その鳥たちを放す。そうすれば、その鳥たちは、なかまのところにもどって、混《ま》じりあう。そしておそらく、ほかの鳥たちも、その影響《えいきょう》を受け、異《こと》なる音程《おんてい》で鳴くようになるだろう。モーフェン副市長と同じく、ブランケルト副市長も、すでに、庭の鳥小屋に鳥を数羽つかまえている。今のところ、残念だが、その鳥たちは頑固《がんこ》だ。ブランケルト副市長が、手本を聞かせても、まねようとはしない。副市長が高い声を出せば、鳥たちはより高い声を出し、低い声を出せば、より低い声を出す。いやなやつらだ。

ブランケルト副市長はかっとしたようすで、机《つくえ》をたたいた。だが、それが議員たちに感《かん》銘《めい》をあたえることは、ほとんどなかったようだ。議員たちは、ますます、こっくりこっくり居眠《いねむ》りするばかりだったから。そのあと、ブランケルト副市長は、同じ話をくり返しはじめた。副市長が口を閉《と》じたとき、スタッハは、ほっとした。

それから、市長の番になった。市長は、これまでになく熱意をこめて話した。というのも、自分の話を聞いてくれる人がいると感じていたからだ。

市長は、鳥の声帯を損《そこ》なうような薬を発明したと言った。その薬を使えば、鳥は声を出せなくなるだろう。しかし、唯一《ゆいいつ》の問題は、その薬をどうやって鳥に飲ませるかだ。鳥たちが地上近くにおりてくることは、めったにない。おりてくれば、薬の入った穀物《こくもつ》をついばませたりすることは可能《かのう》だろう。そこで現在《げんざい》は、薬にひたしたグリンピースを高く投げてみようかなど、あれこれ考えている。

スタッハは、聞くのに疲《つか》れた。でも、いろいろとわかった。さまざまな意見を聞いたあと、鳥たちをだまらせるのは、それほどむずかしくない気がしてきた。スタッハに、ある計画がうかんだ。明日すぐに、実行に移《うつ》そう。けれども、今は、まず眠《ねむ》ることだ。もう、へとへとだもの。

市長の家にもどると、市長が、スタッハにたずねた。

「会議はどうだったかな？」

「とてもおもしろかったです」と、スタッハ。

「解決策《かいけつさく》は、すぐ目の前にあると思いますよ」

だが、その声は、市長には聞こえていなかった。

翌朝《よくあさ》、スタッハは目をさましたとき、胸《むね》がわくわくした。これから大仕事をすることになるんだ、と思った。昨夜は、とても気持ちよく、ぐっすりと眠《ねむ》った。ここのベッドは最高だ。えーと、なんだったかな？　あっ、そうだ、鳥だ！　鳥たちをだまらせる方法はわかってる。本当にわかってるかな？　昨夜は疲《つか》れて、あまり客観的に考えられなかったから、簡単《かんたん》そうに思えた。けれども今、朝の光の中では……自分の計画が失敗するかもしれない理由が、五百くらいはありそうな気がした。

スタッハは起きあがって、顔を洗《あら》い、服を着た。

「だけど」と、スタッハはつぶやいた。「副市長二人と市長の三人の主張《しゅちょう》が、それぞれ少しずつ正しければ、うまくいく可能性《かのうせい》がある」

市長夫人は、トーストと紅茶《こうちゃ》と半熟《はんじゅく》たまごの朝食を用意してくれた。夫人は、すっかり目がさめて、はつらつとしているように見えた。市長はまだ寝《ね》ていたので、夫人が代わりにしゃべった。スタッハは会話にあまり集中できなかった。自分の計画について、あれこれ思いをめぐらせていたのだ。けれども、かまわなかった。市長夫人は、スタッハがまずまずいいタイミングで、「ええ」とか、「おお、やっぱり」とか、「それは、なかなかですね」とか言えば、じゅうぶん満足してくれた。

朝食をすませると、スタッハは町へ行った。もう少しで、耳あてをせずに出かけてしまうところだった。市長夫人が耳あてを持って、追っかけてきてくれた。

スタッハは電器屋をさがした。まもなく、〈J《イェー》・ホルデルと息子たち〉という店を見つけた。カウンターのむこうには店主のJ《イェー》・ホルデルさんがいた。

「何かおさがしですか？」と、ホルデルさんはスタッハに声をかけた。

「あのう、このお店では、ラジオやアイロンなどを売っているようですが、ほかの電気製《せい》品《ひん》も売っていますか？」

「何をお求めですか？」

「あのう……音を出す装置《そうち》で、音の高さを変えられるようなものがあるでしょうか？」

「ええ、ありますとも。スピーカーつきのトーンジェネレーターですよ」

「ああ、トーンジェネレーターですか。それで、その音をすごく大きく、そして、すごーく高くしたいのですが」

「高くするのは、問題ありません」と、ホルデルさん。「トーンジェネレーターは、人間の耳には聞こえないくらいの高い音を出せます。それに、音の大きさなら……そうですね、大きくしたければ、あいだにアンプを置けばいい」

「なんのあいだですか？」

「トーンジェネレーターと、スピーカーのあいだですよ」

「だいたいわかりました」と、スタッハ。

「ぼくがほしいのは、実は……このお店がこれまでに売ったいちばん大きな音を出す装置《そうち》よりも、百倍くらい大きな音を出す装置《そうち》なんです」

するると、店主はぎょっとした顔をした。

「おやまあ、それには、アンプとスピーカーが、家中にいっぱいになるくらい必要ですよ。一万フルデン（＊1）になりますね」

「ぼくは八フルデン二十五セントしか持っていません」と、スタッハ。

「それじゃ、売れないね」

スタッハは少し前に出て、カウンターに身を乗り出すようにして小声で話しかけた。

「新聞に、こんなふうな見出しの記事が出たら、どうでしょう？『デシベルの鳥、〈J《イエー》・ホルデルと息子たち〉の製品《せいひん》で打ち負かされる！』」

＊1　ユーロ導入《どうにゅう》前のオランダのお金の単位。

店主は肩《かた》をすくめて言った。

「あの鳥たちは、〈J《イエー》・ホルデルと息子たち〉のすばらしい製品《せいひん》でさえも、打ち負かされることはないね」

スタッハは自分の計画を説明したが、店主は考えを変えなかった。

ほかの店に行ったほうがいいなと思ったとき、息子たちが店に入ってきた。たまたま二人は、「鳥たち」ということばを耳にはさみ、いったい何ごとかと、くわしく知りたがった。息子たちは、話を聞くために耳あてをはずしてくれた。そして、スタッハの計画はやってみる価値《かち》があるよい案だ、と思った。

「やってみようよ、父さん！」と、息子たち。「やってみて悪いことはないよ。失敗しても、使ったものはきちんとして返すから」

「鳥のふんがつく」と、父親は心配する。

「ぼくたちがきれいに落として、みがくから」と、息子たち。

「おまえたちのことは、わかっとる」と、父親。「どうせ、父さんがみがくことになると決まってる。だが、やってみなさい。好きなようにするがいい。使うものは、自分たちで倉庫から出しなさい」

こうして、市長の家の前の歩道は、スピーカーとアンプでいっぱいになった。息子たちがすべてをケーブルでつなぐ。そして、市長の家の食堂に置いたトーンジェネレーターともつながれた。そのため、窓《まど》をほんの少し開けておかなくてはならなかったが、開けておいてよいと言われた。息子たちは、どの装置《そうち》にも店の名前をつけてから家に帰った。幸い、雨はふらなかったから、装置《そうち》がぬれることはなかった。

スタッハは、トーンジェネレーターの隣《となり》で待った。もちろん鳥たちは、すぐにはやってこない。その日は一日中こなかった。夜もこなかった。翌日《よくじつ》もこなかった。三日目は、天気予報《よほう》によると、晴れ間もあるが、にわか雨とのことだった。ホルデル店主がやってきて、「うちの高価《こうか》な商品を風雨にさらすようなことはしたくない」と言った。

ところが、店主が言いおわらないうちに、待ちに待った大騒《おおさわ》ぎが始まった。何千羽もの鳥たちが、町に飛んできて、いっせいに鳴き声をあげたのだ。

スタッハは、思い切ってスイッチを入れた。アンプが温まるまで、ほんの少し時間がかかったが、スピーカーから大きな音が鳴りひびいた。鳥たちの鳴き声と同じくらい大きく、ほぼ同じ高さの音だ。スタッハは、トーンジェネレーターの大きな円盤状《えんばんじょう》のスイッチをまわした。こんどは、その音のほうが鳥たちの声よりも高くなった。鳥たちは、一瞬《いっしゅん》、鳴くのをやめた。おどろいたようだ。けれども、すぐにまた鳴きはじめた。おお、これはなんと、こんどは、さっきよりも高い声だ。スタッハは、ふたたび、トーンジェネレーターのスイッチをまわした。スタッハの目が輝《かがや》く。鳥たちは、その音よりもさらに高い声を出そうとするだろう。さあ、あともうまくいってくれよ！　スピーカーからの音が高くなるにつれて、鳥たちもますます高い声で鳴こうとした。

「じゃあ、行くぞ！」と、スタッハ。

円盤状《えんばんじょう》のスイッチを思い切りまわした。ひどく高い、キーキーきしむような音だ。鳥たちは、それを超《こ》えようとした。すると、パン……パン……パン、パン。小さな音がして、デシベルのやっかい者たちの声帯が切れた。一分後には、鳥は一羽も声を出せなくなった。

スタッハは、スイッチを切った。町は、ありえない静けさに包まれた。

家にいた人々は、音と鳥の声がどんどん高くなるのを聞き、パン、パンという音も聞いた。そのあとしばらくして、何も聞こえなくなった。だが、鳥たちは、今も飛びまわっている。自分の耳が聞こえなくなったのだと思った人もたくさんいた。だって、鳥の姿《すがた》が見えるのに、何も聞こえないなんて……ありえない。けれども、しだいに、自分の咳《せき》や、バタンというドアの音や、足音が聞こえるのに気づいて、耳が聞こえなくなったわけではないことがわかった。広場のまわりに住んでいる人々が外を見ると、見知らぬ少年が市長の家から出てきて、空を見上げながら、耳あてをはずした。そのあと、市長が市役所からドタバタと出てきた。市長は、耳あてをはずして、地面に投げつけ、踏《ふ》みつけると、その少年を抱《だ》きしめて踊《おど》りだした。そのようすを見て、人々もみんな広場に出てきた。そして、耳あてをはずして、投げすてたので、山になるほどだった。人々はおたがいに話し、苦労しなくても相手のことばが聞きとれた。新たに知りあいたいと思ったかのように、握手《あくしゅ》を交わす人たちもたくさんいた。みんな歓声《かんせい》をあげて踊《おど》り、歌を歌おうとした。だが、歌えなかった。これまで、デシベルで歌を歌った人がいただろうか?

するると、そのとき、市長が言った。市長は今、補聴器《ほちょうき》の発明家、ハッツォニウス・デ・ドーフェの銅像《どうぞう》の上にのぼっていた。

「これから、歌うことを学ぼうではないか!　みんな、この国でいちばんの歌い手になろう。あの鳥たちの鳴き声問題を解決《かいけつ》したのは、そこにいるスタッハ、そのすばらしい少年だ。さあ、スタッハ、わたしのそばに立って。どうやったのか、話してもらおう」

「ぼくは、モーフェン副市長とブランケルト副市長、そして市長さん、あなたの計画に耳を傾《かたむ》けました。こちらから少し、あちらから少しと、知恵《ちえ》を借りました。どのアイディアが欠けても、成功しなかったでしょう。とにかく、いちばん重要なのは、鳥たちの声帯が切れたということです」

「だが、スタッハ」と、市長が言った。

「あの鳥たちの子どもが大きくなったら、また、同じような鳴き声を出すのではないかな？」

「そうはならないと思います」と、スタッハ。「というのも、どんな音で鳴けば、あんな鳴き声になるのか、親たちが手本を示《しめ》せないのです。ですから、あの鳥たちもみんな、ごちゃごちゃとふつうにさえずるだけになると思います。ちょうど、ほかの鳥や人間と同じように。それに、鳥たちが耳をつんざくような大声で鳴くようになっても、みなさんは今、それにどう対応《たいおう》すればよいか、おわかりのはずです」


デシベルでは、七日七晩《ばん》にわたって、お祭りが開かれた。大人はみんなたくさんお酒を飲んだ。市長が、だれよりもたくさん飲んだ。自分の家の屋根裏《やねうら》のすみに、打ち上げ花火を一本、こっそりかくしていた老人がいた。前の王の時代の花火だ。老人は、その花火を打ちあげた。光り輝《かがや》く星の雨にデシベル中が歓声《かんせい》をあげた。

『タンスの中の十本の打ち上げ花火よりも、空に輝《かがや》く一本の打ち上げ花火のほうがよい』と、前王は書いていらっしゃる」とスタッハ。

「このことは、だれにも話してはならん」と、小声で市長は言った。

花火のことをマジメーダ大臣が聞けば、ひどく怒《おこ》るだろうということを忘《わす》れるほど、市長は酔《よ》っていなかったのだ。

「秘密《ひみつ》だぞ、みんな」

スタッハは、デシベル市の名誉勲章《めいよくんしょう》をもらった。そして、一つ願いごとを言ってよい、とのことだったので、首都までの列車の切符《きっぷ》をお願いしますと答えた。

市長は、それはあまりに小さすぎる願いごとだと思ったが、少し酔《よ》っぱらっていたので、長々と話す気にならなかった。そこで、「ちゃんとしたほうびをもらいに、またここにくるんだよ」とだけ言った。

それから、デシベルの人たちは、スタッハを列車につれていき、紙吹雪《かみふぶき》をまきちらし、スタッハの髪《かみ》に「デ・シベル」というコニャックをこすりつけた。女の子たちは、スタッハのほおや手にキスをしたり、彼《かれ》と結婚《けっこん》したいという子まで現《あらわ》れた。けれども、スタッハは、大きく手をふった。列車は動き出し、デシベルは、あっという間に、遠くでうごめく点のようになって消えていった。

ブキノーハラのザクロの木

　ヴィスにもどると、スタッハは、ヘルファースおじさんを抱《だ》きしめ、愛犬フロットをなでて、清潔《せいけつ》な、ゆったりとしたシャツに着がえた。おじさんは、とても誇《ほこ》らしそうだった。新聞に、スタッハの記事がたくさん出ていたのだ。今や、おまえが有名だということは、まちがいない、とヘルファースおじさんは主張《しゅちょう》した。

「おまえは、カトーレンの王になる運命なんだよ、それは確《たし》かだ」

「まずは、次の任務《にんむ》を待とうよ」と、スタッハは言った。

「ひょっとしたら、聖《せい》アロイシウスから飛びおりろ、って言われるかも。そうなったら、こんなこと、すぐにやめるさ」


　そのころ、閣議《かくぎ》は混乱《こんらん》していた。大臣たちは、スタッハが最初の任務《にんむ》をとてもうまくやりとげたことを、心の中ではあまりよろこんでいなかったのだ。まるで、自分たちが、すべきことをやっていなかったようではないか？

とくに勤勉一心省《きんべんいっしんしょう》のドタバータ大臣は、気分を害していた。

「わたくしは、デシベルへ行く時間を取れなかったことが、残念です。行っていれば、この問題は、とっくの昔に解決《かいけつ》していたでしょう」と、負けおしみを言った。

ドタバータ大臣は、きびきびした人だ。それは、認《みと》めなくてはならない。

朝早くから夜おそくまで、走りまわっている。すぐにあれこれかぎつけて、なんにでも口出しする。毎日、報告書《ほうこくしょ》を十通くらい書く。同時に、両手で文字を書くことができ、その速さといったら、信じられないほどだ。朝は、二分七秒で着がえをすませる。階段《かいだん》をおりながら、朝食を食べる。帽子《ぼうし》をかぶりながら、妻《つま》に、「行ってきます」のキスをする。

ときにはぶらぶらしたい人もいるなんて、大臣には想像《そうぞう》もできない。だから、勤勉一心省《きんべんいっしんしょう》の公務員《こうむいん》は、世界一あわただしい思いをさせられている。彼《かれ》らは、いつもおどおどした目つきで人生を過《す》ごし、若《わか》くして、心臓病《しんぞうびょう》で死んでしまう。

ドタバータ大臣が、清潔衛生省《せいけつえいせいしょう》のセーケツ大臣に言った。

「セーケツ大臣よ、あなたは、あの子に任務《にんむ》をあたえることに賛成《さんせい》していた。ならば、次の任務《にんむ》は、あなたが考えるしかないな。だが、デシベルの単純《たんじゅん》な仕事よりも、むずかしいものにするんだな。でないと、われわれは、気づいたら、報告書《ほうこくしょ》も書いたことのない、十七歳《さい》の王とともに仕事をすることになるぞ。あの子も、きっと、この眠《ねむ》ったような国の国民と同様、なまけ者だろうよ」

こういうわけで、一週間後、スタッハは、清潔衛生省《せいけつえいせいしょう》の大臣とむかいあっていた。二人は、最初から、折り合いがあまりよくなかった。

輝《かがや》くほどにみがきたてた顔、そして、カトーレン国でいちばん、清潔《せいけつ》なつめを持つ男――それが、清潔衛生省《せいけつえいせいしょう》のセーケツ大臣だ。

大臣は、一日に三回、清潔《せいけつ》な下着に着がえる。一日に四回、足を洗《あら》う。家では、大臣も、妻《つま》も、子どもも、おたがいの顔に細菌《さいきん》を吹《ふ》きかけることがないようにマスクをしている。清潔衛生省《せいけつえいせいしょう》の中は、病院そっくりだ。そこで働く公務員《こうむいん》たちはみんな、白衣を着て、布《ぬの》を持ち歩いている。その布《ぬの》で、しょっちゅうドアノブをふくのだ。壁《かべ》には、標語を書いたポスターがある。たとえば、「わたしは、石けんチャンピオンです。食事の前後に石けんで両手を洗《あら》います！」などだ。

この大臣とならぶと、スタッハは不潔《ふけつ》な子どもだった。つめは、まずまずきれいだった。ひどいのは、デシベルの鳥のふんのよごれが靴《くつ》についていたことだ。セーケツ大臣は、すぐにそれに気づき、気を失いそうになった。

「きみ」と、大臣はいすによりかかりながら言った。

「わたしは、気を失いそうだ」

スタッハは心配して、さっと立ちあがった。

「お水を持ってきましょうか？」

「いや、それよりも、きみの靴《くつ》についている恐《おそ》ろしいものを取ってきてくれ」

スタッハは廊下《ろうか》へ出て、マッチ棒《ぼう》で、いちばんひどいよごれを取った。そして、部屋にもどると、セーケツ大臣が青ざめた顔のまま、小声できいた。

「はずかしくないのかね？」

「はずかしいですが」スタッハは、率直《そっちょく》に言った。

「デシベルには、あれが通りにひどくたくさん――ほぼ、ひざの高さくらいまでありましたから」

いや、これでは、すぐには、この二人が打ちとけられるはずはない。清潔《せいけつ》で衛生的《えいせいてき》な大臣は、無愛想に言った。

「二つ目の任務《にんむ》がほしいんだな？」

「そのとおりです、閣下《かっか》」

「きみが失敗したら、われわれは、きみを罰《ばっ》しなければならない——そのことは、きっと、わかっているな？」

「いいえ」と、スタッハ。

「ちっともわかっていません」

「デシベルの鳥を無害にするのは、比較的《ひかくてき》、簡単《かんたん》なことであったにもかかわらず、きみは人々の期待を呼《よ》びおこした。だが、次の任務《にんむ》を引き受けて、成功できなかったら、きみは、人々をひどくがっかりさせることになるだろう。そうとなれば、責任《せきにん》ある大臣としてのわれわれは、無関心でいるわけにはいかない」

「あっ、そういうことですか」と、スタッハ。

「ブキノーハラへの、列車の切符《きっぷ》だ。きみの任務《にんむ》は、そこにあるザクロの木を切り倒《たお》すことだ」

「それでは、斧《おの》を買います」と、スタッハは言った。

「甲冑《かっちゅう》のほうが役立つかもしれんぞ」と、大臣。

「では、ごきげんよう」

外には、新聞記者たちが待ち受けていた。スタッハが、第二の任務《にんむ》について知らせると、記者たちは前回同様、このニュースを新聞にのせようと走って、新聞社へむかった。

前回と反対に、ヘルファースおじさんは楽観的だった。

「不可能《ふかのう》な任務《にんむ》とは思えないな。おまえは成功する――とにかく、そう信じてるよ」

こうして、スタッハは翌日《よくじつ》、ブキノーハラ行きの列車に乗った。国のいちばん南西にあるこの都市までは、三十六時間の旅だ。

列車に乗って二日目の午後、ブキノーハラの手前の駅で、一人の少女が、スタッハのいるコンパートメント（＊1）に入ってきた。スタッハは、はっとした。すごくきれいな子だ。十六歳《さい》くらいだろう。華《はな》やかなジャケットに、しゃれたズボンをはいている。茶色い、まっすぐな髪《かみ》を、肩《かた》までたらしている。スタッハと同じように、ものおじせずに、まっすぐに世界を見ている子だ。少女は、はずかしそうなようすは見せず、「こんにちは」と言った。

「こんにちは」と、スタッハ。

＊1　車両の中の、数席ずつに区切られた区画。

ところが、二人とも、気おくれをしない性格《せいかく》にもかかわらず、そのあと、どうつづければいいのか、わからなかった。たぶん、二人ともひと目でおたがいを気に入ってしまったからだろう。

スタッハが口を開いた。

「ブキノーハラに行くんですか？」

「もちろんよ。だって、ブキノーハラは、次の停車駅でこの列車の終点でしょ！」

「あっ、そうだ」

「わたしの名前は、キム」と、少女。

「ぼくは、スタッハ」

「スタッハ？　デシベルの鳥の、あのスタッハじゃないでしょうね？　こんどは、わたしたちの市のザクロの木を切り倒《たお》しにくるっていう……」

「そうだよ」

「あなたが、スタッハ？　でも、とても無理よ！」

キムは、大げさではなく、真剣《しんけん》に言っているようだった。

「なぜ、そう言いきれるんだ？」

「ああ、だって、これまで世界中の人が、あの木にかかわってきてるんだもの。軍のえらい人——大佐《たいさ》以上の人たちが、あれについて本を書いてるのよ。わたしの父は、そんな本を本棚《ほんだな》が二ついっぱいになるほど持ってる。それから、ZN《ゼットエヌ》、つまり、〈ザクロの木ニュース〉という月刊誌《げっかんし》も出てるくらい」

「へえ」

「ねえ、スタッハ、いいことがある。わたし、あなたをうちにつれていく」

「おい、ちょっと。ぼくは、ほいほいどこにでもついて行く人間じゃないぞ」

「ええ、わかってる。わたしの父は、ブキノーハラの市長なの。どっちみち、あなたがくるのを待ってるから、うちに泊《と》まれる。母は、泊《と》まり客を迎《むか》えるのが大好きなの。実は、わたしも」

「それはありがたい！　それじゃ、まず、ZN《ゼットエヌ》について、というか、ザクロの木のことをちょっと教えてくれないか」

「ザクロの木についての情報《じょうほう》がほしいってことね？　何を知りたい？」

「何もかも。ぼくは、何も知らないんだ」

「あら。その木は、何百年も前から立ってるの。見た目は、ふつうのザクロの木と変わらない。ザクロって、知ってるでしょ、橙色《だいだいいろ》がかった赤い実のなる木よ。実の中は種がいっぱいだけど、おいしい水分がたっぷりな……」

「見たことないな。ぼくが住んでる、ヴィスは、ザクロが育つのに、寒すぎるんじゃないかな」

「ブキノーハラのザクロの木にも、橙色《だいだいいろ》がかった赤い実がなるのよ。でも、五十年くらい前から、それがくだものじゃなくなったの。べつのもの……爆弾《ばくだん》と呼《よ》んでもいいような実になっちゃって、地面に落ちると、すごい音を立てて粉々に飛び散る。とりわけ、やっかいなことは何か、わかる？　その木が、一年中、花を咲《さ》かせ、実をつけ、爆弾《ばくだん》を投げ散らすことよ。花と熟《じゅく》した実が、同時につくの。だから、切り倒《たお》そうと思っても近寄《ちかよ》るわけにはいかない。これまでも研究をしようと、いろいろとやってみたけれど、一個《いっこ》ですら、実をもぎとることができなかった。

デ・レーウ大佐《たいさ》という人の、二年前の試みが最後だった。大佐《たいさ》は、地雷処理《じらいしょり》の優秀《ゆうしゅう》な指《し》揮官《きかん》だったそうよ。まったく風のない日を選び、砲身《ほうしん》に魚をすくうたも網《あみ》をつけた戦車に乗っていた。わかるでしょ、そのたも網《あみ》で爆弾《ばくだん》の実を木からすくいとろうとしたわけ。わたしたちは、ものすごくびくびくしながら町で待ってた。そしたら、聞こえたのよ、ドカン！という大きな爆発音《ばくはつおん》が。大佐《たいさ》の乗った戦車がふっとんで、粉々になった。そのあと、大佐《たいさ》のもので見つかったのは、左手の小指だけだった」

「きっと、もっとあったんじゃないかな」

「まあ、そうね、話のあやよ。大佐《たいさ》は、軍人として讃《たた》えられ、デ・フローテ大教会に埋葬《まいそう》された。わたしは、市長の娘《むすめ》としてお墓《はか》に花輪を献《ささ》げた」

「キム、そのザクロの実は、戦車一台を丸ごと、空に吹《ふ》きとばす力があるほど強いのに、なぜその木そのものは、破壊《はかい》されないいんだろう？」

「ああ、実は爆発《ばくはつ》すると、幹《みき》以外をずたずたに引きさいてしまうの。ときには、枝《えだ》がぜんぶ落ちてしまうことだってある。だけど、木自体がとてつもなく大きくて、その気になれば、その木をくりぬいて車が通れる道路が造《つく》れるほどよ。それくらい幹《みき》が太いの。それに、爆発《ばくはつ》でできた穴《あな》や裂《さ》けたところは、すぐに、もとどおりになるのよ」

「じゃあ、かなりの距離《きょり》をおいて、五十台の大砲《たいほう》をまわりに置いて、木を狙《ねら》いうちして、こっぱみじんにするっていうのは？」

「それも、やったことがある。ところが、一発目を撃《う》ったとたん、ザクロの実の爆弾《ばくだん》がぜんぶ、いっせいに爆発《ばくはつ》して、ものすごく恐《おそ》ろしい爆発《ばくはつ》が起きた。町の窓《まど》ガラスがすべて粉々にわれ、壁《かべ》までひびが入った。それでそのあと、すぐにやめちゃったの」

「で、今は、あきらめちゃったってわけ？」

「ほかにどうすればいい？　わたしたちはみんな、少なくとも、あの木から一キロメートルは離《はな》れるようにしてる。家々のガラスは、とくべつに厚《あつ》いガラスになってる。だから、嵐《あらし》のときに、たくさんのザクロ爆弾《ばくだん》がいっせいに爆発《ばくはつ》しても一枚《いちまい》われるくらい。でも、それだって、やっかいなことよ」

すごく感じのいい子だな、とスタッハは思った。おかげで、気分は上々だった。列車の中でこの子に会ったのは、なんとも運がよかった。しかも、ぐうぜん市長の娘《むすめ》だなんて。

キムがたずねる。

「このザクロの木の問題に、まず、どうやって取りかかるつもり？」

「わからない」

「長くかかると思う？」

スタッハは肩《かた》をすくめて言った。

「ひょっとしたら、まったく成功しないかも」

まもなく列車は、ブキノーハラに着いた。キムとスタッハは、列車をおりて、町に入った。大きな都市ではなさそうだ。通りのあちらこちらにさしかけ屋根が作られ、その下に、車がとめられているのが目に留《と》まった。

「あの屋根はなんのため？」

スタッハがきいた。

「ドーンという音がすると、かわらや窓《まど》ガラスの破片《はへん》が落ちたりすることがあるからよ。みんな、だいじな車に傷《きず》がつくことを心配してるの」と、キムがちょっとばかにしたように言った。

二人は広場を越《こ》えて、市役所と市長の家にむかって、大通りを歩いていた。

「ほら、見て」と、キムが指さした。「あれが、デ・フローテ大教会。さっき話した、デ・レーウ大佐《たいさ》が埋葬《まいそう》されてるところよ」

「きれいな窓《まど》だね」と、スタッハ。

「工場からの贈《おく》りものよ。かなり前の、工場創立《そうりつ》四十周年記念のときのね」

「工場？」

「市の少し外に、巨大《きょだい》な工場があって、ブキノーハラの市民は、たいていそこで働いてる。父も、その工場にいろいろ関係してるの」

「へえ、そうなんだ」

いつの間にか、二人は市長の家に着いていた。

キムのお母さんは、これから出かけるらしく、コートを持って玄関《げんかん》にいた。

「ママ、こちらはスタッハ。電車の中で、ぐうぜん会ったのよ」

「あらあら」と言うと、キムのお母さんは、スタッハの手を両手で包み、それがまるで子ウサギであるかのように、だいじそうになでた。

「ようこそ、あなたのことは聞いてますよ。キムに、お客さま用のお部屋へ案内させるわね。あなたがあの木に何かできるなんて、もちろん思ってないけれど。だって、あの木は永遠《えいえん》ですもの。でも、そのことに気づくのはよいことよ。申《もう》し訳《わけ》ないけれど、わたしはこれから出かけなくちゃならないの。だから、あとでまたゆっくりね。

キム、冷蔵庫《れいぞうこ》に冷製《れいせい》の肉料理が入ってるわ。それに、パンもたっぷりありますよ」

「ママ、どこへ行くの？」

「ZS《ゼットエス》よ。走っていかなくっちゃ。でないと、うがいの賛美歌《さんびか》におくれてしまう。じゃあ、またあとで。行ってくるわね」

そう言いおえると、キムのお母さんは出かけていった。

キムは、スタッハの前をキッチンへと歩きながら、こう言った。

「さて、ZS《ゼットエス》とはなんでしょう？　思いついたことを三つまであげていいけど、あてられるかな？」

「善行奨励会《ぜんこうしょうれいかい》」

「はずれ！」

「善《ぜん》なる診療所《しんりょうじょ》」

「また、はずれ！」

「善意《ぜんい》と信愛」

「ちがう！　〈ザクロの木シスター会〉よ。あの木が、自分の人生に影響《えいきょう》をあたえてる、と考えてる女の人たちの集まりなの。あれが、星座《せいざ》と同じようなものだと考えてるのよ、わかる？」

「うん、うん。蠍座《さそりざ》とか、射手座《いてざ》とかだろ」

「そのとおり。すごく変なことするの。たとえば、賛美歌《さんびか》を歌うとき、ときどき、缶《かん》入りのザクロジュースでうがいをするの。うがいの賛美歌《さんびか》って、それのことよ。葉っぱで作ったスカートをはいて、何もかも木でできてなくちゃならない。まあ、いいわ、わたし、よく知らないし、興味《きょうみ》もない」

「一度、近いうちに見にいってみるよ」

するとキムがおどろいて言った。

「まさか、冗談《じょうだん》でしょ！　男の子や男の人は、ぜったいに入れてもらえないのよ。ひどくばかにするからじゃないかな」

「そうか。だったら、やめとくよ」

そんなふうに話しながら、キムは食べるものを用意し、二人は食事を楽しんだ。ちょうど食べおえたとき、市長が書斎《しょさい》から出てきて、スタッハと挨拶《あいさつ》を交わした。市長は、とても生き生きとした積極的な感じの人だった。安楽椅子《いす》にすわって、長ったらしいくだらない話をする人ではなく、本を二、三冊《さつ》手にして、精力的《せいりょくてき》にせっせと歩きまわる人だ。それでいて、とても親しみやすい人だった。

「好きなだけ滞在《たいざい》してかまわない」と、市長。

「あの木について知りたいことがあれば、わたしがなんでも話そう。それに、あの木について書かれたもののほとんどは、わたしの本棚《ほんだな》にある。だが、ぜんぶ読みたければ、二年は必要だな」

「実を言うと、そのつもりはありません」と、スタッハは言った。

「ぼくは、前の王さまがおっしゃった行動の原則《げんそく》を守るだけです。点火された一本の花火は、屋根裏部屋《やねうら》にある何百箱の花火よりも、より広く光を放つと、王さまはおっしゃいました」

これで、この日のザクロの木についての話は終わった。そのあと、市長は、すぐに書斎《しょさい》にもどり、スタッハとキムはたわいのない話をした。


翌朝《よくあさ》、スタッハはキムにつれられて、レストラン〈木のながめ〉へ行った。このレストランからは、ザクロの木をながめることができる。肉眼《にくがん》ではそれほどよく見えないが、二十五セント硬貨《こうか》を入れて望遠鏡で見ると、はっきりと見えた。

「ごくふつうの木みたいに見えるけど」と、スタッハは言おうとした。

だが、そのことばが口から出るか出ないかというちに、ドーン！とものすごい音がして、スタッハは半メートルほどとびあがった。ところが、キムはその音が耳に入らなかったようすで言った。

「その望遠鏡の方向を変えると、火薬工場が見えるよ」

「すごい音だったね。今のが、例のザクロの木からなんだね？」

「えっ？　ああ、もちろん、そうよ」

「今、『火薬工場』って言った？」

「ええ、そう言ったけど」

「その工場で、火薬を作ってるの？」

「火薬、薬包、ロケット、そんな軍事関係のものをいろいろね」

「じゃあ、爆発音《ばくはつおん》っていうのは、きっと、その工場からだ」

「ちがう、ちがう。そう簡単《かんたん》じゃない。本当に、ザクロの木からなの。それは、明らかな事実よ」

「だとしたら、ここに火薬工場が建ってるのは、ぐうぜんってわけだ」

「そうよ。同じことを言う人はほかにもいたけど、あの木と工場がどんな関係があるかは、だれもわからなかった。そろそろ帰りましょうか？」

「いいよ」

市長の家に帰ると、スタッハはまっすぐ、キムのお父さんの書斎《しょさい》に行った。

「さて、用件《ようけん》は？」と、市長。

「あの木について、もっと知りたいことがあるのかな?」

スタッハは言った。

「ぼくは、実のなる木の育ち方を知りたいんです」

「だが、スタッハ。それなら、学校で習っただろう?」

「ぼくは、ほんの短い期間——読み書きを習うあいだ、学校に行っただけです。それ以上は、何も知らないし、できません」

「おお、そうか。いいかい、最初は、木に咲《さ》く花、そう、花についてだ。花には、花床《かしょう》がある。その上に、めしべとおしべが立っている。めしべにその花のおしべの花粉か、ほかの花のおしべの花粉が少しつけば、めしべの下のほうの子房《しぼう》がふくらんで実になっていくんだ」

「ああ、そうなんですね。でも、おしべの花粉は、どうやってそのめしべにつくんですか?」

「たとえば、虫に運ばれることによってだ。ミツバチのあしにおしべの花粉がくっついて、そのミツバチが、ぐうぜん、めしべにとまると、花粉がめしべにつくことになる。あるいは、風で吹《ふ》き飛ばされたおしべの一部が、めしべにつくこともある」

「市長さん、ここには、火薬工場がありますね」

「そのとおりだ」

「あの高い煙突《えんとつ》、あれからもくもくと煙《けむり》が出ていますが、同時に、ごく小さな火薬──粉じんも出るんじゃないですか？」

「きっと、そうだろうな。きみが言わんとすることはわかるよ」

「その粉じんが、めしべにつくことがありえます。そうすると、花は、果実じゃなくて、爆弾《ばくだん》になるんです」

「その考えは、わたしの脳裏《のうり》をかすめたことがある。だが、あまり現実的《げんじつてき》ではなさそうに思った。しかも、そういうことがあるとしても、手の打ちようがない。あんな大きな工場で、ほんの少しの火薬が飛び散るのを防《ふせ》ぐのは不可能《ふかのう》だ」

「失礼ですが、市長さん。ぼくには、それほど、現実的《げんじつてき》でないことだとも思えません。それに、手を打つのも簡単《かんたん》です」

「どうするんだ？」

「工場を閉《し》めるんです」

するど、市長は、スタッハのことばを否定《ひてい》するように、両手を上げて、左右に大きくふりながら、「そりゃ、不可能《ふかのう》だ」と、大声でさけんだ。そして、つづけて言った。

「ブキノーハラ中の人たちが、あの工場のおかげで食べてるんだ。工場を閉《と》じたりしたら、町が滅《ほろ》びることになる」

スタッハは、耳の後ろをかいた。

「そうなんですか！　では、工場で作った火薬や薬包などは、いったいどうするんですか？」

「それは、国の大きな保管庫《ほかんこ》、いわゆる『カトー保管庫《ほかんこ》』に行く。そこで、すべて保管《ほかん》される」

「なぜです？　なんのためですか？」

「わが国の隣国《りんごく》、エルトーレンとの戦争に備《そな》えて、保管《ほかん》されるんだ」

「カトーレンが、エルトーレンとの戦争状態《じょうたい》にあったのは、三十年前です。だったら、これまでにそうとうな量の火薬が保管《ほかん》されてるはずでしょう。それでも、まだ、じゅうぶんじゃないんですか？」

「そうなんだよ。わが国のスパイによると、エルトーレンでは、毎年、いわゆる『エルトー保管庫《ほかんこ》』を二棟《とう》建てているという。だったら、われわれも、おくれてはならない、わかるだろう？」

「ぼくには、わかりません、市長さん。エルトーレンが建てるから、ぼくたちも火薬でいっぱいの保管庫《ほかんこ》を建てるのですか？　そして、エルトーレンは、ぼくたちが建てるから、火薬でいっぱいの保管庫《ほかんこ》を建てるのですか？」

「そういうことだ」

「やっぱり、ばかげています」

「実を言うと、そのとおりだ。だが、だれも、この状況《じょうきょう》をどうやって変えればいいのかがわからないのだ」

「市長さん」と、スタッハ。「工場のいちばんえらい人が、火薬の袋《ふくろ》に茶色い砂《すな》と泥炭腐《でいたんふ》植土《しょくど》を混《ま》ぜてカトー保管庫《ほかんこ》に運ばせたとしたら、どうなるでしょう？」

「そうだな、そうしたら、大臣が……それから、陸、空軍の大将《たいしょう》や海軍大将《たいしょう》が……それから、公務員《こうむいん》たちが……。いや、実際《じっさい》には何も起こらない。当分のあいだは、何も起こらないと思う」

「じゃあ、そうしましょう」

「しかし、いつかは気づかれる」

「そうしたら、どうなりますか？」

「そのときには、みんなが市の公園に袋《ふくろ》の中身を投げすてて、わたしの首にしっかりと縄《なわ》をかけて、木の枝《えだ》につるすだろうよ」

「なぜ、市長さんがつるされるのですか？」

「わたしが、あの火薬工場のプレジデント・コミサーリスだからだ」

「えっ、なんですって？」

「会長、つまり、ボスだからだ」

「ああ」

スタッハは考えこみながら、市長の書斎《しょさい》を出た。そのあと、市長夫人にZS《ゼットエス》についての叙情的《じょじょうてき》な論文《ろんぶん》を読まされそうになったが、それを失礼して、キムと町を歩きまわった。ときどき、ザクロの実の爆発音《ばくはつおん》が聞こえるととびあがったり、屋台で塩漬《しおづ》けニシンを食べたりした。太陽が照り、鳥がさえずり、キムの髪《かみ》が輝《かがや》く。けれども、火薬工場の煙突《えんとつ》は、ますます増大《ぞうだい》するカトー保管庫《ほかんこ》を大量殺戮《さつりくしゅ》手段《だん》で満たすために、もくもくと煙《けむり》を吐《は》き出す。おやおや、とスタッハは思った。ガチョウやロバのことを、ばかな動物だと人は言う。けれど、そんなことが言えるだろうか？

数日が過《す》ぎると、スタッハは、ブキノーハラの静けさをやぶるものすごい爆発音《ばくはつおん》に慣《な》れはじめた。ほとんどの時間、彼《かれ》は町を歩きまわった。ときには一人で、ときにはキムといっしょだった。じゃまをする人はいなかった。市長夫人は一日おきに、「好きなだけ、うちにいていいですよ」と言ってくれた。市長の姿《すがた》を見かけることはほとんどなかった。キムが、公園のベンチで、スタッハにこっそりキスをすることがあった。

ある日、スタッハは、ぼんやりと考え事をしながら町を出て、ザクロの木の方向へ歩いていた。町の人が失業することなく火薬工場を停止させる方法はないか、と頭を悩《なや》ませていた。気をつけろ、スタッハ！　木に近づきすぎてる！　危険区域《きけんくいき》を囲んでいる太い赤いラインを、気づかずに越《こ》えてしまってるじゃないか！

スタッハは、考えにふけっていた。泥炭腐植土《でいたんふしょくど》の入った袋《ふくろ》をカトー保管庫《ほかんこ》へ送る……それが気づかれるまでに、一年かかるだろう。そして、それから？　そうすると、キムのお父さんが死ぬことになる。それじゃ、いけない。ほかの人が罪《つみ》を負わなくては……。いや、それもだめだ。べつの人が死ぬことになるもの。

ドッカーン！　耳をつんざくほどの爆発音《ばくはつおん》がした。ほぼ同時に、強い一撃《いちげき》が頭と右肩《みぎかた》にあたり、思考が中断《ちゅうだん》された。スタッハは地面に倒《たお》れ、衝撃《しょうげき》を受けた右肩《みぎかた》を左手でつかんだ。ぼくにあたったんだ、とスタッハはおどろいた。血があふれ、指が赤く染《そ》まった。やっとの思いで立ちあがり、よろめきながらも町へもどろうとした。けれども、だんだん歩けなくなってきた。失血でふらふらする。赤いラインのそばでふたたび倒《たお》れ、気を失った。

三十分後、公園の作業員の男、二人に発見された。二人は上着をぬぐと、二本の熊手《くまで》をそでに通して担架《たんか》を作り、スタッハを乗せて市長の家に運んだ。ブキノーハラの人々はみんな、スタッハのことを知っていたからだ。

キムは、意識《いしき》を失ったスタッハが運びこまれたのを見てびっくり仰天《ぎょうてん》し、あわててしまったが、それでも気を強く持ち、すぐに医者をつれてきた。医者はスタッハの容態《ようだい》を調べ、傷《きず》の手当てをし、輸血《ゆけつ》をした。市長は、スタッハの口に気つけがわりに少量のコニャックを注いだ。それで、スタッハは少し意識《いしき》を取りもどした。

医者が言った。

「大丈夫《だいじょうぶ》、たすかるでしょう。けれども何週間も安静にしていなければなりません」

「それはかまいません」と、キムがすぐに言った。「わたしが看病《かんびょう》します」

キムは、その夜、一晩中《ひとばんじゅう》、スタッハにつきっきりだった。少しずつ水を飲ませたり、枕《まくら》をふってふっくらさせたり……つまり、自分のだいじな人が倒《たお》れたときに、すべての少女がするようにふるまったのだ。

何日も何日も、スタッハは、意識《いしき》が半分しかないような、もうろうとした霧《きり》の中をさまよった。夢《ゆめ》が現実《げんじつ》になり、現実《げんじつ》が夢《ゆめ》になる。

「スミット氏だ」と、スタッハがつぶやいた。「スミット氏が必要だ」

スミット氏って、だれかしら？　と、キムは思ったが、わからなかった。その名前の人物は、キムにではなく、市長に明かされることになった。

ある朝、市長がスタッハのもとにやってきてちょっとベッドに腰《こし》をおろしたとき、スタッハが目を開けて言った。

「市長さん、工場の会長として、スミット氏を任命《にんめい》してください」

「スミット氏？」

「実際《じっさい》には存在《そんざい》しない人です。市長さんは仕事がいそがしすぎるので、スミット氏を任命《にんめい》したと、大臣たちに手紙を書いてください。のちに、彼《かれ》らが、泥炭腐植土《でいたんふしょくど》がつめられていることに気づいたら、スミット氏は、エルトーレンに逃《に》げるのです。そうすれば、大臣たちは、スミット氏がスパイだったと考えるでしょう」

市長はおどろいて、姿勢《しせい》を正した。そして、興味《きょうみ》を持ったようすでスタッハにたずねた。

「それで、そのあいだ、工場の労働者たちは、何をするんだ?」

「花火を作るんです。けれども、火薬を入れてはいけません。将来《しょうらい》のための花火です。ぼくが王になったときのための。そのときには、国中で花火が買えるようにします」

スタッハは、また、うわごとを言っているのだろうか? そのように見えるが……。

「青や赤や黄色の星は、軍人がつける階級章の線や星の数よりもすばらしい、と前の王さまはおっしゃっています」と、スタッハはつぶやいた。

市長は考えこみながら、書斎《しょさい》に行った。市長は、スタッハの身にふりかかった災難《さいなん》にショックを受けていた。あの木が最後の犠牲者《ぎせいしゃ》を出したのは、もう二年も前のことだ。市長は、きっぱりと心を決めて机《つくえ》につき、一枚《まい》の紙を取り出した。万年筆のキャップをまわす。そして、書きはじめた。

拝啓《はいけい》、大臣閣下《かっか》

市長職《しょく》におきまして、たいへん多忙《たぼう》を極めておりますので、わたしに代わりまして、J《イェー》・P《ペー》・スミット氏を火薬工場の会長職《しょく》に、任命《にんめい》したいと考えました。スミット氏は、格別《かくべつ》、有能《ゆうのう》で信頼《しんらい》できる人物だと存《ぞん》じております。スミット氏の武器製造《ぶきせいぞう》の経験《けいけん》につきましては……

スタッハは、しだいに大けがから回復《かいふく》した。キムはふたたび学校へ行き、市長夫人は、ZS《ゼットエス》にかかわっている。スタッハはベッドに横になり、市長の蔵書《ぞうしょ》を次から次に読んだ。火薬工場は、もはや火薬を製造《せいぞう》していない。存在《そんざい》しないスミット会長――すばらしい会長室が用意されているが、指示《しじ》はすべて書類で伝えることを好む――の指示《しじ》で、工場では、現在《げんざい》、花火が作られている。従業員《じゅうぎょういん》は全員、このことを秘密《ひみつ》にしておくこととされている。なんと言っても、武器《ぶき》工場に関することだからだ。全員、大いにおどろいたが、カトー保《ほ》管庫《かんこ》へ運ばれる袋《ふくろ》は砂《すな》と泥炭腐植土《でいたんふしょくど》で満たしていることと、工場の倉庫をかんしゃく玉と七回音を出して散る小さな花火と爆竹《ばくちく》でいっぱいにしていることは、外部にもれなかった。

スタッハは表を作って、週に何回、爆発音《ばくはつおん》が聞こえたかを記録した。初めは、まったく変化がなかった。

市長は、毎晩《まいばん》一時間ほど、スタッハのところに話しにやってきて、言った。

「すぐに変化するはずはない。受粉した花から実ができるまで、少なくとも二か月はかかるから」

確《たし》かに、二か月が過《す》ぎると、爆発音《ばくはつおん》が少しずつ減《へ》ってきた。人々が、それに気づきはじめた。新聞もそのことについて記事を書いた。スタッハが任務《にんむ》を負って、この市にきていることは知られていた。彼《かれ》が、重傷《じゅうしょう》を負って、市長の家にいることも知られていた。人々は、スタッハが市長の美しい娘《むすめ》、キムととても仲がいいとも、うわさしていた。けれども、王になりたがっているあの少年が、ベッドからあのザクロの木に何かできるとは、とうてい想像《そうぞう》することはできなかった。

スタッハが大けがをしてから四か月と三日後、最後のザクロの実が爆発《ばくはつ》した。それは、ちょうど、スタッハがふたたび外に出られるようになった日だった。

ザクロの木にかかわる人たちが、望遠鏡を持って武装《ぶそう》し、大きな輪になってザクロの木を囲んだ。そして、爆発《ばくはつ》しそうなザクロの実がまだ残っているかどうか、じっと、目を凝《こ》らして確認《かくにん》した。というのは、その人たちは、爆発《ばくはつ》する実と食べられる実の、ごく小さなちがいを学んでいたからだ。ついに、終わった！　なっているのは、今や、ふつうのザクロの実だけだった。

市の公共事業を行う人たちが何人もきて、おのとのこぎりで仕事を始める。こうしてザクロの木は、切り倒《たお》された。かなり多くのブキノーハラ市民が、ものすごい爆発音《ばくはつおん》がするだろうと考えて、地下室に入ったのは確《たし》かだ。ZS《ゼットエス》のメンバーの中には、髪《かみ》をかきむしって、木には手を出すなと言った人もいた。そうしないと、きっと天から炎《ほのお》がおりてきて、町を焼きつくしてしまうと。しかし、何も起こらなかった。木は倒《たお》され、のこぎりで小さく切られ、それを使って、お祝いの大きなかがり火が焚《た》かれた。

スタッハは、市長の家で自分のわずかな持ちものをまとめる。どうやってザクロの木の問題を解決《かいけつ》したかは、当分、だれにも知られてはならない。知られたら、あまりにも危険《きけん》だ。市長は言った。

「将来《しょうらい》、きみが王になったら、どうやってきみがそれに成功したのかを、わたしはみんなに話そう」

そして、市長は二通の手紙を書いた。いずれも、大臣宛《あて》だ。郵便《ゆうびん》で送られた最初の手紙には、スミット氏が跡形《あとかた》もなく姿《すがた》を消したこと、市長自身が、ふたたび工場の会長になるということが書かれていた。市長は、さらにつけくわえて、残念そうに言った。

「とにかく安全のために、しばらくは、ふたたび工場で火薬を製造《せいぞう》しなくてはならない」

「ぼくが王になればすぐに、製造《せいぞう》しなくてもよくなりますよ」と、スタッハはなぐさめた。

市長は「これは、自分で大臣にわたしなさい」と、二通目の手紙をスタッハにわたした。

そうこうしているうちに、市長の家の前の広場に市民が集まってきて、スタッハを呼《よ》んだ。スタッハは市長に言った。

「ぼくは、あの人たちに会うわけにはいきません。みんな、すべてを知りたいと思ってるでしょうが、ぼくから説明することはできませんから」

「裏口《うらぐち》から行こう」と市長。「せまい通りを二、三本通って、駅へ送ってあげよう」

ちょうどそのとき、キムがやってきて、市長のことばをさえぎった。

「ううん、わたしが送っていく」

駅で見送るキムの目には、涙《なみだ》がうかんでいるのだろうか？　きらきらと光っている。スタッハは、列車の窓《まど》から身を乗り出すと、キムの目にキスをして涙《なみだ》をぬぐった。そして言った。

「きみは、いつか王妃《おうひ》になるかもしれない」

キムは、動き出した列車にむかってさけんだ。

「わたしが必要なら、わたし、いつでもあなたのところに行く！」

スタッハは手をふった。またたく間に小さくなっていくブキノーハラの景色の中にキムの目が星のように輝《かがや》いているのが、スタッハにはいつまでも見えていた。

スタッハ、三つ目の任務《にんむ》をあたえられる

けがでベッドにいたあいだ、スタッハはヘルファースおじさんと、何通か手紙をやりとりしていた。おじさんは、手紙で甥《おい》の帰宅《きたく》を知って心待ちにしていた。そこで、なけなしのお金をはたいて、大きな花束を買った。あの子は、花が大好きだからな。

「ただいま！　ぶじに帰ってきたよ」と、スタッハ。「きれいな花だね」

「耳の後ろに傷《きず》あとがあるな」ヘルファースおじさんは目ざとく見つけて、言った。

「こんなことになるとは思わなかったけどな。で、彼女《かのじょ》はどこにいる？」

「もちろん、家だよ」

「つれてくるだろうと思っておったが」

「まさか。キムは学校があるもの。大臣たちのようすは？」

「あのザクロの木が切り倒《たお》されたことは聞いてるが、よろこんでいるようには見えない。スタッハ、どうやって切り倒《たお》した？」

「秘密《ひみつ》なんだ」

ヘルファースおじさんは、がっかりした。

「わしにもかい？」

「あっ、いや、おじさんには言ってもいいよ」

そこで、スタッハは、ごく簡単《かんたん》に経緯《けいい》を話した。

「それで、エルトーレンと戦争になったら、どうなるのかのう？」と、ヘルファースおじさんは心配そうにつぶやいた。

「そのときは、わしらの兵士たちは、泥炭腐植土《でいたんふしょくど》を大砲《たいほう》につめることになるな。そうすりゃエルトーレンの兵士たちは、泥《どろ》に足を取られて、速く逃《に》げられなくなるじゃろうよ」

「隣《となり》の国との戦争どころか、もし地球が爆発《ばくはつ》するようなことがあったら、ぼくたちはみんな、太陽の衛星《えいせい》になるかもしれないんだよ」と、スタッハはのんきそうに言った。病床《びょうしょう》で星についての本を読んだのだ。

自分の家にいるのって、とてもいい気分だ。自分のベッドに寝《ね》て、自分の持ちものをあれこれとかきまわし、愛犬と遊ぶ……フロットは、スタッハが帰ってきたうれしさをどう表そうかと大さわぎをした。

ヘルファースおじさんは大臣たちのところへ行き、こんどスタッハがいつくればよいかと聞いた。だが、ひどくがっかりして帰ってきた。

「大臣たちは、おまえを迎《むか》えるつもりはないと言っている。大臣に言わせると、おまえは任務《にんむ》を果たさなかった、おまえは病気で動けず、木はひとりでに枯《か》れたとのことだ」

「そう言うだろうと思ってたよ。大臣たちは、ぼくの友だちってわけじゃないから」と、スタッハ。「だけど、ぼくは、市長からの手紙をあずかってる。おじさん、その手紙をマッスーグ大臣にわたしてくれない？　あの大臣が手紙をうやむやにすることがあれば、正直公正省の土台がすっかりゆらいでしまう」

そう言ってスタッハは、キムのお父さんの手紙をヘルファースおじさんに手わたした。

「かしこまりました、〝皇太子殿下《こうたいしでんか》〟さま」

翌朝《よくあさ》、ヘルファースおじさんは、その手紙をマッスーグ大臣にわたした。大臣は閣議《かくぎ》を召集《しょうしゅう》し、手紙を読みあげた。

「たいへん尊敬《そんけい》いたします大臣閣下《かっか》

ブキノーハラ市のザクロの木を無害にするために、大臣閣下《かっか》が、わたくしどもにスタッハをお送りくださったことにたいし、全市をあげての感謝《かんしゃ》をここに表明いたします。どのようにして成功したのかは、スタッハ本人は話すことができません。と申しますのは、話すと、彼《かれ》の身の安全が保証《ほしょう》できないからです。しかしながら、彼《かれ》がザクロの木を無害にしたのは、事実であります。そのために、木に近寄《ちかよ》らなくてはならず、重傷《じゅうしょう》を負ってしまいました。今回のことをめぐる、この勇気ある若《わか》いカトーレン国民へのわたくしの賞賛《しょうさん》の念は、ますます大きくなっております。

大いなる尊敬《そんけい》の念をもちまして、

閣下《かっか》の心からのしもべ、ブキノーハラ市長」

重々しく押《お》された印章が、手紙がほんものであることを示《しめ》していた。キムのお父さんは、実際《じっさい》に起きたことについてあまりくわしく書いていないが、マッスーグ大臣が、真実を知るはずはなかった。

大臣たちは、急にスタッハのことを真剣《しんけん》に受けとめるようになった。この少年が有能《ゆうのう》なことは明らかだ。さまざまな能力《のうりょく》がありそうだ。期待すべきか？　それとも、恐《おそ》れるべきか？

新聞は、スタッハをほめたたえる記事を書いた。カトーレン国の問題が解決《かいけつ》されるのは、もちろん、すばらしいことだ。けれども新聞は、スタッハをほめたたえることで、ひそかに大臣たちを批判《ひはん》しているとも言える。

「この少年が思い上がることのないように注意しなければならない」と、美徳善行《びとくぜんこう》大臣のコーケツが、注意深く発言した。彼《かれ》は、めずらしく閣議《かくぎ》に出席していた。ふだんはたいてい、講演《こうえん》旅行に出かけているのだ。コーケツ大臣は、ことばをつづけ、「思い上がりは、彼《かれ》の性格《せいかく》に有害となりうる」と言った。

ほかの大臣たちもうなずいて、それに賛同《さんどう》した。

つづいて、マジメーダ大臣が発言する。

「デシベルとブキノーハラの市民が、これまでの困難《こんなん》から解放《かいほう》されたのは、たいへんよろこばしいと思う。だが、変わらない事実は……」

すると、コーケツ大臣が先ほどの発言に補足《ほそく》した。

「だが本当は、あのような少年をあんな危険《きけん》にさらしてはならない。結果がよいとほめたたえられ、甘《あま》やかされて、永遠《えいえん》にだめにされる可能性《かのうせい》がある」

「話は簡潔《かんけつ》に」と、ドタバータ大臣が口をはさんだ。彼《かれ》は、精神論《せいしんろん》についての長ったらしい論議《ろんぎ》をするのがきらいだ。「三つ目の任務《にんむ》のことだけ話せばよい。こんどのは、これまでよりもむずかしい任務《にんむ》でなくてはならん。提案《ていあん》がある人は？」

「わたしがあります」と、規則秩序《きそくちつじょ》大臣のマモールが口を開いた。ほかの五人が、期待をこめて彼《かれ》の顔を見つめた。

「スモークのドラゴンだ」

五人の大臣たちがうなずく。

ところが、マッスーグ大臣は、この案に賛成《さんせい》しようと四分の三くらいは決めていたにもかかわらず、こう言い出した。

「本来は、彼《かれ》にそんなことをやらせてはならない」そして、つづけた。「何年か前、スモークのドラゴンは、まるで昼食を食べるかのように、歩兵連隊を一連隊そっくりたいらげてしまった」

「クラハテン大佐《たいさ》の率《ひき》いる連隊ではなかったかな？」

「そのとおりです」

「かなり前から社交会館で、なぜクラハテンを見かけなくなったのだろうと、思っておったよ」ドタバータ大臣が言った。

社交会館を訪問《ほうもん》することがあるのは、彼《かれ》だけだ。ドタバータ大臣は、なんにでも首をつっこむ人だから。

「確《たし》かに、クラハテン大佐《たいさ》は、思いがけず、食べられてしまった」と、マッスーグ大臣。

「スモークには、彼《かれ》の銅像《どうぞう》が立っていますよ」

「カトーレン国中、銅像《どうぞう》はたくさん立っている」セーケツ大臣がふざけたしかめっ面をして言った。

「いずれも、ハトのふんでいっぱいですが。ああいったものを清潔《せいけつ》に保《たも》っておくのは、たいへんやっかいなのです。わたしは、銅像《どうぞう》に反対です」

「異議《いぎ》あり。みなさん、要点だけを話しましょう」と、マジメーダ大臣。「スモークのドラゴンに決めますか？」

だれも反対しなかった。

「ならば、その準備《じゅんび》するのはあなただ、マモール大臣。あなたの案なのだから」

規則秩序大臣《きそくちつじょ》のマモールは、さっそく準備《じゅんび》を始めた。だが、そのために、彼《かれ》は一日のスケジュールを大きく変更《へんこう》しなければならなかった。というのは、規則秩序大臣《きそくちつじょ》は、痛々《いたいた》しいほどきちょうめんな生活を送っていたからだ。規則正《きそくただ》しい暮《く》らしは、健康と仕事のためによいという意見だった。それでもって、すべて——勤勉《きんべん》、美徳《びとく》、公正、正直のためにもよいと、考えていた。

だが、大臣の秩序《ちつじょ》と規則正《きそくただ》しさへの愛は病的なほどだと、悪口を言う者もあった。実際《じっさい》、大臣は両手首に腕時計《うでどけい》をはめ、さらに、規則正《きそくただ》しく時間を知らせる懐中《かいちゅう》目覚まし時計を持っていた。毎朝、七時二十分に起きる。例外は、耐《た》えがたい歯の痛《いた》みで六時四十五分に電話した朝だけだった。そのあと四日間、胃腸の調子が悪かった。それが、歯の治療《ちりょう》で出た血を飲みこんだせいなのか、日程《にってい》が混乱《こんらん》したせいなのかは謎《なぞ》のままだ。そんなマモール大臣の趣味《しゅみ》は、気象学だ。一週間のうちのある決まった日に雨をふらせることができる仕組みを見つけ出したいと思っていた。

まあ、それはともかく、マモール大臣はスタッハを呼《よ》び出し、スモークのドラゴンを退治《たいじ》する任務《にんむ》をあたえた。

スタッハは、ついにドラゴンを退治《たいじ》せよという任務《にんむ》をもらってよろこんだ。この任務《にんむ》を受けたいとずっと思っていたのだ。だが、ヘルファースおじさんは、よろこばなかった。クラハテン大佐《たいさ》とその連隊についての新聞記事をよく覚えていたのだ。ヘルファースおじさんは、心配そうに言った。

「そのドラゴンは、七つの頭を持っていたはずだ」

「ドラゴンって、そういうもんだよ」と、スタッハは楽しそうな声で言う。

「六つの頭を切り落とさなくちゃならないけど、七つ目は切らなくていいって言われてる。そうしないと、七つの頭がぜんぶ、また出てくるって」

「だが一人で、どうやってドラゴンの六つの頭を切り落とすんだ？　一連隊でかかっても、できなかったというのに……」

「ヘルファースおじさん、たぶん、一連隊といっしょよりも、一人のほうがいいかも。とにかく、これだけははっきりしてるよ。一連隊をつれていくのは意味がないって。ポケットナイフとロープの束《たば》、それに着がえのシャツを忘《わす》れないようにしよう」

ワンワン、フロットがほえた。

「いっしょに行きたいのか？　だめだよ。ドラゴンは、犬が大好きだからね。おまえは、年老いたご主人さまのお守りをして待ってるんだよ。それじゃあ、おじさん、行ってきまーす！」

「行っておいで、スタッハ。神さまのご加護《かご》がありますように！」

こうして、出発の挨拶《あいさつ》を簡単《かんたん》にすませると、スタッハは、スモークのドラゴンのもとへと、長い髪《かみ》をなびかせて意気揚々《いきようよう》と出かけていった。

スモークのドラゴン

スモーク市は、カトーレン国の湿地《しっち》の多い内陸にあり、ほとんどいつも霧《きり》がかかっている。じめじめした地面の上には、きたないもやが立ちこめている。それは、度重なる不幸に打ちひしがれた人々ならそれほど気にならないかもしれないが、ふつうの人なら、背中《せなか》にゾクッとふるえを走らせるだろう。ここには、ぼんやりしたハンノキや、不格好《ぶかっこう》なシダレヤナギが生えている。鋭《するど》いとげのあるブラックベリーの茂《しげ》み、イラクサや湿地性《しっちせい》ヒカゲノカズラがはびこり、小さな花をつける高山性《こうざんせい》のサキシフラガの育つ場所はほとんどない。湿《しめ》ってやわらかそうな白っぽいススキの穂《ほ》が、そよりともせずに小道に立っている。毒蛇《どくへび》が音も立てず、湿《しめ》った地面の上をすべるように進む。すぐに毒蛇《どくへび》は、ハトほどの大きさの鳥、バンのひなの首をかみ切ろうとしているネズミをつかまえることだろう。そこら中に、恐怖《きょうふ》が待ちぶせする。むこう見ずなトンボが一ぴき、水のすぐ上を静かに風を切ってヘリコプターのように飛び、この死んだような景色の中にも生きて動くものがあることを示《しめ》そうとする。だが、残念なことに、魚がとびあがり、その優美《ゆうび》な天使のような昆虫《こんちゅう》を水中に引きこむ。引きさかれた、ごく薄《うす》い羽根が水面にうかぶ。

この、死と破滅《はめつ》の場所にドラゴンはすんでいる。これこそが、ドラゴンがくつろげる、かっこうのすみかなのだ。この場所で、ドラゴンは鳥の死骸《がい》や、ねとねとしたキノコやかびを食べて生きる。ある者に言わせれば、不信心者の魂《たましい》をも食らう。うろこのあるドラゴンの尾《お》が触《ふ》れた地面には、一年間はもう何も育たない。ドラゴンの息がかかったところでは、植物が枯《か》れ、昆虫《こんちゅう》が死ぬ。ドラゴンの十四のするどい目つきに射《い》すくめられた者は、慢性的《まんせいてき》な疥癬《かいせん》（＊1）などの皮膚病《ひふびょう》に苦しむ。

スタッハは、スモークで列車をおりるとすぐに、ハンカチを取り出して、鼻を押《お》さえた。町には、耐《た》えがたい硫黄《いおう》の臭《にお》い、腐《くさ》ったたまごの臭《にお》い、放置されたドラゴンの糞《ふん》の臭《にお》いが充満《じゅうまん》していた。黒い煤煙《ばいえん》が、塔《とう》の先端《せんたん》にゆっくりとただよっている。すべてが、黒いほこりの薄《うす》い膜《まく》におおわれている。

できるだけ目を細め、ハンカチを絶《た》えず鼻に押《お》しつけながら、スタッハは町に入った。歩いているのは、スタッハ一人だ。ほかの人はみんな、通りの上にはりめぐらされたレールのようなものにぶら下がった乗りものに乗っていて、それは、猛烈《もうれつ》な速さで進んでいく。

＊1　ヒゼンダニによって生じる皮膚病《ひふびょう》。とてもかゆい。

ガラス窓《まど》は密閉《みっぺい》され、排気口《はいきこう》からは黒くよごれた煙《けむり》が、もくもくと出ている。わあ、ひどい！と、スタッハは思った。

そのとおり、空も見えない。次にスタッハの目に入ったのは、家々だった。宮殿《きゅうでん》と言ってもいいほど豪華《ごうか》だ。こりゃ、なんたる町だ。通りは広く、どの家もすばらしい石造《いしづく》りで、デザインもさまざまだ。大理石や青銅《せいどう》や金の、すてきなモザイクや、木彫《きぼり》のアーチが、次々と現《あらわ》れる。今、スタッハが歩いている通りの敷石《しきいし》も、装飾用《そうしょくよう》の石でできていた。ほとんどの通りに、堂々とした教会が立っている。だが、その丸屋根と塔《とう》の大部分は、黒い雲がかかって見えない。次に気になったのは、家々の窓《まど》がとても小さいことだ。家の中は暗いにちがいない。真っ昼間だというのに、いたるところに人工の明かりがついている。窓《まど》辺《べ》には植物が置かれている。いや、コケ類や地衣類、キノコ類、湿地性《しっちせい》スギナや、灰色《はいいろ》がかった茶色のかびみたいなものなどで、植物とは言えない……。

町の豪壮《ごうそう》さにもかかわらず、スタッハは、ひどくいやな気分になった。どれでもいいからすぐに次の列車で帰りたい気がした。だが、よし、市長のところへ行くぞ、と自分をふるいたたせた。

市役所と市長の家をさがすのはむずかしくなかった。この市でも、市役所と市長の家は、大きな中央広場にあった。どちらも、本当のお城《しろ》みたいだ。スタッハは、市長の家のベルを鳴らした。

スーツを着た男がドアを開けてくれた。その男の上下一揃《ひとそろ》いの服ときたら、クラハテン大佐《たいさ》の正装《せいそう》の制服《せいふく》だって貧弱《ひんじゃく》に見えたにちがいない。この人が市長だ、とスタッハは思い、声をかけた。

「市長さん、ぼくはスタッハです」

ところが、男は、「わたしは、市長ではありません」と、口をすぼめて言った。

「わたしは執事《しつじ》です」

「い、い、しつじ……ってなんですか？」

「この家を取りしきる召使《めしつか》いです」

スタッハはおどろいて、目を丸くした。けれども、いつものものおじしない性格《せいかく》を発揮《はっき》して質問《しつもん》した。

「それでは、市長さんはどんなスーツを着ていらっしゃるんですか？」

「これは、スーツではありません。よい家の執事《しつじ》が着せられるようなお仕着せの制服《せいふく》です」

「あっ、そうですか。ぼくは市長さんにお会いしたいのですが」

「いいえ、お会いになれません。第一に、今、市長は家にいません。第二に、あなたは面会を申《もう》し込《こ》んでいません。第三に、あなたは、ふさわしい服装《ふくそう》をしていらっしゃいません。ジャケットを着ていない方は、市長にお会いできないのです」

「でも」と、スタッハ。「ぼく、ジャケットは持ってないんですよ。けれども、今夜、面会を申《もう》し込《こ》みたいと思います。少なくとも、ぼくが今夜、市長と話したいと思えば、ということですが」

「ジャケットなしでは、面会はかなわないでしょう」

だが、スタッハは、りっぱなお仕着せを着た執事《しつじ》にひるむことなく立ちむかい、「それでは、ぼくがくると市長に伝えてください」と、軽く言った。

「ヴィスのスタッハです。あなたがたのドラゴンをやっつける手伝いにきました」

「わたしたちの……？」

「そうです、あなたがたのドラゴンを」

執事《しつじ》は、あっけに取られた。そしてスタッハがつま先立ちをして、堂々とした執事《しつじ》の耳にこうささやいたときには、いっそうあっけに取られたのだった。

「ご自分の靴《くつ》をご覧《らん》ください。うっすらですが、すすにおおわれていますよ」

そのあと、スタッハは声をはりあげて言った。

「それでは失礼します。今夜、また」

スタッハは、市長の家をあとにして、町のようすを見に出かけた。建築物《けんちくぶつ》はすばらしい。だが、煤煙《ばいえん》と臭気《しゅうき》の中を歩くのは耐《た》えがたい。レストランでコーヒーを飲みたいと思った。けれども、一杯《ぱい》八フルデン二十セントとメニューにあるのを見て、すぐに飛び出た。これじゃあ、公園の噴水《ふんすい》の水をひと口飲むしかないな。ところが、その水のまずさにギョッとした。もう一度手のひらに少しすくってみると、小さな赤い虫が泳いでいる。ゲッと吐《は》き気がして、すぐにその水を捨《す》てた。その日の残りの時間を、スタッハは、いくつかの大聖《だいせい》堂《どう》を訪《おとず》れることにした。そこで、これまでの人生の中でいちばんたくさんの美術品《びじゅつひん》を見たけれども、これまでになく、みじめな気分になった。ドラゴンをすぐに倒《たお》さなくては！ でないと、ぼくが死んでしまう。

夜、スタッハはふたたび、市長の家を訪《おとず》れ、玄関《げんかん》のベルを鳴らすコードの先についた象《ぞう》牙《げ》の球を引っぱった。執事《しつじ》がドアを開けた。スタッハは、昼間と同じ服装《ふくそう》のままだったが、玄関《げんかん》ホールに通され、少し待っただけで市長の執務室《しつむしつ》に案内された。市長は、五十歳《さい》くらいの男性《だんせい》で、きちんとスーツを着ていた。だが幸い、ふつうのスーツだった。髪《かみ》をとても短く刈《か》り、わけ目は、まさに定規《じょうぎ》にそって引かれたかのようだ。金縁《きんぶち》の眼鏡《めがね》が、厳《きび》しい印象をあたえるまっすぐな鼻すじを飾《かざ》っていた。

スタッハが部屋に入ると、市長は、大きな机《つくえ》のむこうから立ちあがり、金縁眼鏡《きんぶちめがね》をかけた人には期待できないような親しみをこめて、スタッハに挨拶《あいさつ》をした。市長も新聞を読んで、今回のスタッハのこの市への訪問《ほうもん》について知っていた。そしてまた、デシベルと、ブキノーハラの市長が、自分たちの市での任務《にんむ》はむずかしすぎるだろうと思っていたのと同じように、今回の任務《にんむ》は失敗するだろうと考えていた。

「クラハテン大佐《たいさ》でさえ失敗した」と、市長。「あの人がつれてきたのは……」

「……大佐《たいさ》の一連隊でした」と、スタッハが市長のことばを補《おぎな》った。

「そのことは知っています、市長さん」

「気の毒だな、きみも」と、市長。「わたしにできることがあるかな？　ホテルは決まってる？」

「いいえ」スタッハが答える。

「それならすぐに、〈ホテル・ドラゴンの牙《きば》〉に一部屋予約させよう。ここのむかい、広場の反対側にあるホテルだ。この市でいちばんいいホテルだよ」

「そのホテルの部屋、いくらしますか、市長さん？」

「そんなに高くない。一晩《ばん》、百五十フルデンくらいだろう」

「だったら、ぼくは、そのホテルに二十分くらいしかいられません。それ以上のお金は持っていません」

「えっ、お金を忘《わす》れたのかね？」

「いいえ、ぼくはお金を持っていません」

市長はおどろいた。

「どうしてそんなことが……？　うちの執事《しつじ》だって、百五十万フルデンは持ってるよ。この市じゃ、ほとんどの人が百万長者だ」

こんどは、スタッハがおどろく番だった。

「だが、そんなことはどうでもいい」と、市長は、にこやかに話をつづけた。

「そうだ、いいことがある。きみは、この市のための仕事をしに、ここにやってきたんだろう？　ならば、市がその費用を払《はら》ってもよいはずだ」

市長は受話器をつかむと、ホテル・ドラゴンの牙《きば》に電話した。そして、スタッハのためにスイートルームを予約し、スタッハが食べたいという食事をすべて出すように伝え、請求書《せいきゅうしょ》は市役所宛《あて》に送るように言った。

「これでよし、準備完了《じゅんびかんりょう》。それでは、わたしたちをあのドラゴンから解放《かいほう》するために、きみは、どういうふうにするつもりか、話してごらん」

「その怪物《かいぶつ》──ドラゴンについて、教えてくださいませんか？」スタッハはきいた。

「もちろんだとも」

市長は、こんな話をしてくれた。

ドラゴンは、吐《は》き出すガスや蒸気《じょうき》で周囲をどのように汚染《おせん》するのか。ドラゴンが通りすぎた場所では、植物や動物がどんなふうにして生きられなくなっていくか。ドラゴンが吐《は》き出したもので、水がどれほど小さな害虫だらけになり、ドラゴンの息で空はどれだけ汚《お》染《せん》されるか。

ところが、スタッハは、「それは、ドラゴンの息のせいだけではないと、ぼくは思います」と言って、市長が彼《かれ》に吹《ふ》きかけた葉巻《はまき》の煙《けむり》をいやな顔をして手ではらいのけた。

実は、市長は、ずっと葉巻《はまき》をふかしていたのだ。スタッハが通りで見かけた何人かが吸《す》っていた葉巻《はまき》は、これほどいやな臭《にお》いがしなかったのだけれど……。

「ああ、この葉巻《はまき》か」と、市長。

「これは、ドラゴンゆえにだよ。この格別《かくべつ》強い匂《にお》いの葉巻《はまき》をふかしていれば、ドラゴンの臭《にお》いを感じずにすむからね。わかるだろう？」

「いいえ」と、スタッハ。

「いいえって、どうして？」

「おっしゃることがわかりません。悪臭《あくしゅう》を生み出している場所で、より強い臭《にお》いでその悪《あく》臭《しゅう》を追っぱらおうとするというのは、理解《りかい》できません」

「きみは、ドラゴンをまだ知らないからだよ」と、市長はため息をついた。

「腐《くさ》ったたまごの臭《にお》いをつねに嗅《か》いでいるとは、いったいどういうことなのか、きみにはまだわからないんだ」

「ところで、あのケーブルに下がった小さな乗りものですが」と、スタッハは言った。

「とてもよく考えられていると思いますが、大量のくさい臭《にお》いとすすや煙《けむり》を出しています。あれは、本当に必要なんですか？」

「あれがあれば、速く移動《いどう》できる」

「なぜ、そんなに速く移動《いどう》しなくちゃならないんですか？」

「そうすれば、外に長くいないですむ」

「なぜ、外に長くいたくないのですか？」

「いやな臭《にお》いを嗅《か》がないためだ」

「不思議です」と、スタッハ。「スモークは、たいへん不思議な町です。こんなに美しく豊《ゆた》かな町は見たことがありません。けれども、町をながめてみようとする人は、一人もいません。それにこの市は、どうしてこんなにお金持ちなのですか、市長さん？」

「みんなが、つねに働いているからだ」

「みんな、なぜ、いつも働いているのですか？」

「ほかにすることがないからさ」

そのことばに、スタッハはおどろいた。

「ほかにすることがないなんて、どういうわけですか？　ぼくは、暇《ひま》なときにする楽しいことが、つねにいっぱいありますが」

「たとえば、どんなことだ？」

「そうですね。泳いだり、森を散歩したり、広場で友だちとしゃべったり、サッカーをしたり、日光浴をしたり……」スタッハは、しだいに言いよどんだ。

「そのとおりだ」と、市長。

「これで、きみも、わかっただろ。だが、わたしは、これで失礼しなくちゃならん。明日の朝までに、あと二つ報告書《ほうこくしょ》を書かなくてはならないから。ホテル・ドラゴンの牙《きば》で、ゆっくり休んで、ドラゴンからわたしたちを救い出す方法を考えてみてくれたまえ。金が必要なら、わたしたちにはあふれるほどある。しかし、これだけは、きっぱりと言える。あの怪物《かいぶつ》の頭を切り落としても意味はない。すぐにまた生えてくるのだ。それについては、クラハテン大佐《たいさ》がドラゴンにむさぼり食われていなければ、実例を話せるのだが……。では、また」

そう言いおわると、市長は、威厳《いげん》のある紳士《しんし》らしいようすにかえって、スタッハときちんと握手《あくしゅ》をした。そして、ベルを鳴らして執事《しつじ》を呼《よ》び、スタッハを玄関《げんかん》まで送らせた。

スタッハは、廊下《ろうか》で執事《しつじ》にきいた。

「長い時間、働いていらっしゃるんですね。今朝もいらっしゃいましたが、もう、夜の十一時です」

「わずか、一日に十六時間です」

「わ、わずかとおっしゃるとは」

「二十四時間につき八時間以上眠《ねむ》る必要はないじゃありませんか」

「でも、少しは自由時間がほしいと思うでしょう！」

「わたしども、スモーク市民は、自由時間を好みません。働くことが好きなのです。それでは、おやすみなさいませ」

スタッハは通りに足をふみだしたとたん、あわててハンカチで鼻を押《お》さえたので、執事《しつじ》への返事は、くぐもって聞こえなかった。


ホテル・ドラゴンの牙《きば》は、恐《おそ》ろしく高級なホテルだった。スタッハのトランクを受けとろうと、ベルボーイが二人とんできた。スタッハが小さなかばんしか持っていないのを見て、二人は面食らった顔をした。それでも、かばんの持ち手を片方《かたほう》ずつ持って、二人いっしょに上の階へ運んだ。ホテルの規定《きてい》によると、客一人につきベルボーイ二人をつけるというのは、最小限《さいしょうげん》の人数だったのだ。重要なお客の場合、その数は、十人にのぼる。

スタッハのためにスイートルームが予約されていた。じゅうたんはふかふかで、くるぶしまでしずみそうだし、ベッドは、閣議《かくぎ》に参加する全大臣が、いっしょに眠《ねむ》れそうなほど広く、お風呂《ふろ》ときたら、水泳の練習ができそうだった。枝《えだ》つきの黄金の燭台《しょくだい》、ぜいたくなひじかけいす、ダマスク織《お》りのカーテン、貴重《きちょう》な絵画もあった。だが、スタッハは、それだけにいっそう悲しい気持ちになった。たぶん、キムのことを思い出したのだろう。ドラゴンにかなりの憎《にく》しみを感じはじめ、急いであの怪物《かいぶつ》をやっつけなくてはならないと、あらためて心に決めた。それから、羽根布団《ぶとん》に飛びこんで、ぐっすりと十時間も眠《ねむ》った。

翌朝《よくあさ》、銀の食器に用意された朝食をすませ、浴室に置かれていたラベンダー水とオーデコロンを上着とハンカチにふりかけると、ありったけの勇気をふるいおこして、くさい臭《にお》いが立ちこめる町に出かけた。人々と話をしようとしたが、みんな、よほど必要がないかぎり、家の外に長くいようとしないので、なかなかうまくいかなかった。結局、ごみ収集《しゅうしゅう》の男一人と少し話せただけだった。男は言った。

「あそこの、あのきたない、黄色い雲をごらんよ。ほら、霧《きり》がかかっていても、あれが見わけられるだろ。あっち、南のほうだ。今日は、あそこにドラゴンがいるのは確《たし》かだよ」

「あの黄色い雲があるのは、なぜですか？」

「硫黄《いおう》、黄色い硫黄《いおう》さ。ドラゴンは、始終、硫黄《いおう》と硫黄《いおう》化合物を吐《は》き出していると言われてる。おれは、ありがたいことに、自分ではドラゴンを見たことないが。あれの目に留《と》まると、疥癬《かいせん》になるそうだから」

「ドラゴンが町に出てくることはあるんですか?」スタッハがきいた。

「幸い、めったにない。沼地《ぬまち》が好きらしい」

「クラハテン大佐《たいさ》の場合、どうなったのか知ってますか?」

「ああ、知ってるとも。だれでも知ってるよ。大佐《たいさ》は、千人もの人をつれて、ここにやってきた。全員、銃《じゅう》や大砲《たいほう》を持っていた。そしてある朝、広場から出発した。おれたちゃ、みんな、それを見ようと集まった。兵士たちは、若《わか》い女の子にキスされ、クラハテン大佐《たいさ》は、市長の奥《おく》さんにキスされた。あれが、大佐《たいさ》が最後に受けたキスだよ。もっとも、兵士たちみんなにとっても、そうだったろうが。ブラースとかいう兵士と、ファーヘーレンとかいう兵士をのぞいてな。二人は、夜、帰ってきたが、完全におかしくなっていた。今も、病院にいるよ。二人の話によると、兵士たちはドラゴンにむかって激《はげ》しく銃《じゅう》や大砲《たいほう》を撃《う》ったそうだ。おれたちも音を聞いた。頭を次々と撃《う》ちおとしたんだ。だが、そのたびに頭が生えてきた。そうこうするうちに、あの怪物《かいぶつ》は近くに忍《しの》びよってきて、黄色い毒をドドーッと兵士たちに吹《ふ》きかけた。そして、つかまえたやつを食らった。兵士たちのまわりを、ぞっとするような裂《さ》けた舌《した》が、パパッと光る稲妻《いなずま》のように動きまわっていた、とブラースとファーヘーレンは言っていた。二人とも、自分がどうやって逃《に》げたのかわからないそうだ。それでも、ブラースは、三分前には存在《そんざい》していなかったドラゴンの頭の一つに、クラハテン大佐《たいさ》がかみくだかれるのを目撃《もくげき》したとのことだ。とにかく、ドラゴンをやっつけるのは無理だ」と言って、ごみ収集《しゅうしゅう》の男は話を終えた。

「ひゃーっ！」

スタッハは、心の底から声をあげた。

「ああ、ドラゴンのいるこの状況《じょうきょう》には慣《な》れるもんだよ」と、ごみ収集《しゅうしゅう》の男は言った。

「いちばんひどいのは、悪臭《あくしゅう》だ。あれは、だれもがまんできん。そのせいで早死にするにちがいねえ。だから、おれたち、ごみ収集人《しゅうしゅうにん》の給料はいい。だってさ、ごみを集めるために、長時間、戸外にいなくちゃならんからね。おれは、スモークでいちばん高い給料をもらう者の一人だよ。それじゃあ、あばよ。おれ、急がなくちゃならんからな」

ごみ収集人《しゅうしゅうにん》は、金の腕時計《うでどけい》を見ると、いそがしそうに、クロームメッキされたごみバケツをごみ収集車《しゅうしゅうしゃ》に積んだ。

スタッハは、先へ進んだ。ぶらぶらと歩きながら、じめじめしたキノコが家々の漆喰《しっくい》ぬりの壁《かべ》を脅《おびや》かしていることに気づいた。

市の公園にはヒキガエルやムカデがたくさんいるのも発見した。池や運河《うんが》には、毛のない長いしっぽをした灰色《はいいろ》のネズミが泳いでいた。スタッハは、またも「ひゃーっ」と声をあげた。それからホテルにもどって昼食を注文した。

まるで、百倍も正装《せいそう》した海軍大将《たいしょう》のようなウエーターがきいた。

「どのようなワインにいたしましょうか？」

「水」とだけ、スタッハは答えた。おそらく、ウエーターのお高くとまった態度《たいど》への反発だったのだろう。

すると、ウエーターはぎょっとしたようすで、「水、とおっしゃいましたでしょうか？」と言った。

「水、と言った」スタッハは断言《だんげん》した。

ウエーターはその場を離《はな》れ、ホテルの上司らしい男とひそひそと話していた。しばらく

して厨房《ちゅうぼう》へ行き、水の入ったポットと細かい目のこし器と卓上《たくじょう》コンロを持ってきた。そして、スタッハの目の前で、注意深く水をこすと、こし器の中にうようよいる小さな虫を見せた。それから、こした水に浄化剤《じょうかざい》を一粒《つぶ》投げ入れて、やっと、卓上《たくじょう》コンロで沸《わ》かしはじめた。そして、ウエーターは申《もう》し訳《わけ》なさそうに言った。

「おわかりになったと思いますが、お湯しかお出しできません」

「ああ、それなら、不純物《ふじゅんぶつ》を取りのぞいた水を入れたやかんを用意しておくほうが役立つのではありませんか？」

「ここでは、コップ一杯《ぱい》の水を注文なさったお客さまがいらしたのは、七年以上前のことでございます」

「わかります」

スタッハは、こし器の中をちらっと見ながら言った。

げんなりした気分で昼食を食べると、スタッハは、午後ふたたび、町をぶらぶらと歩きまわった。夕方近くになると、あわれな気分と孤独《こどく》と退屈《たいくつ》の見本のようになってしまった。そこで、キムに長い手紙を書いた。というのは、ついつい、どうしても彼女《かのじょ》のことを考えずにはいられなくなってしまうのだ。重要な任務《にんむ》に取り組んでいる未来の王が、一日中、十六歳《さい》の少女のことばかり考えているなんてどうかしてるって、自分でも思う。だけど、そうなんだ。困《こま》ったものだ。

「きみのことを考えているときがある」と、スタッハは書いた。「だって、ここは、とても鬱陶《うっとう》しいから、ぼくは、ブキノーハラの太陽の照る気持ちのいい気候を、何度も思い出してしまう。ところで、お願いしたいことがある。きみのお父さんに、硝酸《しょうさん》カリウム百キロと木炭の袋《ふくろ》をいくつか送ってもらえないか、きいてほしいんだ。工場にじゅうぶんな在《ざい》庫《こ》があるはずだ。必要なものがあったら、なんでもきいてくれって、きみのお父さんは言ってくれた」

そして、手紙の終わりには、心温まるようなことをいくつか書いた。でも、それは、キムだけにむけて書かれたことだから、わたしたちには関係ない。

スタッハは、手紙をポストに入れてから、ベッドにもぐりこんだ。そして、世界とそのあらゆる苦しみを純粋《じゅんすい》に悲しんで何時間もベッドの中で泣く人々がいるんだと思った。自分も、ちょうどそうしそうになった瞬間《しゅんかん》、夢《ゆめ》も見ない、深い眠《ねむ》りにおちた。ぐっすり眠《ねむ》れ！

翌日《よくじつ》、スタッハは、公会堂で講演《こうえん》をしてほしいと頼《たの》まれた。テーマは、太陽についてだ。彼《かれ》は、これまでに講演《こうえん》をきいたこともなければ、まして、自分で講演《こうえん》したこともなかったけれども、とにかく、行くことにした。会場中が、金のネクタイピンやダイヤモンドのイヤリングできらきらと輝《かがや》いていた。司会者は象牙《ぞうげ》の槌《つち》を使って会場をすぐに静かにさせた。

そして言った。

「たいへんお若《わか》いとはいえ、現在《げんざい》、すでに名高いスタッハさんを、みなさまとともにお迎《むか》えできるのは、とてもよろこばしいことと存《ぞん》じます。スタッハさんは、わたくしどもがここで決して見ることのない、ある天体についてお話しくださいます。みなさまの中には、ほかの地域《ちいき》への旅行で、実際《じっさい》にそれを観察なさったことがある方もいらっしゃるでしょうし、もちろん、わたくしたち全員、教科書で習って知っています。スタッハさんは、それとともに成長されましたので、わたくしどもは、その経験《けいけん》を聞くことを非常《ひじょう》に楽しみにしております。それに」と、司会者は、いたずらっぽくつけ加えた。「お話の中で、ドラゴンについてどんな計画をお持ちなのか、そのベールをほんのちょっとだけはがしてくださるかもしれません」聴衆《ちょうしゅう》が笑う。

「それでは、スタッハさん、よろしくお願いいたします」

「太陽について話すことになっているんですね？」スタッハはきいた。

「それが演題《えんだい》です」

さて、知ってのとおり、スタッハは引っこみ思案に悩《なや》まされることはない。演台《えんだい》に立つと、会場を遠慮《えんりょ》なく見まわした。人々はみんな、化粧《けしょう》でかなりかくしているが、顔色が悪いように見えた。

スタッハは口を開いた。

「みなさま、気を悪くなさらないでいただきたいのですが、みなさまは、死人のような顔色をしていらっしゃいます」

何人かが不安そうにもぞもぞと体を動かす音がした。

「それは、太陽が欠けているせいです」と、スタッハは話をつづけた。

「太陽が肌《はだ》を照らせば、健康な色になります。だから、スモーク市以外のカトーレン国民は、みんな健康的な顔色をしています。ただし、おしり以外は。というのは、おしりは、いつもズボンにおおわれているからです。これまで、ぼくは、それがなぜかわかりませんでした。けれども、ここにきて、わかりました。それは、太陽のないスモーク市のみなさんを思ってのことではないでしょうか。あなたたちが、いつも太陽なしでやっていかなくてはならないのなら、わたしたちも、ちょっとだけ太陽なしでやってみようじゃないかと」

聴衆《ちょうしゅう》は、ほほえんだ。スタッハは、さらに太陽について話した。話しながら、スモークのよごれた黄色い空気や黒い煤煙《ばいえん》、かび臭《くさ》い水のことを考えると、また、紳士《しんし》たちが会場で不快《ふかい》な葉巻《はまき》に火をつけるのを目にすると、話すことはいくらでもあった。スタッハは話すことにすっかり慣《な》れてきた。太陽にむかって思いっきり葉を広げるさまざまな花について、色とりどりの花から花へ飛びまわるチョウについて、ブンブンいうミツバチや、踊《おど》る蚊《か》、バラのうっとりするような香《かお》りについて、水辺で体をのばし、指のあいだにきらきらと砂《すな》をすべらせる人々について、夢中《むちゅう》で話した。

ヘルファースおじさんの家の裏《うら》にある井戸《いど》の話もした。鎖《くさり》につながれたバケツで、深さ三十メートルの井戸《いど》から水をくむことができる。気持ちよく冷たい清潔《せいけつ》なわき水、混《ま》じりけのない味がする。モミの林では、樹脂《じゅし》とモミの葉のつんとした香《かお》りが食欲《しょくよく》をかき立てることについても話した。そしてスタッハは、聴衆《ちょうしゅう》を早朝のブナの林へいざなった。まだ低い太陽が、クモの巣にふりそそいだ雨粒《あまつぶ》を真珠《しんじゅ》に変え、森を巨大《きょだい》な――しかも、すべてが無料の――宝石店《ほうせきてん》にしてしまう。スタッハは、山にのぼったときのことを思い出しながら、話に聞きほれている人たちをとがった岩のてっぺんの陽のあたる場所で休ませた。

品のいい女性《じょせい》たちはため息をつくだろうか？　尊敬《そんけい》すべき紳士《しんし》たちは、たるんだおなかの筋肉《きんにく》を引きしめようとするだろうか？　血色の悪い顔に、緊張《きんちょう》とあこがれの色がいくらかさすだろうか？　この勤勉《きんべん》な人たちは、太陽の下で何もせずぶらぶらすることをうらやましく思うだろうか？　スタッハがそんな風に思いながら話しおわると、温かい拍手《はくしゅ》が起こった。彼《かれ》は、司会者の横にすわった。急に、少しはずかしくなって小声できいた。

「講演《こうえん》って、だいたいこんなものでしょうか？」

司会者はうなずいて言った。

「とてもよい講演《こうえん》でした」

それから、聴衆《ちょうしゅう》が質問《しつもん》を始めた。もちろん、みんなは、スタッハがどうやってドラゴンを退治《たいじ》するつもりなのかを知りたがった。まだわからないと、スタッハが答えると、「それはお祭しします」と、とても太った男の人が言った。

「まあ」と女の人がため息をついた。「今、あなたがお話しなさった、あのすばらしい太陽がここにあったら！　そして、真っ青な空やモミの木の香《かお》りが……」

「でも、それは、あなたにはあまり役に立たないでしょう？　だって、いつも働いているのですから」と、スタッハ。

「それがあれば、わたしたちは、今ほど働かなくなるでしょう。だって、お金はじゅうぶんにあるのですから」

話は、ふたたびドラゴンのことにもどった。世界中の何よりも、人々はドラゴンを憎《にく》んでいた。「だから、憎《にく》しみは黄色なのよ」と言った少女もいた。人々は、スタッハにいろいろと忠告《ちゅうこく》した。スタッハは、礼儀正《れいぎただ》しくうなずいたが、半分しか聞いていなかった。ある考えを思いついたのだ。

とつぜん、スタッハが言った。

「みなさんにお願いしたいことがあります。死んだ鳥が必要です。もし死んだ鳥を見つけたら、ホテル・ドラゴンの牙《きば》へ持ってきてくださいませんか？　あるいは、持ってこさせてくださいませんか？」

「ああ」と、恰幅《かっぷく》のいい男が言った。

「ドラゴンを兵糧《ひょうろう》ぜめにするつもりだな。ドラゴンが大好きな死んだ鳥をぜんぶ、目の前で取りあげようってわけだ」

「ちがいます、ちがいます」と、スタッハ。「決して、ドラゴンを飢《う》えさせてはいけません。実際《じっさい》、ドラゴンは腹《はら》ぺこになったら、町にやってくるでしょう。そんなことをしたら、自ら災《わざわ》いを招《まね》くことになります。そうじゃなくて、ぼくには、べつの案があります。それについては、まだ漠然《ばくぜん》としているので、お話しできません。もしかすると、何もならないかもしれません。ですから、鳥を撃《う》ち殺してほしいわけではないのです。自然に死んだ鳥だけがほしいのです」

「ここでは、鳥は大量に死んでるよ」と、べつの男の人がにがにがしそうに言った。

「ほぼ、ワタリガラスしかいない。その頑強《がんきょう》なワタリガラスのひなでさえ、絶滅寸前《ぜつめつすんぜん》だよ」

ちょうどそのとき、司会者が言った。

「閉会《へいかい》の時間でございます。みなさまは、ここで二時間をお過《す》ごしになりました。それは、よい時間でもありましたが、たいへんぜいたくな時間でもございました」

司会者は、スタッハに感謝《かんしゃ》のことばを述《の》べて、講演会《こうえんかい》を終えた。みんなはそれぞれ帰り支度《じたく》をして、レールにぶら下がった乗りものに乗りこむと、真っ黒な煤煙《ばいえん》の中を急いで帰っていった。スタッハは、ハンカチを取り出して鼻を押《お》さえ、ホテルへ歩いてもどった。

スタッハは、ここの人たちのために何かしたくてたまらなくなった。それは、少し、王にふさわしい気持ちだ。

二日後、鉄道小包の配達人が大きな袋《ふくろ》を二つ、ホテル・ドラゴンの牙《きば》に運んできた。それは、ブキノーハラからスタッハ宛《あて》に送られた荷物で、二通の手紙が添《そ》えられていた。一通はキムからだ。それは、もっぱら愛について書かれていた。今や、スタッハがドラゴンのことで走りまわっているとあって、キムは、心配で食事がひと口ものどを通らないほどだとあった。それ以外は、この物語にはほとんど関係ない、たわごとばかり書いてきた。スタッハも、取るに足りないことだと思ったけれども、その手紙を十四回も読み返してから、セーターの下にしまった。それから、キムのお父さんの手紙を開けた。それには、心のこもった挨拶《あいさつ》と、百キログラムの硝酸《しょうさん》カリウムと木炭の袋《ふくろ》を送ったことが書かれていた。

「きみは、年齢《ねんれい》からも、賢《かしこ》さからも、じゅうぶん、自分のことは自分でめんどうを見られるとわかっている。だが、やはり、注意を促《うなが》さずにはいられない。これは、危険《きけん》がまったくないというものではないのだよ」

「ああ、ありがとう！」と、スタッハはつぶやいた。「だけど、危険《きけん》じゃないものなら、ぼくに必要ありませんよ」

ちょうど、スタッハがキムの手紙をもう一度読み返そうと思ったとき、ドアを遠慮《えんりょ》がちにノックする音が聞こえた。ホテルの支配人《しはいにん》だった。

「申《もう》し訳《わけ》ありません……」と、支配人《しはいにん》。「おたずねいたしますが、あの鳥は、いつなくなるのでしょうか？　中庭が死んだ鳥でいっぱいです」

「悪臭《あくしゅう》を心配なさっているのですか？」

「あっ、いいえ。悪臭《あくしゅう》に気づく人はいないでしょう。ですが、あのたくさんの鳥の死骸《しがい》……ちょっといやですし……その上……」

善良《ぜんりょう》な支配人《しはいにん》は、少し言いよどんだ。

「その上……？」スタッハがきく。

「その上、わたしはこわいのです。ドラゴンがその臭《にお》いに気づいて、ここにきたら……」

「おっしゃるとおりです。明日には、なくなるようにします」

「おお、ありがとうございます。たいへん感謝《かんしゃ》いたします」

そう、スタッハは、しだいに、カトーレン国で有名になってきていたので、ホテル・ドラゴンの牙《きば》の支配人《しはいにん》のようなえらい人でも、ジャックナイフみたいに、深々と上半身を倒《たお》してお辞儀《じぎ》をした。

それから、スタッハは、繁盛《はんじょう》している外科医のようにいそがしかった。中庭で腰《こし》かけにすわり、ゴム手袋《てぶくろ》をはめて、死んだ鳥のおなかを切りひらく。ひどくいやな仕事だが、しなくてはならない。どの鳥にも、たくさんの硝酸《しょうさん》カリウムと少量の木炭をつめる。そのあと、鳥のおなかを数針縫《すうはりぬ》う。われながら、つらい仕事だな、とスタッハは思った。だけど、前王はこう言わなかったかな？　いちばん高いところに届《とど》く打ち上げ花火も、半ば失敗して元気のない弧《こ》を描《えが》いて地面に落ちる打ち上げ花火と同じ灰色《はいいろ》の紙に包まれているって。

薄暗《うすぐら》くなるころ、スタッハはようやくその仕事を終えた。ホッとため息をついて、バスタブを不純物《ふじゅんぶつ》を取りのぞいた水でいっぱいにし、よごれをすべて洗《あら》い流した。それから、市長を訪《おとず》れ、親切に迎《むか》えいれてもらった。市長は、ドラゴン退治《たいじ》の進展《しんてん》についてたずねた。その声から判断《はんだん》すると、なんの期待もしていないようだった。ところが、おどろいたことに、スタッハはこう答えたのだ。

「とてもうまくいっています、市長さん」

「ああ、それはよろこばしい」と、市長。「わたしにできることは何かないかな？」

「もちろんあります、市長さん。町を出て――ドラゴンの方向へ、ということですが――行ってくれる人はいるでしょうか？」

「いるよ。ときには、測量《そくりょう》をする必要があるからな。たとえば、水位を監視《かんし》している。あるいは、沼地《ぬまち》には特定の藻《も》がなくてはならないので、それを観察している。こうした仕事は、ドラゴーン隊と呼《よ》ばれる人たちによって行われている。彼《かれ》らは、スモーク市民の中でいちばん高い給料をもらっている地方公務員《ちほうこうむいん》だ。ごみ収集人《しゅうしゅうにん》よりも高給取りだ。だが、彼《かれ》らも平均《へいきん》して、その仕事を五年以上はつづけられない。彼《かれ》らは、ドラゴンの視線《しせん》を通さない特殊《とくしゅ》な作業着を着ている。その視線《しせん》から逃《に》げられれば、少なくとも疥癬《かいせん》にはならない。だが、逃《に》げられるチャンスは少ない。ドラゴンは、ドラゴーン隊の一人を見れば、十回のうち九回は、その隊員をつかまえて、むさぼり食ってしまう」と、市長は悲しそうに話を終えた。

スタッハは自分の計画を話しはじめた。

「ぼくは、大量の死んだ鳥を準備《じゅんび》しました。ドラゴーン隊は、それをドラゴンが見つけそうなところに置いてこられるでしょうか？　できれば、今日中に？」

「きっと、だいじょうぶだろう」

「そして、明日、ドラゴンがそれを本当に食べたかどうか、確認《かくにん》してもらえるでしょうか？」

「それも、希望通りに手配できる。少なくとも、彼《かれ》らがむさぼり食われなければ」と、市長は、よどみがちにつけ加えた。

スタッハは、市長の終わりのことばにはふれずに、こう言った。

「それなら、よかったです。鳥は、ホテルの中庭に置いてあります。とてもたくさんのスモーク市民が鳥を集める手助けをしてくれました。とっても、親切な人たちです」

「ドラゴンに毒を盛《も》るつもりかね、スタッハ？　あの野獣《やじゅう》は、あれ自身が毒そのものなんだよ。毒を盛《も》っても、決してうまくいかないと、わたしは思うよ」

「でも、今は、信じてください、市長さん」

スタッハは元気な足どりで、市長の部屋をあとにした。執事《しつじ》が、スタッハを送り出してくれた。外に出て、ひどく濃《こ》い煙《けむり》が顔にピシャリと平手打ちを食らわせなかったならば、スタッハは、きっと、ダンスのステップを数歩踏《ふ》んでいたことだろう。


ホテルの中庭から鳥の死骸《しがい》がぜんぶ運び出された。スタッハは、どきどきしながらこれからの情報《じょうほう》を待っていた。次の日の夕方、ドラゴンは、鳥の死骸《しがい》のほとんどをむしゃむしゃと食べてしまったという知らせが届《とど》いた。幸い、ドラゴーン隊員は全員、ぶじに帰ってきたということだった。

スタッハは、ふたたび市長を訪《おとず》れた。

「こんどは、銃《じゅう》が必要なのです。標的にあたったら、炎《ほのお》をふきだす弾丸《だんがん》が撃《う》てるような……」

「ここにはないな」と、市長。「わたしたちは、洗練《せんれん》された、教養のある国民だ。ここには、ふつうの弾丸《だんがん》を使う、ふつうの銃《じゅう》しかないし、それも、たくさんはない。だが、話したまえ。なんのために必要なんだ？」

「そうですね」と、スタッハ。

「こういうことなんです。ドラゴンは大量の硫黄《いおう》と硫黄《いおう》化合物を吐《は》き出す、と市長さんから聞きました。あの黄色い、もくもくとした煙《けむり》などです」

「そのとおりだ」

「ぼくは、最近、硫黄《いおう》についてたくさんのことを聞きました。ブキノーハラでのことです。あそこには、火薬工場があります。火薬は、硝酸《しょうさん》カリウムと木炭、それに……硫黄《いおう》で作られると教えてもらいました」

「うん、そのとおりだ」と、市長はおどろいた顔をした。

「ぼくは、死んだ鳥に、硝酸《しょうさん》カリウムと木炭をいっぱいつめました。それがぜんぶ、あのドラゴンの体内で少しずつつかりあったら、今ごろ、たぶん……あの怪物《かいぶつ》の体はいっぱいになってる、つまり……」

「火薬で……」と、市長は、すなおな小学生のように言った。

「実際《じっさい》、ドラゴンは、爆弾《ばくだん》になったのです。これからやるべきことは、その爆弾《ばくだん》を爆発《ばくはつ》させることです。もし、今、ぼくがドラゴンの口――ドラゴンの口の一つという意味ですが――に弾丸《だんがん》を一発撃《う》ちこんだら、そして、その弾丸《だんがん》が爆発《ばくはつ》するか、小さな火をつけたら、ドラゴンは、おそらく、ばらばらに吹《ふ》きとぶでしょう」

「もちろんだ！」と、市長はさけんだ。

「だが、残念ながら、そんな弾丸《だんがん》がない」

「本当にありませんか、市長さん？」

「ない、本当にない。弾丸《だんがん》はすべてブキノーハラで製造《せいぞう》され、国のカトー保管庫《ほかんこ》に蓄《たくわ》えられている。カトー保管庫《ほかんこ》は、ここには一つもない」

「ええーっ！　困《こま》った」

スタッハも市長も、深く考えこんでしまった。

とつぜん、スタッハが口を開いた。

「市長さん、まだどこかに花火を持っていらっしゃいませんか？」

市長の顔が少し赤くなった。

「どうして、そんなことを聞くんだ？　花火を持つことは、十七年前に――いや、明日で十八年になるが――禁止《きんし》されたことを知ってるだろう？」

「あっ！」と、スタッハが声をあげた。「そうだった。明日、ぼくは十八歳《さい》だ。でも、市長さん、屋根裏《やねうら》部屋のどこかに照明弾《しょうめいだん》を一個《いっこ》、取っておいたりしていませんか？　新しい王さまが誕生《たんじょう》するときなどのために？」

「もちろん、そんなことはしていない、実に生意気な……わんぱく坊主《ぼうず》だ。うーん、確《たし》かに、まだ一個《こ》持っている。だが、決して、教えられんぞ！」

「それをもらえれば、教えてもらう必要はありません」と、スタッハ。

市長は先に立って、スタッハを屋根裏《やねうら》部屋に案内した。二人は、たくさんの階段《かいだん》をあがり、いくつもドアをぬけた。市長は、屋根裏《やねうら》部屋の前で鍵《かぎ》と格闘《かくとう》したが、どうにか中に入れた。市長は息を切らせながら言った。

「ああ、なんと、ここは十八年ぶりだ」

そして、二重に鍵《かぎ》のついた長い木の箱から照明弾用《しょうめいだんよう》の銃《じゅう》一丁と弾丸《だんがん》一個《こ》を取り出した。

「この、一組だけだ」と、市長。「だが、この一組で、わたしを刑務所《けいむしょ》に入れることができきるのだ。花火は風紀を乱《みだ》す、となる」

「ありえるかも」と、スタッハ。「でも、いったいなぜ、この風紀を乱《みだ》す一組を取っておいたのですか？」

「新しい王が出てきたときに打ち上げるためだよ。実を言うと、わたしは、花火が好きだった。昔はね、今はそうじゃないが。で、このことはだれにも言わない、と心にちかってくれよ」

「だれにも言いません、市長さん」

「弾丸《だんがん》は一個《こ》だけだ」と、市長は言った。

「ということは、いいかい。一度で命中させなくてはならないんだよ。でないと、きみが死ぬことになる。わたしは、きみが本当に死んでしまうのではと心配なんだ。わたしなら、手を引くが……」

「いいえ、ぼくは、決して手を引きません。うまくいきます」

スタッハは、銃《じゅう》を上着の下に入れて、広場を歩いてわたった。それからホテルで、銃《じゅう》をていねいに調べていると、やはり、少しずつ不安になった。

スタッハが、ドラゴンを探《さが》して沼地《ぬまち》に入ったといううわさが、まるで野焼きの火のように、またたく間にスモーク中に広がった。勤勉《きんべん》な市民たちが、めずらしく、ときどき仕事の手を休め、市の西側に立ちのぼるぶ厚《あつ》い黄色い雲の方向に目をやった。五歳《さい》以上の市民で、クラハテン大佐《たいさ》とその連隊のことを考えない人はいなかった。生き残ったブラースとファーヘーレンは、スタッハの計画を聞いて、ひどいドラゴン熱症候群《しょうこうぐん》に襲《おそ》われ、湿《しめ》ったシーツにくるんでもらわなければならなかった。市役所の公務員《こうむいん》たちは、賭《か》けをしめきった。掛《か》け率《りつ》は一対二十で、スタッハ不利だった。そこにドラゴーン隊員の一人が姿《すがた》を見せたところ、死んだ鳥をばらまいたときのことについて、いろいろと話を聞かれた。また、べつの隊員は、ヴィスからきた若者《わかもの》が、疥癬《かいせん》にかからないように、今日の朝、ドラゴーン隊の制服《せいふく》を借りにきたという話をした。その隊員は言った。

「感じのいい若者《わかもの》だったな。ドラゴンがあの子をガツガツ食べてしまうなんて、残念だよ。おれの制服《せいふく》も惜《お》しいが」

十一時になった。正午になった。西の空には、黄色い雲がおとろえることなく立ちのぼっている。

スタッハは、沼地《ぬまち》を泥《どろ》まみれになりながら、ゆっくりと進んでいた。ドラゴーン隊の制《せい》服用《ふくよう》のものつけ根まである長靴《ながぐつ》は、くるぶしまで沼地《ぬまち》にしずんだ。ドラゴンのところへ行く道を見つけるのはむずかしくなかった。黄色い霧《きり》がいちばん濃《こ》いあそこ——あそこにいるにちがいない。近づくにつれて、心臓《しんぞう》が早く打ちはじめた。あまり心配しないスタッハだが、自分がひどく危険《きけん》なことをしていることがわかりはじめた。実のところ、うまくいく可能性《かのうせい》はほとんどないんだ。ドラゴンの体内に火薬が造《つく》られたのだろうか？　銃《じゅう》をあつかったことなどないのに、たった一発の弾丸《だんがん》があたるのだろうか？　もし、あたったとしても、十八年前の古い照明弾《しょうめいだん》が火薬に火をつけることができるのだろうか？

十八年……。そうだ、今日は、ぼくの十八歳《さい》の誕生日《たんじょうび》だ。スタッハは、元気よく、そう思った。誕生日《たんじょうび》に失敗するなんて、ありえないだろ。腕時計《うでどけい》を見る。正午だ。小さな、シュッシューッという音がした。スタッハは、ぬれたコケの中をできるだけ速くシダレヤナギのほうへ移動《いどう》し、幹《みき》の後ろにかくれた。右手は銃《じゅう》をぎゅっとにぎりしめる。指関節から血の気が引く。頭部をすっぽりおおうヘルメットを通して、スタッハの目がじっと見つめる。シュッシューッという音が大きくなる。すり足で進むような音とドップンという音がした。まもなく、黄色い霧《きり》の中から怪物《かいぶつ》が現《あらわ》れるだろう。スタッハは、銃《じゅう》をかまえた。

神経《しんけい》が極限《きょくげん》まで緊張《きんちょう》した。あと五分もすれば、ぼくが死んでしまうだろうか？　それとも、スモークが七つ頭の怪物《かいぶつ》から解放《かいほう》されるだろうか？

「命中させるんだ」スタッハはつぶやいた。「びくびくするな。命中させるんだ！」

さあ、ドラゴンがくるぞ。スタッハからおよそ百メートル離《はな》れたところの霧《きり》の中から、ドラゴンは、這《は》い出るようにして姿《すがた》を現《あらわ》した。あちらこちらにゆらゆらとゆれる七つの頭から、七つの裂《さ》けた舌《した》が左右へ、上下へ、出たり入ったりしながらすばやく動く。うろこにおおわれた巨大《きょだい》な体。足には、恐《おそ》ろしい猛禽《もうきん》のような、するどいつめがついている。尾《お》だけで、二十人の男たちをひとふりで馬からはらい落とす力がある。

スタッハは、ふるえながら銃《じゅう》をむけた。一番動きのにぶい、右から三番目の頭をねらった。短い祈《いの》りを唱える。それから、引き金を引いた。だが、弾丸《だんがん》が銃《じゅう》から飛び出したときすでに、スタッハは失敗したことを悟《さと》った。重い銃身《じゅうしん》が動いて、弾丸《だんがん》は、いちばん右の頭よりも右側にそれてしまった。

ドラゴンは銃《じゅう》の動きに気がついた。十四個《こ》の目がいっせいにシダレヤナギのほうをむいて、飛んでくる弾丸《だんがん》を見る。この怪物《かいぶつ》が獲物《えもの》を仕とめそこねることはない。そのときもそうだった。いちばん右の頭が、猛烈《もうれつ》な勢《いきお》いで動いて宙《ちゅう》を飛ぶ弾丸《だんがん》をさっと一飲みしたのだ。パッと炎《ほのお》があがる。予想外の結果にスタッハは仰天《ぎょうてん》したが、反射的《はんしゃてき》にシダレヤナギの幹《みき》に体を押《お》しつけた。そのとき、ドラゴンは、耳をつんざくような音を立てて、ばらばらと、一万個《こ》もの小さな断片《だんぺん》になって飛び散ってしまった。

スタッハは、仰向《あおむ》けにひっくり返った。けれども、じめじめした沼地《ぬまち》だったのと、がんじょうなドラゴーン隊の制服《せいふく》のおかげで、なんとか、けがをしないですんだ。あまりのことに思わず上を見ると、シダレヤナギのてっぺんは引きさかれて、スタッハのすぐそばに落ちていた。さっきまであの怪物《かいぶつ》がいたところには、地面に大きな穴《あな》があいて、ドドッと沼地《ぬまち》の水で満ちあふれようとしていた。スタッハのゴム手袋《てぶくろ》の片方《かたほう》と銃《じゅう》の台じりにドラゴンの断片《だんぺん》がいくつかついていた。スタッハは、起きあがってすわると、それを見つめた。断片《だんぺん》は動いていた。動きながら成長している。すでに針《はり》の先くらい小さいドラゴンの頭ができはじめていた。しっぽも生えはじめている。スタッハは、冷たい手でのどをしめつけられるような気がした。「一万頭のドラゴン……」と、スタッハはうめいた。

「一万頭のドラゴン。カトーレン中が死んでしまう。いや、世界中が死に至《いた》る。ぼくは、なんてことをしてしまったんだ！」

スタッハは目を閉《と》じた。そのせいで、頭上でくり広げられている光景を見ていなかった。大規模《だいきぼ》な爆発《ばくはつ》によって、爆風《ばくふう》が起こった。一面に漂《ただよ》う硫黄《いおう》の蒸気《じょうき》を一掃《いっそう》する大竜巻《おおたつまき》が起こったのだ。猛烈《もうれつ》な竜巻《たつまき》に硫黄《いおう》の蒸気《じょうき》が吹《ふ》きとばされて、空がきれいになった。空高くに、太陽があった。太陽は、何世紀も経《へ》て初めて、スモークの沼地《ぬまち》を照らしていた。スタッハは、ドラゴーン隊の制服《せいふく》を通して、暖《あたた》かさを感じた。目を開けて、ゴム手袋《てぶくろ》を見た。さらに大きく目を開ける。ミニチュアのドラゴンは、太陽に照らされ、ひからびて、茶色っぽいごみになっていた。銃《じゅう》の台じりにいたそのドラゴンの兄弟もひからびていた。とつぜん、スタッハはわかった。ドラゴンは、太陽の光の中では生きられないんだ。だから、いつも、硫黄《いおう》の蒸気《じょうき》に身を包んでいたんだ。スタッハの周囲には、そこら中に、てのひら大や腕《うで》ぐらいの大きさのドラゴンが泥《どろ》の中からはい出てきたが、すぐにひからびてしまった。スタッハは、立ちあがって、ヘルメットを取った。そして、顔を太陽にむけた。陽の光を、これほどまでに大好きだと思ったことはなかった。

スモークは、大騒《おおさわ》ぎだった。あの大きな音のあと、人々は、会社や研究所から走り出てきたのだった。硫黄《いおう》の蒸気《じょうき》が吹《ふ》きとばされて、空がきれいになっていくようすを見たし、太陽の光を青白い肌《はだ》に感じた。

スタッハが、てくてくと歩きながら町にもどると、町の広場から絶《た》え間ない歓声《かんせい》が聞こえてきた。スタッハは、広場へむかった。人々が、すすけた荷車や葉巻《はまき》をすべて投げて、山積みにしている。あちらこちらから運ばれてきたガソリンの容器《ようき》から、荷車にガソリンがあびせかけられる。ちょうどスタッハが広場に足を踏《ふ》みいれたとき、人々が、それに火をつけ、火を囲んで、踊《おど》りはじめた。最初にスタッハに気がついたのは、市長だった。いつもの洗練《せんれん》された服装《ふくそう》の市長とは、別人のようだった。ネクタイはだらりとたれ下がり、顔は薄《うす》よごれ、カーディガンのボタンが少なくとも三つは取れていた。だが、腕《うで》を広げて、スタッハを胸《むね》に抱《だ》いた。それから、スタッハを肩《かた》にかつぎあげて、そのまま意気揚々《いきようよう》と火のまわりをまわった。

人々はみんな、すっかり別人になったかのようだった。

市長が大声で言った。

「お礼にほしいものを言いなさい。五百万フルデンか？　一千万フルデンか？　なんでもほしいものを言いなさい」

「帰りの列車の切符《きっぷ》」と、スタッハ。

「ばかじゃないか。第一に、きみは、われわれのところにいるべきだ。そして第二に、きみは、ほしいだけの金をもらえるんだぞ」

「いいえ、いりません」と、スタッハ。「第一に、これでみんな、太陽の下で横になりたくて、今までよりも働かなくなるでしょうから、あなたがたは、すぐに、これまでよりも貧《まず》しくなります。そうすれば市長さん、じゅうぶんにむずかしい問題が出てきますよ。それに、第二に……」

「第二に？」

「第二に、ぼくは、今回のドラゴン退治《たいじ》をお金のためにしたのではありません。でも、王になりたい人なら、こういうことをしたいと思うだろう、と考えたからです。それには、お金は何も関係ありません。前の王さまはこう言いました。『自分の務《つと》めにたいして請求《せいきゅう》する王は、火山のようなものだ。高く、力強く、華《はな》やかだが、ひどく危険《きけん》だ』。というわけですから、市長さん、どうか、ヴィス行きの列車の切符《きっぷ》をお願いします。ぼくには、まだ四つの任務《にんむ》が待っているんです」

市長は、若《わか》い英雄《えいゆう》を駅へ送り、切符《きっぷ》を買い、ボタンの取れたカーディガンをふって、スタッハを見送った。そして、つぶやいた。

「ごきげんよう、国王陛下《へいか》」

スタッハは、一等車のコンパートメントのやわらかいクッションに、気持ちよさそうに身をしずめた。そして、さらにしばらくのあいだ、スモークによろこびの火が燃《も》えあがるのを窓《まど》からながめた。

大臣たち、またも腹《はら》を立てる

マジメーダ大臣は、腕《うで》に新聞を何紙もかかえて、古い宮殿《きゅうでん》に入った。大臣室には、コーケツ大臣以外の大臣が席についていた。コーケツ大臣は、国のどこかで「美徳《びとく》の成果」についての講演《こうえん》を行っているのだ。マジメーダ大臣は、新聞をテーブルの上にドサッと投げつけて、腹立《はらだ》たしそうに新聞の見出しを声に出して読みあげた。

「ほら、これは、〈カトーレンニュース〉紙です。『**スタッハ、またも任務達成**《にんむたっせい》』。こっちの〈カトーレン新聞〉は、『**スモークのドラゴン、スタッハによって倒**《たお》**される**』。〈カトーレンの朝〉紙では、もはや、彼《かれ》の名前をあげる必要すらないと思っています。『**三つ目の任務**《にんむ》**、またも達成——ドラゴン打倒**《だとう》**に成功！**』」

ほかの大臣たちは、いらいらしたようすで、新聞をくしゃくしゃに丸めた。

マモール大臣は、カトーレンニュース紙を読んで、言った。

「この少年は、確《たし》かに、才能《さいのう》が欠けているわけではないですね」

「そのとおりです」と、マジメーダ大臣。「ですが、彼《かれ》のやり方は、無責任《むせきにん》です。考えてもごらんなさい、ドラゴンに火薬をつめたですって！　あの怪物《かいぶつ》が、三つに分かれる可能《かのう》性《せい》だって、あったんですよ。そしたら、ドラゴンはどうなりますか。そんなことになれば、スモークには、今ごろ、ドラゴンが三頭もいることになったんですから。彼《かれ》の実行力は高く認《みと》めますが、この若者《わかもの》にさらなる任務《にんむ》をあたえるのは心配です。この件《けん》は、彼《かれ》が三十歳《さい》になるまで一時休止すべきかもしれません」

大臣のほとんどは、うなずいて、それに賛成《さんせい》した。けれども、マモール大臣が首を横にふった。

「それは不可能《ふかのう》ですよ、みなさん。そうはいかないでしょう」と言って、大臣は、新聞を指し示《しめ》した。

「そのとおりです」と、マジメーダ大臣。

「腹立《はらだ》たしいことに」と、ドタバータ大臣。「市長たちがみんな、自分の市のやっかいな問題についての報告書《ほうこくしょ》を送ってきてるんですよ。そして、その問題を解決《かいけつ》するのは、そう簡単《かんたん》だとは言ってません。ほら、ごらんなさい、今週、届《とど》いたものですよ。さらに、自分たちが困《こま》っている問題を次に取りあげてくれないかと、人々から優《ゆう》に千通もの手紙が届《とど》いています」

「その手紙をぜんぶ読んだんですか、ドタバータ大臣？」セーケツ大臣がきいた。

「もちろんです」と、ドタバータ大臣が答えた。

「そして、その中に、第四の任務《にんむ》としてふさわしいものがありましたか？」

「ありましたとも。これまでのところ、あの少年は、鳥、木、ドラゴン、と生きたものについての任務《にんむ》にたずさわってきました。次は、死んだもので降参《こうさん》させてやりましょう」

「くわしく説明してください」と、マジメーダ大臣。

「教会ですよ」

「教会が、死んだものですって？」

「教会の建物のことを言ってるんです。大きな、石の、教会の建物のことです」

「だから、どういうことですか？」

するとドタバータ大臣が怒《おこ》ったような声をあげた。

「ほら、みなさん。ちょっと考えてみてください」

マモール大臣がひざをたたいた。

「そうだ！　もちろん、アウクメーネのことだ」

「賛成《さんせい》ですか？」と、ドタバータ大臣。

ほかの大臣たちがうなずいた。ドタバータ大臣がベルを鳴らすと、ヘルファースおじさんがやってきた。

「ヘルファース、ただちに、おまえの甥《おい》をよこしなさい」

「かしこまりました、閣下《かっか》。十分後にはまいります、閣下《かっか》」

「八分後だ」と、ドタバータ大臣。

九分後に、スタッハが大臣たちの前に姿《すがた》を見せると、コーケツ大臣以外の五人全員の大臣が、席についていた。スタッハの靴《くつ》は、硫黄《いおう》で黄色っぽくなっていた。靴《くつ》をみがく時間がなかったのだ。また、床屋《とこや》へも行けないままだった。そのせいか、これまでよりもよりいっそう遠慮《えんりょ》がなくなったように見えた。

まず、マジメーダ大臣が発言した。

「きみの行動は、スモーク市民に危険《きけん》がなかったとは言えないが、きみが、第三の任務《にんむ》をまずは適切《てきせつ》に達成したことを確認《かくにん》した。従《したが》って、きみは、次の任務《にんむ》を引きうける権利《けんり》がある。第四の任務《にんむ》は、ドタバータ大臣があたえる」

「アウクメーネの動く教会だ」と、ドタバータ勤勉一心《きんべんいっしん》大臣。

「どういう任務《にんむ》でしょうか？」と、スタッハがきく。

「それに、アウクメーネって、どこにあるのですか？」

「アウクメーネは、カトーレンの北部に広がる都市だ」と、ドタバータ大臣。「知っておくべきだな。動く教会というのは、ずれ動く教会のことだ。きみは、それらの教会が動かないようにしなくてはならない。明日の朝、きみは、列車の切符《きっぷ》を郵便《ゆうびん》で受けとるだろう。それでは」

スタッハは、にっこり笑って無愛想な顔をした大臣たちをぐるりと見た。

マジメーダ大臣が言った。

「きみ、笑っておるが、笑うようなことではないぞ」

「ずれ動く教会なんて、とてもおかしくて、つい笑ってしまいます。おじのヘルファースによると、ぼくは、教会でいつも靴《くつ》を引きずるようにもぞもぞ動いていたそうです。でも、そんなことじゃないですよね」

すると、セーケツ大臣が、気持ちの悪いものでも見つけたように、体をふるわせた。

「で、何だ、その靴《くつ》は！」

「毎週みがいているのですが」とスタッハは申《もう》し訳《わけ》なさそうな顔をした。

マッスーグ大臣は、嫌悪感《けんおかん》を示《しめ》すかのように、顔を両手でおおって小声で言った。

「わたしの面前で、そのように真実でないことを言うのではない」

「そうですね。毎週ではありません。決まりきった習慣《しゅうかん》にはなっていませんから」

「やめてくれ」と、マモール大臣がうめいた。

「さあ、出発だ！」と、ドタバータ大臣。「われわれはいそがしいのだから」

「失礼します」と、スタッハ。「それでは、大臣閣下《かっか》。教会が動かなくなりしだい、ご連《れん》絡《らく》します」

スタッハは礼儀《れいぎ》正《ただ》しく努めようと、深々とお辞儀《じぎ》をして大臣室を出ていった。あとに残った大臣たちは、心配そうだった。


今では、少なくとも、スタッハがヴィスにいるときには、大勢《おおぜい》の新聞記者がついてくるので、スタッハは足を一歩も前に踏《ふ》みだすことができないありさまだった。彼《かれ》が、宮殿《きゅうでん》を出ようとすると、またも新聞記者たちが質問《しつもん》しようと、どっと取りかこんだ。

「新しい任務《にんむ》を受けたのですか？」

「大臣たちは、親切でしたか？」

「むずかしい任務《にんむ》を、すべて解決《かいけつ》できると思いますか？」

「これまでのところで、いちばん、むずかしかった任務《にんむ》はどれでしょうか？」

「お金をもらっていますか？」

「引き受けないだろうと思う任務《にんむ》はありますか？」などなど。

スタッハは、そうしたたくさんの質問《しつもん》にこう答えた。

「みなさん、尊敬《そんけい》すべき大臣の方々は、アウクメーネの動く教会の問題を解決《かいけつ》せよと、ぼくに命じました。報酬《ほうしゅう》はありません。今までのところ、これがいちばんたいへんな任務《にんむ》です。なぜなら、この問題は、まだ解決《かいけつ》されていないからです。けれども、成功させなくてはなりません。でないと、ぼくのヘルファースおじさんの夢《ゆめ》が実現《じつげん》しないからです。ぼくが引き受けないだろうと思う任務《にんむ》ですか？　聖《せい》アロイシウスからは飛びおりないでしょう。

ぼくは、これで失礼しなくてはなりません。みなさんが、ぼくについて書いてくださった数々の思いやりのある記事について、感謝《かんしゃ》します。ありがとうございました。ときには、大臣についても、何か思いやりのある記事を書いてください。そうすれば次回、大臣の方々は、少しはとげとげしい顔をしなくなるでしょうから。それでは、また」

スタッハが家に帰ると、キムからのぶ厚《あつ》い手紙が届《とど》いていた。キムは、ドラゴンについての新聞記事を読んでいた。そして、スタッハのことを誇《ほこ》りに思っている、と便せん八枚《まい》にもわたって書いていた。ヘルファースおじさんとの生活は、これまでとちがったものになりはじめていた。というのは、ここのところ、おじさんは、スタッハが王になるという自分の夢《ゆめ》が実現《じつげん》すると、すっかり思いこんでしまったからだ。

スタッハは、薄《うす》い本をわたしながら、おじさんに言った。

「ぼくが留守《るす》にしてるあいだ、これを読んでて」

それは、前王が書いたもので、『今、汝《なんじ》が楽しむ花火は、一分後には消えて、地上に落ちる』という題名だった。

次の日の朝、スタッハは、わずかな持ちものを持ち、老いたおじさんを抱《だ》きしめると、駅へむかった。(今や、これは習慣《しゅうかん》になりはじめていた。)

アウクメーネの動く教会

アウクメーネの市長は、自宅《じたく》の礼拝堂《れいはいどう》で祈《いの》りをささげていた。だが、心ここにあらずだった。先ほど、地元の地方紙の編集長《へんしゅうちょう》から電話を受けて、すっかり動転していたのだ。その編集長《へんしゅうちょう》は、こう言った。

「スタッハが、ここにやってくる。彼《かれ》の四つ目の任務《にんむ》は、われわれの動く教会についてだそうだ」

それを聞いて市長がだまっていると、編集長《へんしゅうちょう》はおどかすようにつけ加えた。

「大臣たちが、どういうわけであの若者《わかもの》をここにこさせる気になったのかはわからないが、これだけは伝えておく。うちの新聞は、われらの教会の解体《かいたい》を断固《だんこ》として抵抗《ていこう》する！」

「だが、スネイダーさん」市長は答えた。「わたしが、だれよりも教会に友好的であることをお忘《わす》れですか？」

確《たし》かに、それは事実だ。アウクメーネには十二の教会があるが、市長ほど、教会に関心を持っている人はいない。市長ほど、ひんぱんに教会を訪《おとず》れる人はいない。市長ほど、十二の教会すべてに平等に関心を寄《よ》せている人もいない。けれども、こうしたことはべつの事実があった。それは、大臣たち以外のだれにも知られていないことだが、この市の動く教会の問題をスタッハの任務《にんむ》の一つに入れてほしい、と手紙を書いたのは、市長本人だった。でも、市長は、大臣たちが自分の願いを聞きいれてくれるとは、一瞬《いっしゅん》たりと思っていなかった。この市の教会には、それほどたくさんの問題があるのだ。

それでは、市長が手紙を書いたわけを知るために、ちょっと、ようすを見てみよう。

市長は、KC《カーセー》（構築《こうちく》）教会の祈祷書《きとうしょ》をSKC《エスカーセー》（再構築《さいこうちく》）教会の祈祷書《きとうしょ》に持ちかえた。だが、役に立たない。市長は迷《まよ》う。そばにあったSF《エスエフ》（修復《しゅうふく》）教会の祈祷書《きとうしょ》を何気なく手にする。けれども、今日の午後は、何をしてみても、スタッハのことばかり考えてしまう。市長は思った……ああ、スタッハがきたら、きっと、またとんでもないさわぎになるだろう。けんかやもめごとがたくさん起こるだろう。いや、けんかやもめごとは、いつだってある。ということは、今とそれほど変わらないだろう。市長は、ローゼンモント夫人のことを思い出して、悲しくなった。彼女《かのじょ》は、八日前に、SSKC《エスエスエスカーセー》（再々構築《さいさいこうちく》）教会に押《お》しつぶされてしまった。市長は葬儀《そうぎ》に参加した。いい人だったのに……。もし、もしかして……と、市長は空想した。

もし、あの若者《わかもの》、スタッハが何かすることができたら！　なんと言っても、彼《かれ》についてのすばらしい話があるじゃないか！　ほんものの爆弾《ばくだん》がいっぱいなったザクロの木を自分の手で地面から引きぬいて、海に投げたそうだ。今週の新聞には、ドラゴンのことが出ていた。素手《すで》で七つの首をねじって倒《たお》したそうだ。だから、もし、もしかして！

アウクメーネの市長は、首をふりながら、FG《エフヘー》（復元《ふくげん》）大聖堂《だいせいどう》の教義《きょうぎ》問答講義《こうぎ》集を手にして、そこに記録された人生の教訓に没頭《ぼっとう》しようと努めた。

スタッハは、アウクメーネから百キロメートル離《はな》れた大きな町で鈍行《どんこう》列車に乗りかえて、駅をおりたとき、あれっ、と思った。アウクメーネって、町というよりも村みたいだな。駅前広場には、さわやかなセイヨウボダイジュが立ちならび、家々は、間隔《かんかく》をたっぷりとって建てられている。生きた馬が引く昔ながらの馬車がある。駅前広場からは、田舎《いなか》ふうの広い並木道《なみきみち》が何本かつづいていて、スタッハは散歩を楽しみたい気分になった。おどろいたことに、教会は見あたらない。教会の塔《とう》がひしめくようにそびえる大都市に着くのだろうと想像《そうぞう》していたのだけれど。

さて、何から始めようかと考えた。これまで毎回、市長を訪《たず》ねることが役に立ったな。今回もそれがよさそうだ。

スタッハは、ゆっくりと木陰《こかげ》の多い村を歩いた。歩きながら、荷物がほとんどないのはやっぱりいいな、と思った。

のんびりと歩いていったが、まもなくアウクメーネの中心地に着いた。美しい広々とした何本かの並木道《なみきみち》は、大きな公園の周囲をまわる道へとつづいていた。公園には、そこかしこに低い茂《しげ》みがあり、真ん中には、木造《もくぞう》の音楽堂があるだけだった。周辺の家々のほとんどには、広くてすばらしい庭があった。ただ、そのうちの二軒《けん》は、ほかよりもかなりくっついて建てられていた。

ここは、村——いや、アウクメーネは市だが——の中心にある、昔からの公共の緑地というか、広場だろう。二軒《けん》の家の片方《かたほう》に看板《かんばん》が立っていて、それが市役所だとわかった。看板《かんばん》には、優雅《ゆうが》な花文字で「アウクメーネ市役所」と書かれていた。市役所にも、片側《かたがわ》だけにだが庭があった。反対側は、住居《じゅうきょ》と思われる広い家が立っていた。スタッハは、あそこに市長が住んでいるにちがいないと思った。

スタッハが、玄関《げんかん》のベルを鳴らすと、黒いワンピースを着た太ったお手伝いさんが出てきた。彼女《かのじょ》はあれこれ言わず、スタッハを居間《いま》に案内した。ちょうど、市長が家族――妻《つま》と子ども六人――に囲まれてお茶を飲もうとしているところだった。市長は言った。

「きみがスタッハだね。今まさに、きみの話をしていたところだよ」

「ええ、スタッハです」

市長は、妻《つま》と子どもたちを紹介《しょうかい》した。奥《おく》さんは、スタッハにお茶を注いだ。いちばん幼《おさな》い子は、五分もしないうちにスタッハの靴《くつ》ひもをほどいてしまった。つまり、とても気持ちのいい家族で、スタッハはすぐにくつろいだ。市長の奥《おく》さんが、「うちに泊《と》まりませんか」と言ってくれたので、スタッハはよろこんでそうすることにした。家族は、ドラゴンや、ザクロの木や、鳥の話を聞きたがり、全員、スタッハの話に夢中《むちゅう》で聞きいった。話しおわって、スタッハは、こんどは動く教会の話が聞けると思ったが、そうはならなかった。ちょっと静まりかえってしまった。ようやく市長が口を開いた。

「スタッハ、わたしは、これからHGM《ハーヘーエム》教会にいかなくてはならない。いっしょにいかないか？」

「HGM《ハーヘーエム》教会って？」

「〈広い現代的窓《げんだいてきまど》〉教会だ。この教会には、この市の宗教建造物《しゅうきょうけんぞうぶつ》の中で、いちばん現代的《げんだいてき》な、広い窓《まど》がある」

「よろこんでごいっしょします、市長さん」

お茶を飲みおわると、二人は出かけた。

「歩くのはいやかな？　HGM《ハーヘーエム》教会は、目下、ほんの二キロメートルくらいだが」

「いえ、歩くのは好きです」と、スタッハ。「でも、今、〝目下〟とおっしゃったのは、どういう意味なのか、歩きながら、説明してくださいませんか？　HGM《ハーヘーエム》教会が、ときには三キロメートル先にあるようにも聞こえますが……」

「ああ、そのとおり。ときには、十キロメートル先だってこともある。きみがここの人じゃないことはわかってる。少し説明してあげよう」

短い道中ながら、スタッハには、市長がたいへん悩《なや》んでいることがはっきりした。カトーレン北部にあるアウクメーネは東西に延《の》び、国いちばんの長い市であることをスタッハは知った。また、市には教会の建物が十二あり、いずれも特徴《とくちょう》があることもわかった。

「中世のころ」と、市長は話しはじめた。「ここには十二の教会と大聖堂《だいせいどう》が建てられた。一つはやや早く、もう一つは、少しあとに……といった具合に。ときには、雷《かみなり》にあたって、修復《しゅうふく》されたり、新たに構築《こうちく》されたり、新しいオルガンや新しい窓《まど》――つまり、教会の建物や塔《とう》に必要なものを備《そな》えつけたりしてきた。だが、きみょうなことが……。いつのころからか、教会が動くようになった」

「教会が移動《いどう》する、ということですか？」

「そう、教会が移動《いどう》する。非常《ひじょう》にゆっくりだが、移動《いどう》していることは明白だ。それで、わかるだろうが、その重い、石の巨大《きょだい》な建造物《けんぞうぶつ》は、とちゅうで出くわすものすべてを押《お》しつぶしてしまう。まるで、ロードローラーのように」

「えっ、ひどい《アレマハタッハ》！」とスタッハ。（＊1）

「そのことばは、まずい。同じことを言いたいなら、いまいましい《フェルドラーイト》！と言ったほうがいい」と、市長が忠告《ちゅうこく》する。「ＧＨＨ《ヘーハーハー》教会とＳＫＣ《エスカーセー》教会は、〝全能《ぜんのう》の神〟と聞こえるようなそのことばを使うことに反対しているんだよ。わたしとしては、個人的《こじんてき》には使ってもいいと思っているが……。だが、わたしの主義《しゅぎ》は、そのままにしておけるなら、人々を怒《おこ》らせるな、ということだ」

「覚えておきます」と言って、スタッハは、「アレマハタッハじゃなくて、フェルドラーイト」と、忘《わす》れないためにくり返した。

「どこまで話したかな？　ああ、そうだ、ロードローラーのように、というところまで

＊1　アレマハタッハは、「全能《ぜんのう》の神」を意味するアルマハタッハという語に似《に》ている。

だったな。だから、わかるだろ。教会がずれ動くことは、なんとも困《こま》った問題なんだよ。いつなんどき、自分の家がひっくり返されて、ぺちゃんこになってしまわないともかぎらないのだから」

「よくわかります」と、スタッハ。

「というわけで、市には教会操縦隊《そうじゅうたい》ができた。そして、教会のベンチをすべて同じ方向にむけて置き、風上側の窓《まど》を開けて反対側は閉《と》じる、あるいは、それと逆《ぎゃく》にするなど――つまり、ありとあらゆる技術《ぎじゅつ》を使えば、教会を操縦《そうじゅう》することが可能《かのう》になると、わかったのだ。少なくとも、多少は操縦《そうじゅう》できる。教会操縦《そうじゅう》の技術《ぎじゅつ》は、今のところ、教会がほぼつねに正しい通路を進むようにするところまで発達した」

「正しい通路？」

「ああ、ちょっと見てごらん。アウクメーネにはあちらこちらに平坦《へいたん》な道がある。教会は、その道を通るんだ。それが、いわゆる、教会通路だよ。わたしたちも、さっき、その一つを横切ったばかりだ」

「あっ、そうでしたか」

「だが、教会が必ずしも教会通路を守らないことが、やっかいなんだ。教会操縦隊《そうじゅうたい》が何をしようと、通路からそれる場合がある。先週もそうだった。金曜日の夜、SSKC《エスエスカーセー》教会が、ローゼンモント夫人の家をめちゃめちゃに押《お》しつぶしてしまった。梁《はり》があたって夫人は亡《な》くなった。教会操縦士《そうじゅうし》にはどうしようもなかった。その操縦士《そうじゅうし》は、教会が正しい通路を取るよう、必死でできるかぎりのことをしたのだが」

「なんと、恐《おそ》ろしい。教会が、そんな無礼なふるまいをすることは、よくあるんですか？」

「〝無礼なふるまいをする〟というのは、適切《てきせつ》じゃない。〝操縦《そうじゅう》がうまくいかなかった〟と言おう。やはり、ときには、こちらの思いどおりにいかないことがある。それに、一つの教会が手に負えなくなると、ほかの教会が、すぐにそれにつづく。だから、今、わたしは、とても心配してるんだ。ローゼンモント夫人の件《けん》の直後だから、わかるだろ」

スタッハは、考えこみながらうなずいた。そうしているうちに、二人はHGM《ハーヘーエム》教会に着いた。それは、二つの大聖堂《だいせいどう》と四つの塔《とう》があるすばらしい建物だった。とても大きな窓《まど》から内部のようすがよく見える。スタッハは、そのすばらしさに感嘆《かんたん》してながめていたが、とつぜん、ぎょっとした。大きな石のかたまりが動いている！　ゆっくりと、だが、止まることなく、建物が市の中心の広場のほうへ動いていた。スタッハは、ぞっとしながら言った。

「この教会、動いてます」

「そうだよ」と、市長。「HGM《ハーヘーエム》教会は、このところ、かなり動いている。操縦隊《そうじゅうたい》が正しい方向にむけてくれればいいのだが」

二人は、教会の中に入った。市長は、操縦隊《そうじゅうたい》の一人と話しあい、昨夜の市議会で決まったことを伝えた。それは、今回の事故《じこ》と教会が動くときに呼《よ》びおこす社会的不安とを考えて、このHGM《ハーヘーエム》教会を、町の中心広場にむかわせずに、いちばん近い西出口から出すようにするということだった。

それを聞いて、操縦《そうじゅう》隊員は言った。

「市議会が、われわれの教会が取る進路に干渉《かんしょう》するのは、たいへん不愉快《ふゆかい》です」

「ああ、兄弟よ」市長がなだめる。「市議会は、できるだけ発言をひかえている。だが、ときには、介入《かいにゅう》しなくてはならないのです。でないと、混乱《こんらん》が起きますから」

「教会が取る進路は、市には、わからないでしょう。だが、いいでしょう。西の出口にむかうようにします」と、不満そうな声で操縦士《そうじゅうし》。さらに、とがめるようにつけ加えた。

「市長は、昨日、わたしたちの礼拝《れいはい》に出席なさらなかった。このHGM《ハーヘーエム》教会を信頼《しんらい》しなくなったのですか？」

「ご存《ぞん》じでしょうが、わたしは、どの教会にも忠実《ちゅうじつ》です。昨日は、ＳＳＫＣ《エスエスカーセー》教会に行かなくてはならなかった。なぜなら、あの教会の方々は、先日の事故《じこ》のことでとても気落ちしていましたからね」

「ＳＳＫＣ《エスエスカーセー》教会の連中は、いつも度の過《す》ぎたふるまいをするからな」と、操縦士《そうじゅうし》が、ばかにした。

すると、市長は、声に少し非難《ひなん》をこめた。

「それでは、半年前の、あの新しい市立の学校のことを思い出していただかなくちゃなりませんかね？」

操縦士《そうじゅうし》は顔を赤らめて、

「おっしゃるとおりです」と、謙虚《けんきょ》に言った。

「ＨＧＭ《ハーヘーエム》教会もまちがいを犯《おか》すことがあります。あの学校が破壊《はかい》されたのは、たいへん残念でした」

「しかたありません」と、市長。「ところで、スタッハを紹介《しょうかい》しましょう。彼《かれ》のことは、きっと聞いてるでしょう。彼《かれ》は、わたしたちの教会の問題を解決《かいけつ》するためにきたのです」

操縦士《そうじゅうし》は、スタッハに手を差し出した。そして、心配そうにきいた。

「わたしたちの教会を取りこわそうと言うんじゃないでしょうな？」

「いいえ、ちがいます。ぼくの理解《りかい》が正しければ、すべきことは、ずれ動くのをやめさせることだけです」

「そうできれば、すばらしいが、うまくいかないでしょう。各教会の操縦隊《そうじゅうたい》の操縦士《そうじゅうし》が全員集まっても、それを成功させられなかった。われわれが何をしても、教会は、ずれ動くんです。以前、われわれは、直径三メートルの木にむけて、教会を押《お》してみたことがあります。どうなったと思います？　結局、その木がキンポウゲだったかのように、ぺちゃんこにつぶしてしまったんですよ」

「教会は、後ろに動くことがあるんですか？」

「もちろん、ありません」と答えた操縦士《そうじゅうし》の声には、少し得意げな感じがあった。

「前に進むだけです。つねに前進のみです」

「さて、もどるか。うまくいくように！」

市長は操縦士《そうじゅうし》と握手《あくしゅ》をし、スタッハに「いっしょに帰るか？」ときいた。

二人が中にいるあいだに、教会は数メートル動いていた。教会は本当に動く。スタッハは、それを実感した。

「速度はそれほどじゃないですね」

「だが、止められない」と言って、市長はこう話してくれた。

「わたしと家族は、アウクメーネにあるすべての教会のメンバーだ。そのために、とても時間を取られる。しかし、けんかやもめごとを止めるためには、それが必要なんだ。

というのは、どこの教会操縦隊《そうじゅうたい》も、自分たちの美しい建物をとても誇《ほこ》りにしているから、いちばんよい進路を取ろうとする。つまり、できるかぎり何度も、中央広場を通ろうとする。ありとあらゆることが、けんかやもめごとの原因《げんいん》になるんだよ」

「わかります」と、スタッハ。


二人が市長の家にもどると、夫人は、簡素《かんそ》だが、とてもおいしそうな食事を用意していた。ところが、食べはじめるころには料理がほとんど冷めてしまっていた。なぜなら、まずは、十二の教会の食事の儀式《ぎしき》をすべてすませなくてはならず、とても時間がかかったからだ。

食後は、みんなでボードゲームをして、とても楽しかった。それから自分の部屋に行くと、スタッハはベッドに入る前に、あらためて今回の問題を考えた。もちろん、そうすぐによい考えがうかぶはずはない。今日体験したさまざまなことに疲《つか》れて、五分もしないうちに眠《ねむ》りこんでしまった。

「スタッハ、起きてくれ！」

スタッハは、アウクメーネ市長に腕《うで》を引っぱられる夢《ゆめ》を見ていた。ところが、スタッハが目をさますと、夢《ゆめ》ではなかった。市長がつづけて言った。

「緊急事態《きんきゅうじたい》だ。ただちにこの家から出なくてはならない」

「火事ですか？」

「いや、SSK《エスエスカー》だ。くわしい話は、あとだ。さあ、すぐにいこう！」

スタッハは、寝《ね》ぼけまなこで服に着がえる。まだ、薄暗《うすぐら》い。家の中は、ドタバタガタガタ足音や物音がする。下の階におりると、たくさんの人が、家具を家から引きずりだそうとしている。

「いったい、どうしたんです？」

「SSK《エスエスカー》だよ。もう、近くにきてる。一時間もすれば、この家をつぶしてしまう」

「SSK《エスエスカー》って？」

「SSK《エスエスカー》教会、新再建《さいけん》教会だ。昨日の夜、操縦隊《そうじゅうたい》の指示《しじ》に従《したが》わなくなって、まっすぐ、こっちにむかってるんだ。あの教会の操縦士《そうじゅうし》たちは全員、教会の進路を変えようと必死で働いている。けれども、思いどおりに動かない。このまま進めば、教会は、市役所とこの家のあいだに出てくる。そうすれば、市役所も家もぺちゃんこになってしまう」

外に出てみると、アウクメーネのほぼすべての住民が市役所を空にすべく、荷物をせっせと外に運び出していた。市長の家の数十メートル先に、巨大《きょだい》なSSK《エスエスカー》教会の姿《すがた》が、ぼんやりと現《あらわ》れた。朝もやの中では、ゴシック様式のとがった塔《とう》はまだ見えない。だが、今にも近づいてきそうだ。スタッハは、胸《むね》をしめつけられそうなほど心配しながら教会へいそぎ、中に入った。中では、上着をぬいだワイシャツ姿《すがた》の操縦士《そうじゅうし》たちが顔に汗《あせ》をしたたらせながら、教会のベンチと格闘《かくとう》していた。通路をはさんで両側にならべられた信者席のベンチを引きずって、片側《かたがわ》に寄《よ》せようとしている。隊長が説教壇《せっきょうだん》から指示《しじ》を飛ばす。

そして、ちょうど入ってきた操縦《そうじゅう》助手に大声できいた。

「あと何メートルだ？」

「十一メートルです。進路は、あいかわらず変わっていません」

「それじゃあ、オルガンだ。オルガンを下に投げろ」

操縦士《そうじゅうし》たちはためらった。

「オルガンを下に投げろと、言ってるんだ！ それ以外、やれることはない」

操縦士《そうじゅうし》たちは、死にものぐるいで、パイプオルガンのパイプを下に投げた。

隊長は、「パイプをすべて、南側に！」と、どなった。そして、しばらくしてから「ようすを見てこい！」と、操縦《そうじゅう》助手に言った。

操縦《そうじゅう》助手は確認《かくにん》しにいき、すぐにもどってくると、がっかりした声で言った。

「進路変更《へんこう》はありません」

スタッハは、教会を出た。今や、SSK《エスエスカー》教会は、市役所から一メートルも離《はな》れていなかった。市長の家からは、たぶん四メートルくらいだ。緑地では、市長夫人と子どもたちがひとかたまりになって、恐《おそ》ろしそうに巨大《きょだい》な教会を見ていた。周囲に散らばっているものはすべて、市長の家や市役所から移動《いどう》されたものだ。スタッハは、市長の家族のそばに行った。いちばん幼《おさな》い娘《むすめ》が、その手をスタッハの手にそっとすべりこませた。市長も、首をふりふりやってきた。そして、陰《いん》うつな声で夫人に言った。

「やってくるよ。気持ちを強く持つんだ、トラウ」

今や、すべての活動が停止された。まるで、催《もよお》しものでも行われるかのように、人々は、大きな半円になって緑地に立ち、これから起きるはずのことを見つめた。あと十センチメートル。SSK《エスエスカー》教会と市役所のあいだには、もはやそれだけしかすき間がない。

とつぜん、見えない手で描《えが》かれたかのように、市役所の横の壁《かべ》に、大きな裂《さ》け目《め》が後ろから前に走った。屋根がずれ動いてる？　確《たし》かに、ほんの少しずつだが、屋根が前に動いている。市役所の建物全体が前に傾《かたむ》いているようだ。まずい。もうだめだ。ドドーンと地《じ》響《ひび》きを立てて、アウクメーネ市役所は粉々になった。

女の人たちは泣いていた。市長夫人がスタッハに言った。

「みんな、ここで結婚《けっこん》したのよ。子どもたちの出生届《しゅっしょうとどけ》も、ここだった。教会のあいだのけんかやもめごとのときも、ここが話しあいの場所だったわ」

夫人はすすり泣きながら、話をつづけた。

「わたしたちも、ここで結婚《けっこん》したのよ。そのあと、十二の教会ぜんぶで祝福の式典が行われた。その日は一日中、それに費やしたわね。ねえ、アンドリース、あなたおぼえてる？　市が、わたしたちをおどろかせてくれたことを。何週間も前から、市は、教会の経路《けいろ》の予定表を作成して、わたしたちの結婚式《けっこんしき》の日、教会が、中央広場のまわりを囲むすばらしい輪になるように操縦《そうじゅう》してくれたでしょ。どの教会も、中央広場から等しい距離《きょり》で立ってった。それが、今……」

気の毒に、市長夫人は、大きなハンカチで顔をおおった。

市長の家は、市役所の倒壊《とうかい》で、すでにひどい損傷《そんしょう》を受けていたけれども、さらにSSK《エスエスカー》教会に押《お》されて、セメントが石のあいだでバターミルクのおかゆになったかのように、崩《くず》れてしまっていた。

「子どもたちは、六人全員、ここで生まれた」市長が悲しそうな声で言った。

「みんな、べつべつの教会で洗礼《せんれい》を受けた。ヴィレメインチェは、このSSK《エスエスカー》教会だった。わたしたちは、あと六人、子どもがほしいと思っていた。だが、家をなくした今となっては、それを望むべきかどうか、わからない」

そのとき、「市長、元気を出してください！」と言ったのは、スタッハが昨日会ったH《ハー》GM《ヘーエム》教会の操縦士《そうじゅうし》だった。

「家は、わたしたちが、また建てます」

スタッハは、何千もの人たちを見た。みんな、何かを耐《た》えしのんでいるようだ。SSK《エスエスカー》教会に、こぶしをふりあげる人はいない。そうしたって、たいして役に立たないだろう。

けれども、スタッハは、こぶしをふりあげたい気分だった。彼《かれ》は、ヴィレメインチェの手をそうっと離《はな》して母親の手ににぎらせた。そして考えながら、中央広場をあとにした。教会がずれ動かないようにするための方法を考え出す必要がある。何か、その方法を見つけなくてはならない。

スタッハは、アウクメーネを何日も歩きまわった。市長の家族は、祭壇《さいだん》通りの空き家に住むことになり、スタッハも、そこに部屋をあたえられた。けれども、その家にじっとしてはいなかった。彼《かれ》は、この町のことを知って、考えをまとめようとした。教会はすべて、ふたたびうまく操縦《そうじゅう》できるようになっていた。大きな円を描《えが》いて、アウクメーネの中心広場のまわりを動いていた。みごとに、教会通路を踏《ふ》みはずさなかった。それにもかかわらず、SSK《エスエスカー》教会が操縦不能《そうじゅうふのう》になったあの夜以来、スタッハは思っていた……。教会は、まさに威嚇《いかく》する顔、あるいは、広い道をずれ動くとてつもない巨像《きょぞう》のようだ。教会には、何か取りけし不能《ふのう》なもの、何か不屈《ふくつ》なものがある。また何か容赦《ようしゃ》のないもの、ぺこぺこしたり、譲歩《じょうほ》したり、許《ゆる》したり、妥協《だきょう》したりしないものがある。

つねに前進のみか……スタッハは、じっくりと考えた。それに、直径三メートルの太い木でさえ、教会を止めることができない。解体《かいたい》することも許《ゆる》されない。もちろん、それを市から追い出すなんてできない。いったい、どうすればいいんだ？

スタッハは、すべての教会を中からも外からも調べた。ＳＳＫ《エスエスカー》教会では、オルガンの修《しゅう》理《り》にいそがしくしていた。巨大《きょだい》なその教会は、今ではまたおとなしい馬のようにあつかいやすくなっていた。問題の解決《かいけつ》方法は、すぐ鼻の先にぶら下がっていて、それをつかむには、手をのばせばいいだけ、という気がした。「がんこに前進するのみ……」スタッハはつぶやいた。「何者にも止められない。それなのに、ときには、子羊のようにおとなしい。市長の結婚式《けっこんしき》のときには、きれいな輪になってならんだ」スタッハはアウクメーネの町をぶらぶら歩きながら、額《ひたい》にしわをよせ、考えに没頭《ぼっとう》していた。そのとき、とつぜん……。

「ああ、きっと、そうだ！」と、ひとりごとを言った。

「なんてばかだったんだ。解決《かいけつ》方法は、これだよ！」

額《ひたい》のしわが消え、スタッハの顔が晴れた。そして、元気な足どりで市長のところへむかった。

「ちょうどよかった」と、市長。「今夜、教会操縦隊《そうじゅうたい》の隊長たちと会議を開く。市役所とわたしたちの住まいのことがきっかけで、集まることになったんだよ。今回のように、世間があっとおどろくような大規模《だいきぼ》なものはめったにないが、このところ、以前よりもひんぱんに惨事《さんじ》が起きている。そのたびに会議をしてきたんだが、試みてみる価値《かち》のある意見はめったに出ない。今晩《こんばん》も、解決《かいけつ》の糸口になるような新しい意見は、きっと出ないだろう。だから、みんな、きみの意見を、ぜひとも聞いてみたいと思うだろうよ。きみは、わたしたちの動く教会の問題を、一般論《いっぱんろん》として話すんだろう？」

「一般論《いっぱんろん》ではありません、市長さん。ぼくは、ある計画を思いついたんです」

市長は、いすからとびあがった。それで、ＳＳＨ《エスエスハー》教会（新漆喰壁《しっくいへき》教会）の祈祷書《きとうしょ》が床《ゆか》に落ちた。

「計画を思いついたって？　実行できる計画なのかい？」

「ええ、そう思います」

「教会を壊《こわ》さずに実行できるものなのか？　ずれ動くことだけをやめさせられる計画か？」

「きっと、うまくいくんじゃないかな……。教会操縦士《そうじゅうし》さんたちが、協力してくれるなら……」

「いったい、どうやって？　話してみなさい」

「なんだ、って言うくらい、すごく簡単《かんたん》なことなんです」スタッハは、はずかしそうに言った。そして、自分が思いついた計画を話した。

「確《たし》かに、簡単《かんたん》だな。わたしたちはかえって思いつきもしなかった。スタッハ、わたしは、教会操縦士《そうじゅうし》たちを説得する手助けをするよ。ひびの入った塔《とう》の時計のように、声がかれるまでね」

そう言うと、市長はすっかり興奮《こうふん》し、二、三度、肩《かた》をそびやかしていってしまった。スタッハは、大騒《おおさわ》ぎする市長に少しおどろいたが、その後ろ姿《すがた》を目で追った。市長にあたたかい親しみを感じていた。

その夜、スタッハは、教会操縦隊《そうじゅうたい》の会議に参加した。彼《かれ》は、操縦隊《そうじゅうたい》の人たちのすばらしい制服《せいふく》に目を凝《こ》らした。中には、なんの飾《かざ》りもない、とても簡素《かんそ》な黒い制服《せいふく》もあったが、多種多様なきらめく色彩《しきさい》が目に飛びこんできたのだ。

市長が、議長を務《つと》めた。まず、ＳＳＫ《エスエスカー》教会の災難《さいなん》に簡単《かんたん》にふれて、操縦隊《そうじゅうたい》がこの大惨事《だいさんじ》を防《ふせ》ぐためにあらゆる努力をしたことを感謝《かんしゃ》した。そしてそのあと、こう話した。

「兄弟であるみなさま、みなさまの操縦技術《そうじゅうぎじゅつ》と専門技能《せんもんぎのう》にもかかわらず、全員の力を合わせても、今回のような大惨事《だいさんじ》を防《ふせ》ぐことはできません。けれども、わたしはこれから、おどろくほどよろこばしいお知らせを発表したいと思います。みなさまは、すでにスタッハのことをご存《ぞん》じでしょう。ここ何日間か、彼《かれ》がアウクメーネを歩きまわるのを見かけた方もあるでしょう。彼《かれ》は、みなさま方の教会を訪《おとず》れましたから、きっと、彼《かれ》と知りあったことでしょう」

操縦士《そうじゅうし》たちはうなずいた。

「このスタッハが、ある計画を考えつきました。わたしが思うに、それはすばらしいものです。未来の王にふさわしい計画です。スタッハ、それではどうぞ、説明してください」

スタッハは立ちあがった。

「とても短い説明になりますが……」と、スタッハ。「市長の結婚式《けっこんしき》の日、みなさんは、あの緑地のまわりに教会を呼《よ》びよせて、均整《きんせい》のとれた美しい輪を作ったそうですが、そんなことができるのですね」

操縦士《そうじゅうし》たちは、またもうなずいた。スタッハは、話をつづける。

「もう一度、それと同じようなこと……つまり、同時に、すべての教会を大きな開けた場所に移動《いどう》することができたら、つまり、緑地の公園のある場所と、市役所と市長の住まいが立っていた場所に呼《よ》びよせてくれたら……。あそこは、十二ぜんぶの教会が入れる広さです。また、教会は、同時に、全方向からこなくてはなりません。そして、ぶつかる。教会を止めるものは、何もありません。けれども、おたがいがぶつかって動けなくなります。そうすれば、とても大きな、一つの教会となります。仕切り壁《かべ》を取りはらえば、アウクメーネの全住民が同時に入れる大きな建物となります。そんな大きな建物は、カトーレン国にはありませんし、たぶん、世界中にもないでしょう」

会議の会場は、しーんとなった。

「わかりませんか？　すべての教会を、ただ……」

たいへんな騒《さわ》ぎになった。みんなしゃべりだしたり、さけんだり、手をふりまわしたり、自分自身やとなりの人をたたいたり……すなわち、たいへんな混乱《こんらん》におちいったのだ。

市長は、水の入ったガラスの水さしを手に取ると、力いっぱい床《ゆか》に投げつけた。それで、静かになった。

「わたし以外、だれにも、発言権《はつげんけん》はない」と、市長。「わたしは、この市の長として、また、あなたがた全教会のメンバーとして発言する。今の案は、スタッハが説明したとおり正確《せいかく》に、実行されなければならない。今晩《こんばん》、わたしは、この案の実行計画書を作成する。明朝、全員に、それぞれの教会のルートを書いたものと予定表をわたす。緑地到着《とうちゃく》は、来週の火曜日の、午後三時きっかりだ。これで、会議は終わりとする」

このことばに力を加えようと、本来は温厚《おんこう》な市長は、議長用の槌《つち》で木の机《つくえ》から木くずがとぶほど強くたたいた。あまり民主的なやり方ではないが効果《こうか》はあった。みんな、おとなしく家に帰った。スタッハは、ベッドに入りぐっすりと眠《ねむ》った。市長は、一晩中《ひとばんじゅう》、計算したり、アウクメーネの地図に線を引いたりしていた。

その火曜日は、決して忘《わす》れられない日となった。

それまでの一週間、スタッハはのんびりと過《す》ごした。市内をぶらぶらと歩いたり、ときどき、キムやヘルファースおじさんに手紙を書いたり、市長の子どもたちと遊んだりした。日に二回、臨時《りんじ》市役所にある市長室に入った。市長はそこを今回の計画遂行《すいこう》のための指令室として整えていた。壁《かべ》には、アウクメーネの大きな地図がかけられている。それには、市の道路や家や木がすべて記されていた。異《こと》なる色で引かれた線は、各教会が取るべき経《けい》路《ろ》を表し、小さな旗で移動《いどう》中の教会の一時間ごとの位置を示《しめ》すようになっている。市長は、ふだんは決しておろそかにすることのない教会への義務《ぎむ》を無視《むし》していた。三台の電話が、教会の動きについての最新情報《じょうほう》をひっきりなしに知らせてくる。いずれかの教会のずれ動く速さが、少しはやすぎたり、おそすぎたりすると、市長は、それぞれのやや短いルートや長いルートを計算して電話で伝えた。スタッハが、「ぼくも手伝います」と何度も言ったが、市長はすべて自分でやりたいと言い、そのわけを話した。

「わたしは、すべての異論《いろん》を禁《きん》じた。わたしには、その責任《せきにん》がある」

そして、さらにつけ加えた。

「今はただ、どの教会も、最後の瞬間《しゅんかん》に制御《せいぎょ》できなくなることのないように祈《いの》ろう。そんなことになったら、また、すべて初めからやり直さなければならないから」

「だいじょうぶです」と、スタッハは何度も、うけあった。

「ぼくは、いつもあきれるほど、ついてるんです」

ついに、その火曜日になった。朝九時きっかりに、十二のすべての教会が、緑地を囲む道路に到着《とうちゃく》した。巨大《きょだい》なSSK《エスエスカー》教会が、緑地にむかってゆっくりと動きはじめた。ほかの教会は、道路上でゆれ動いているだけだ。まず、巨大《きょだい》なSSK《エスエスカー》教会を真ん中に移動《いどう》させて、その周辺にほかの教会を集めたいのだ。教会は前進することしかできない。だから、SS《エスエス》K《カー》教会の後ろにやや小さい教会を集め、それ以外の教会を前に集めれば、SSK《エスエスカー》教会は動けなくなるはずだ。市長は、短期間に大急ぎで物理を勉強しなおし、すべて正確《せいかく》に計算していた。九時三十五分、ほかの十一の教会も、家々のあいだを通り、計算どおり中心にむかって進む。

カトーレン北部の東西に長く広がるアウクメーネだが、その日、重病人と乳飲《ちの》み子《ご》をのぞいては、この摩訶不思議《まかふしぎ》なできごとを見届《みとど》けようと、市の中心地にやってこなかった人はいなかった。新聞記者たちは、いたるところから押《お》しかけてきた。彼《かれ》らはスタッハにインタビューしようとしたが、スタッハは市長室に閉《と》じこもった。

「SSK《エスエスカー》教会が、計画よりも五十センチメートル後ろにいる」と、疲《つか》れきった市長がため息をつく。

そして市長は、受話器の一つを取って、SSK《エスエスカー》教会をもう少しスピードをあげて操縦《そうじゅう》するように指示《しじ》する。

「市長さん」と、スタッハ。「もうだいじょうぶですよ。その小さい旗をちょっとおいて、窓《まど》ぎわに立ってください。ぼくの心からの希望ですが、市長さんが、アウクメーネの教会がずれ動くのを見るのは、今日が最後の日です。ちょっとのあいだ、それを楽しんでください」

そのとき、電話の一つが鳴った。スタッハは、それを取ると、「五分後にかけ直します」と言った。それから、受話器をぜんぶはずすと、市長とならんで窓《まど》ぎわに立った。

全方向から教会が集まってくる。ならんだ塔《とう》が、太陽に輝《かがや》いている。それぞれの塔《とう》の先端《せんたん》のまわりを、群《む》れをなして飛んでいたカラスが混《ま》じりあう。SF《エスエフ》教会の経路《けいろ》は、かなりくっついて立つ家のあいだを通ることになっていたが、正確《せいかく》にそれを守った。どの教会にも、操縦《そうじゅう》士《し》が全員そろっていた。一人ひとりの操縦《そうじゅう》士《し》に役目があり、みん

な、全力をふりしぼって働いていた。アウクメーネで、人々がこれだけ団結《だんけつ》して働いたことは、これまでになかった。

ひとしずくの涙《なみだ》が市長の目にうかび、ひげを剃《そ》っていないほおを伝ったが、しわの中にとどまった。市長がささやくような小声で言った。

「教会の集合——わたしは、これを、決して忘《わす》れないだろう」

それから市長は、片手《かたて》で涙《なみだ》をぬぐい、はずしていた受話器をもどした。と同時に、三つの電話が、いっせいに激《はげ》しく鳴りはじめた。市長は受話器を取り、メモを取り、指示《しじ》をあたえ、小さな旗の位置を変えた。

二時だ。あと一時間。SSK《エスエスカー》教会は、すでに、緑地のすぐ縁《ふち》にやってきていた。スタッハは、新聞記者たちはこのできごとにすっかり気を取られているだろうと思い、すべてを正確《せいかく》に見られるように外に出た。教会はいずれも、とちゅうで止まったりせずに動いていた。近づき、ゆっくりとくっつきあっていく。

二時半。木造《もくぞう》の音楽堂——二、三日前に市の公園管理課の人たちに取りこわされていた——があった場所には、今、杭《くい》が立っていて、緑地の中心地を示《しめ》していた。それが、SS《エスエス》K《カー》教会の右前方の柱の足もとに押《お》されてひっくり返る。教会は、今、さらに近づきあい、見物人たちには、どうなっているのか、ようすが見えなくなった。HGM《ハーヘーエム》教会の突《つ》き出たへりが、KC《カーセー》教会のアーチ型の窓《まど》わくの一つを壊《こわ》すが、市長は、それに気づかなかった。

三時一分前。石と石がこすれあう音がする。おだやかな音だ。十二の教会が動かなくなった。WPK《ヴェーペーカー》教会が、SSK《エスエスカー》教会によりそうように、もう八分の一回転する。ほんのしばらく、砂塵《さじん》が落ちる。緑地が静まりかえる。アウクメーネに、世界に同じものが二つとない建物ができあがった。

人々は、ゆっくりと、厳粛《げんしゅく》な足どりでその建物にむかった。何十個《こ》ものドアを開けて中へ入る。部屋と部屋の中間ドアをはずし、内側になった窓《まど》を壊《こわ》す。道具を持っている者は、仕切り壁《かべ》を取りこわす。隊長たちは、たくさんのドームの一つの下に集まって、いっしょに、大量の祈祷書《きとうしょ》をていねいに調べる。すると、どの祈祷書《きとうしょ》にも出てくる賛美歌《さんびか》──少しちがいはあるが──が一つ見つかった。操縦《そうじゅう》助手たちが、窓《まど》──今は建物の内側になっている──を通り、大聖堂《だいせいどう》を走りぬけて、オルガン演奏家《えんそうか》たちに指示《しじ》した。

力強い音が、アウクメーネ中に鳴りひびいた。十二の教会のパイプオルガンが演奏《えんそう》する音だ。何千人もの人々が、その賛美歌《さんびか》を歌った。その歌は、窓《まど》──ロマネスク様式やゴシック様式、いや、どんな様式であれ──を通して、鐘楼《しょうろう》の窓《まど》を通して、また、すき間や割《わ》れ目を通して、外へひびいていった。そして、鳥さえも届《とど》くことのできない高いところへ、青く、何もない、澄《す》んだ空へとのぼっていった。

中に入らなかったのは、スタッハ一人だった。スタッハは、臨時《りんじ》市役所のドアが開いて、市長が外に出てくるようすを見ていた。市長はゆっくりと、スタッハのほうへ歩いてきて、合唱の声が流れる中で、スタッハとならんで立った。市長は、自分自身に平手打ちをくらわせようとした。それは感極まっての自己懲罰《じこちょうばつ》――教会の儀式《ぎしき》に残された古い慣習《かんしゅう》だ。けれども、スタッハは、市長の腕《うで》に手を置いて、言った。

「それは、もう必要ないでしょう、市長さん?」

「そうだな、きみの言うとおりだ。ほら、見てごらん、教会が一致団結《いっちだんけつ》したように立っているようすを」市長は、感動していた。「教会は、たがいに近寄《ちかよ》りたくて、ずれ動いていたのだろうか?」

スタッハは何も言わなかった。

「ひょっとすると」と、市長。「市役所が破壊《はかい》されたのは、必要なことだったのかもしれない。そのせいで、人々はひどくおどろき、この実験をやってみる気になったのだから。あれがなければ、おそらく、けんかやもめごとがたくさん起きて、うまくおさまらなかっただろうよ」

「そうかもしれません」と、スタッハ。

「今、こうやって、教会があんなふうに立っているのを見ると、前の王さまのことばを思い出します。花火にはなんの関係もない、数少ないことばの一つです。

『新しいことを始めるには、ときには、そのことを、徹底的《てっていてき》に行きづまらせなければならないことがある』」

「中に入ろう」と、市長。

「いいえ、申し訳《わけ》ありませんが、市長さん、ぼくには、ほかにしなければならないことがあります」

市長は考えこみながら、スタッハの顔を見てきいた。

「五番目の任務《にんむ》か？」

スタッハは、うなずいた。

「それじゃ、歩いてきみを駅に送っていこう」

二人は、スタッハの少ない荷物を取りにいった。こうして、動く教会を止める任務《にんむ》をぶじに果たしたスタッハは、鈍行《どんこう》列車に乗った。市長が切符《きっぷ》を買った。

「さようなら、市長さん」

「きみが王になるときには、お祝いに行くよ。さようなら」

列車が動き出した。スタッハは、窓《まど》から身を乗り出して、長いあいだ、市長に手をふった。そして、善良《ぜんりょう》な市長の姿《すがた》が見えなくなってからも、アウクメーネの一つになった教会の輪郭《りんかく》は、はっきりと見えた。

カトーレン新聞

　スタッハは、家に帰ってすぐに、大臣たちに手紙を書き、アウクメーネでの任務《にんむ》の報告《ほうこく》をし、次の任務《にんむ》を連絡《れんらく》してくれるように頼《たの》んだ。それから一週間になるが、なんの連絡《れんらく》もない。ヘルファースおじさんは、スタッハの手紙を直接《ちょくせつ》手わたしてくれたので、大臣たちが手紙を見たことは確《たし》かだ。人によっては、スタッハだって、一週間くらいゆっくり休めて悪くないと思ってるさ、と考えるかもしれない。けれども、スタッハはそう思っていなかった。何もしないでいると、落ちつかなかった。任務《にんむ》をやりとげるのは、早ければ早いほどよい、と考えていた。

　ヘルファースおじさんは、もっと心配していた。ここ数か月のあいだ、大臣たちが日に日にいらだってきて、スタッハが成功するたびに、そのいらだちがますますつのってくるようすを間近で見ていたからだ。大臣たちが、何かよからぬことを企《たくら》んでいるのではないかと、恐《おそ》れていた。そこで、おじさんは、これまでの五十年間の勤《つと》めの中で、一度もしたことのないことをした。すなわち、盗《ぬす》み聞きをしたのだった。閣議《かくぎ》が行われる部屋に置かれた戸棚《とだな》の中で、三時間も小さな腰《こし》かけにすわり、鍵穴《かぎあな》に耳をつけて盗《ぬす》み聞きしたのだ。そして、ひどく取り乱《みだ》して、家に帰ってきた。

「大臣たちは、おまえを聖《せい》アロイシウスから飛びおりさせようと考えておる。おまえがそんなことはしないつもりだと言ったことを、新聞で読んだんじゃよ。

ドタバータ大臣だけが反対した。といっても、おまえが落ちてぺちゃんこになって死んでしまうと心配したわけじゃない。ああ、そうじゃない。人々を恐《おそ》れたからじゃ。つまり、大臣の考えは、こうじゃ。人々は、おまえに七つの有用な任務《にんむ》をやってもらいたいと考えておる。だから、こんどの任務《にんむ》は、おまえの才能《さいのう》を失うことになって、もったいないと思うだろうということじゃ」

「何と親切な人だ、ドタバータ大臣は！」と、スタッハ。

「そのあと、マジメーダ大臣が提案《ていあん》した。それなら、八つの任務《にんむ》にしたらどうだろう、と。だが、それには、マッスーグ大臣が反対した。『言ったとおり、正直に、公正に、やらなくてはならん』とね。『七と言ったら、七つだ』と。それから、みんなで昼食を食べにいった」

スタッハは、おじさんに言った。

「おじさん、盗《ぬす》み聞きなんてしちゃだめだよ。ぼくは、マッスーグ大臣のことばに影響《えいきょう》されたわけじゃないけど、危険《きけん》すぎるからね」

それにもかかわらず、ヘルファースおじさんは、次の日もふたたび、戸棚《とだな》の中の腰《こし》かけに老いた腰《こし》をおろして、聞き耳を立てたのだった。

そして夕方、おじさんは、すっかりしょげかえって帰宅《きたく》すると、スタッハにその内容《ないよう》を話した。

「ひどいやつら、偽善者《ぎぜんしゃ》どもめ！　どう決まったか、わかるか!?　任務《にんむ》4A《アー》だとさ。それなら、四番目の任務《にんむ》の付随《ふずい》任務《にんむ》にできるし、マッスーグ大臣も賛成《さんせい》できるからな。しかも、マッスーグ大臣は、こう言った。『これなら、教会と関係ありますからな』だと。ドタバータ大臣も反対しなかった」

「ヘルファースおじさん、おじさんは本気で思ってるの？」と、スタッハはきいた。「大臣たちが、ぼくを聖《せい》アロイシウスから飛びおりさせるつもりだって。そんな役にも立たない、意味のない行動をさせるって？」

「うん、させるだろうと本気で思ってる。しかも、よりによって、おまえの父さんが足場から落ちた大聖堂《だいせいどう》だよ。だが、いいかい、スタッハ。もちろん、そんなことはするんじゃない。そんなことをしたら、カトーレンの王にはなれん。おまえがいかに器用でも、おまえは、ゴムやスポンジでできてるわけじゃない。それに、パラシュートのようなもののことを考えたりするんじゃないぞ。パラシュートが役に立つはずないからな。パラシュートは、そうすぐには開かん。不可能《ふかのう》だ」

スタッハは、元気をなくしてうなずいた。

「役に立たず、意味がなく、不可能《ふかのう》……おじさんの言うとおりだね」

次の日の朝、スタッハは、閣議《かくぎ》からの手紙を受けとった。重々しいスタンプがたくさん押《お》してあった。けれども、内容《ないよう》はとても簡単《かんたん》で、ヘルファースおじさんが話してくれたとおりだった。

任務《にんむ》4A《アー》

聖《せい》アロイシウス大聖堂《だいせいどう》のいちばん高いバルコニーから飛びおりること。

三日後。金曜日、午前十時とする。

その手紙を読んだとき、スタッハの目が、いつものようにやる気で輝《かがや》くことはなかった。

口もとには、大臣たちを怒《おこ》らせる、あの意志《いし》の強そうな表情《ひょうじょう》がうかぶこともなかった。

スタッハは、「役に立たない、意味のないことをするなんて、ぼくは耐《た》えられない気がする」と、ひとりごとをつぶやいた。

「ヘルファースおじさん？」

「なんだね、スタッハ？」

「ヘルファースおじさん。ぼくはできない。大聖堂《だいせいどう》から飛びおりる勇気はない。まったく役に立たない、意味のないことをする勇気は、ぼくにはない」

「もちろんだとも。それは、まったくの、自殺行為《こうい》だよ。そうだ、わしが大臣たちと話してみよう。この任務《にんむ》を思いとどまらせてみるよ」

「そんなことしても、どうにもならないって、おじさんもわかってるはずだよ。ぼくが何をしようとしてると思う？　ぼくは、森へ行く。町の南の森へ。そこで、じっくり考えたい。フロット、ついておいで。金曜日の朝、おそくとも九時には帰ってくる。行ってきまーす！」

犬は大よろこびで、スタッハに飛びつき、スタッハは玄関《げんかん》を出た。

ヘルファースおじさんは、あとに残って考えこんでいたが、しばらくしてから、テーブルの上に置きっぱなしになった手紙を手に取ると、家をあとにした。宮殿《きゅうでん》へは行かず、足を引きずりながらカトーレン新聞の編集部《へんしゅうぶ》にむかった。カトーレン新聞は、多数の読者をかかえる全国紙で、ときには、大臣たちに抵抗《ていこう》する勇気があるという評判《ひょうばん》の新聞だ。

翌日《よくじつ》、ブキノーハラでは、キムがかんかんに腹《はら》を立てて、お父さんの書斎《しょさい》に飛びこんで、お父さんの鼻先に新聞をつきつけた。

「パパ、これ読んで、早く！　すごく卑劣《ひれつ》なやつら！　どうして、こんなことができるの！」

「これこれ、落ちつきなさい。いったい、どうしたんだ？」

「スタッハを、聖《せい》アロイシウスから飛びおりさせるんだって」

キムの父、ブキノーハラ市長は、大急ぎでカトーレン新聞に目を通した。第一面のトップの大きな文字の見出しに、**「スタッハ、任務《にんむ》4A《アー》を命じられる」**と、あった。

「パパ」と、キム。「わたし、ヴィスに行く。社説を読んだ？　『**あきれた任務《にんむ》4A《アー》！**』って書いてある。編集長《へんしゅうちょう》が、わたしたちみんなに呼《よ》びかけてるの。金曜日に、ヴィスに集まれって。お願いだから、列車の切符《きっぷ》のお金を出してくれない？　今すぐ行けば、まだ間にあう」

市長は、もう一度記事を読むと、考えながらうなずいた。

「これは、とりわけ、ヴィス周辺に住む人たちにむけて書かれた記事で、わたしたちのように、ヴィスまで一日半も列車に乗らなければならないほど離《はな》れたところに住む人にむけたものじゃない。だが、わたしたちの場合……なんと言っても、おまえの場合……キム、おまえの気持ちはわかる。かなりの金額《きんがく》だが、おまえのために往復切符《おうふくきっぷ》を買おう」

「パパ、大好き！」と、キムが思いっきり父親に抱《だ》きついたので、彼女《かのじょ》の髪《かみ》が大きくなびいて、もう少しでテーブルの上のインクつぼが倒《たお》れるところだった。

「さあ、荷造《にづく》りをしなさい」


キムのお母さんは、娘《むすめ》の出発予定を聞くとすぐに、アップルパイを焼きはじめた。〈ザクロの木シスター会〉がなくなってから、お母さんは、することがあまりなくなっていたのだ。焼きあげたアップルパイを百個《こ》ほど包んで、一部はとちゅうで、あとはスタッハに、と言った。そのあいだ、キムは、大きなトランク二個《こ》に荷物をぎゅうぎゅうにつめた。市長夫妻《ふさい》は、いったい、娘《むすめ》が何をそんなにたくさん持っていこうとしているのか、わからなかった。だが、その夜、寝室《しんしつ》に入ってようやく、あのトランクの中身に気づいたのだった。市長はぼやいた。

「こっちまでとは……そういうつもりじゃなかったのだが」

ところが、キムのお母さんは、大笑いして、夫に、「これを代わりに」と重ねたタオルを手わたして、言った。

「あの子、恋《こい》をしてるのね！」

そのころすでに、キムは、ブキノーハラから何百キロメートルも遠くで、列車にゆられていた。列車はガタゴトと、キムをスタッハのところへ運んでいた。


スタッハは、三日間、愛犬のフロットといっしょに森を歩きまわっていた。丘《おか》や谷を走り、いたずらにウサギを追ってみたりした。スタッハが木にのぼると、フロットは、その木の下でワンワンほえた。雨にふられてぐっしょりぬれたり、ぬれた体を陽光でかわかしたりした。仰向《あおむ》けになって、じっくりと考えた。金曜日の朝早く、家に帰ろうと思っていた。大聖堂《だいせいどう》から飛びおりるつもりはなかった。パラシュート、安全ネット、丈夫《じょうぶ》な滑車《かっしゃ》でゆっくりとほどける縄《なわ》など、ありとあらゆるものがスタッハの頭をよぎった。だが、だめだ。考えつく何かがあるかもしれない。しかし、無益《むえき》な、意味のないことに全力をつくすことは、きっぱりとことわる。こんな方法で、カトーレンの王になりたくはない。

まだ朝七時だったが、ヴィスの町には、たくさんの人が歩いていた。みんな、聖《せい》アロイシウスを目指していることにスタッハは気づいた。腕《うで》に枕《まくら》をかかえた人たちがいる。夜を歩道かどこかで過《す》ごしたのだろうか。ああ、腹《はら》が立つ、とスタッハは思った。あの人たち、ぼくが飛びおりて死ぬのを最前列で見たくって、早く行きたいのか？　スタッハは、行くつもりはなかった。けれども、そのとき決心した。十時に大聖堂《だいせいどう》へ行こう、そして拒否《きょひ》する理由を人々に話そう！　でも、まずは、家に帰ろう。

ヘルファースおじさんは、すでに起きていて、コーヒーをいれてくれた。おじさんは、両手をもみあわせ、上きげんだった。

「任務《にんむ》4A《アー》の日だな。歴史に残る日になるぞ」

「ぼくは、飛ばないよ」

「おまえは、飛ばない、もちろんだ。だが、おまえは、やっぱり行くんだろ？　カトーレン中から、おまえを見にやってくるんだから」

「ちょっとだけ行く」と、スタッハ。「そして、伝えるんだ。ぼくの命を危険《きけん》にさらすような、無益《むえき》な、意味のないことは拒否《きょひ》するって」

「いいぞ」と、おじさん。「そう言いなさい」

二人は九時半に家を出て、九時四十五分にアロイシウス広場に着いた。広場は、人でいっぱいだった。ところで、塔《とう》の近くにあるあれはなんだ？　なんの建物だ？　みんな、塔《とう》の上から、何を下に投げているんだ？

三日前、カトーレン新聞の編集長《へんしゅうちょう》は、ヘルファースおじさんから任務《にんむ》４Ａ《アー》についで聞くとひどく怒《おこ》ったのだった。そして「いまいましい任務《にんむ》４Ａ《アー》！」と書いただけでなく、記事にこんなことも書いていたのだ。

「カトーレンの全住民よ、きたる金曜日の朝、聖《せい》アロイシウスの前に集まろう！　みんな、枕《まくら》を持っていこう！　そして枕《まくら》の山を築《きず》くんだ！」

この光景を見れば、カトーレン新聞が、どれだけたくさん読まれているかがわかる。今朝、何千人もの人たちが、次々と枕《まくら》をかかえて、広場にやってきた。そして、ものすごい枕《まくら》の山がつみあがったのだ。その山は、あっという間に、枕《まくら》を地面から投げててっぺんに届《とど》かせるには高くなりすぎた。そこで、人々は、塔《とう》にのぼり、下に投げることにしたのだ。

スタッハがついたときには、枕《まくら》の山は、塔《とう》の半分以上の高さまでつみあげられていた。

この光景が何ごとかわかったとき、スタッハはうれしさのあまり、ほおを赤くそめた。人々は、スタッハに王になってもらいたいと思っているらしい。いつの間にか、みんなに信頼《しんらい》されていたのだ。大きな歓声《かんせい》を聞きながら、スタッハは塔《とう》をのぼった。ヘルファースおじさんは、下にいた。高い塔《とう》にのぼるのは、おじさんにはたいへんすぎるからだ。スタッハは途中《とちゅう》で、ハアハアと息を切らせながら急ぎ足であがってくる足音に気がついた。ふりかえると、キムがかけ足でやってくるのが見えた。一所懸命《いっしょけんめい》がんばっているせいか、顔が赤い。腕《うで》には、枕《まくら》を四つもかかえている。自分のと、お父さんとお母さんの、それに客室から持ってきた枕《まくら》だ。列車がおくれたけど、ぎりぎり間にあったのだ。

「おはよう、スタッハ！」

「キム！」

スタッハは、キムの腕《うで》から枕《まくら》を二つ受けとると、二人いっしょにいちばん上のバルコニーにたどりついた。キムが優雅《ゆうが》なしぐさで、羽根枕《まくら》を下へ投げた。上から見ると、やはり、枕《まくら》の山に飛びこむのは、とても恐《おそ》ろしそうだ。けれども、スタッハは、笑ってこう言った。

「カトーレンの全国民の枕《まくら》に飛びこむほど、心地よいことがあるかなあ? 前の王さまは、こんなことを言ったよ。『国民が、汝《なんじ》のために花火をあげるとしたら、汝《なんじ》は、高く評価《ひょうか》されている。だが、国民が、汝《なんじ》の枕《まくら》をふって、ふっくらさせてくれたならば、汝《なんじ》は、愛されている』って。

キム、きてくれて、ありがとう! こんなたくさんの人の中で、こうすぐに見つかるなんて! ヘルファースおじさんの家に行ってて。あとで、ぼくも帰るから」

「気をつけてね、大好きなスタッハ」

「心配しないで。だいじょうぶだよ」

スタッハはバルコニーに立ち、人々に手をふった。何千もの手がふり返す。ところが、とつぜん、広場はぞっとするほどの静けさに包まれた。三人ずつにわかれて、大臣たちが姿《すがた》を見せたのだ。前に、マジメーダとマッスーグとコーケツ、後ろに、ドタバータとマモールとセーケツがいた。大臣たちは、前王の銅像《どうぞう》の前で立ち止まった。大臣たちが、これまで、撤去《てっきょ》させる勇気のなかった銅像《どうぞう》だ。全員、カトーレン新聞を読んで、国民の反応《はんのう》を確認《かくにん》しようと、ここにやってきたのだ。その反応《はんのう》は、大臣たちの予想をはるかに超《こ》えていた。

スタッハが、大臣たちに深々とお辞儀《じぎ》をすると、人々はどっと笑い出した。そのあと、スタッハは姿勢《しせい》を正し、後ろでブルブルふるえているキムの手にキスをすると、息づまるような静けさの中を、塔《とう》から飛んだ。最初は直立して、徐々《じょじょ》にやや前に傾《かたむ》いて、スタッハの体が落下していった。枕《まくら》の山のてっぺんに到達《とうたつ》するまで三秒かかった。しかし、少なくとも、キムとヘルファースおじさんにとっては三時間のように思えた。それから、スタッハの体は、はずんで見えなくなった。枕《まくら》の山は深くしずみ、また持ちあがり、ふたたびしずみ……を何度もくり返しながら、スタッハは、枕《まくら》の山の中をかきわけるように下へと進み、ぶじに広場に到着《とうちゃく》した。われるような歓声《かんせい》の中で、スタッハは大臣たちのところへ行った。

先ほどと同じく、少しふざけたようなお辞儀《じぎ》をした。そして言った。

「五番目の任務《にんむ》を早く知らせてください。任務《にんむ》4B《ベー》は、必要だと思いません。なぜなら、任務《にんむ》4A《アー》は、真面目でもなく、公正でもなく、高潔《こうけつ》でもなく、勤勉《きんべん》でもなく、規則《きそく》正しくもなく、清潔《せいけつ》でもありませんでした。せいぜい、ふわふわとやわらかだっただけです。それでは、失礼します」

スタッハは、もう一度、手をふった。それから、たくさんの人たちにどっと囲まれ、肩《かた》にかつがれて、かなりの時間、町をまわった。どうにか逃《に》げ出して、家に帰った。

家では、キムが、いつの間にかヘルファースおじさんと、すっかりなかよくなっていた。キムは、スタッハについて知るために、おじさんからいろいろ聞き出していた。スタッハが三歳《さい》のころの写真を見せてもらっていた。オーバーオールを着たのや、おしり丸出しで芝生《しばふ》にすわっている写真まであった。スタッハは、氷水にひたしたスポンジをおじさんの頭の上でしぼりたい気がしたが、おじさんの白髪頭《しらがあたま》を見ると、そんなことはできないと思った。

三人は、二、三日、楽しい日を過《す》ごした。キムは、スタッハに夢中《むちゅう》で、それをかくそうとしなかった。スタッハもキムに恋《こい》していたが、そのことをあまり意識《いしき》していなかった。

ヘルファースおじさんは、宮殿《きゅうでん》で知ることができた情報《じょうほう》のほかは、何も言わなかった。

ヘルファースおじさんが話してくれた。

「大臣たちは、内輪もめし始めたよ。そのほかは、あいかわらず国のあらゆるところから押《お》しよせてくる手紙を大騒《おおさわ》ぎしながら調べている。解決《かいけつ》できない任務《にんむ》はないかと、さがしてばかりいるんだ。自分たちにとって、チャンスはあと三回しかないということは、とてもよくわかっている。任務《にんむ》5A《アー》や、任務《にんむ》6B《ベー》は、もう出せない。その場合の国民からの反《はん》応《のう》は、よくわかってるんだ」

「決めるのは大臣たちだ」と、スタッハは軽く言った。

「夕日を見にいこうよ。空が、キムのジャケットみたいに赤いよ。明日は、いい天気だ」

しかし、すぐに、楽しい生活は終わることになった。郵便《ゆうびん》配達人が二通の手紙を持ってきたのだ。一通は、キムのお父さんからだった。娘《むすめ》の数学の成績表《せいせきひょう》が、十点満点の五点で落第点だったことと、そして学校はすっかり始まっているという知らせだった。もう一通は、大臣たちからだった。アフゼッテとレイエ、二つの村からなるアフゼッテ＝レイエ市への二等列車の片道切符《かたみちきっぷ》が同封《どうふう》され、その市のこぶ鼻病を治しに行くように、という手紙が入っていた。

キムは、大粒《おおつぶ》の涙《なみだ》を流して、ブキノーハラ行きの列車で帰っていった。

スタッハは元気に、必要なものを小さなかばんに投げいれ、新しい挑戦《ちょうせん》にむかって出発した。ヘルファースおじさんは、いつものように宮殿《きゅうでん》に行き、どたばたと飛びこんでくるドタバータ大臣のためにドアを開けたり、セーケツ大臣に洋服ブラシをさしだしたりした。すなわち、国の政府《せいふ》のためにせっせと働いていた。

あわれな町

「こんにちは、ターラ。きてくれてよかった」

「こんにちは」

「ターラ、こっちは、わたしの妻《つま》だ。今朝初めて、軽い腫《は》れに気がついた。これは、もしや、あの……」

「わたしがいれば、だいじょうぶだ」

「もちろんだ、ターラ。失礼した」

アフゼッテ＝レイエの小柄《こがら》な市長が、ターラと呼《よ》んだのは、ターラ会の男だった。市長は、男のマントと帽子《ぼうし》を受けとると、前かがみになって寝室《しんしつ》へ案内した。寝室《しんしつ》には、市長夫人がベッドに横になっていた。夫人は、足もとまで届《とど》く長い服を着た学者らしい男が部屋に入ってくるのを見て、あわてて姿勢《しせい》を正した。だが、男は、手をふって、寝《ね》ているように合図しながら言った。

「奥《おく》さん、静かに横になってなさい」

市長夫人は、言われたとおりにした。みすぼらしい寝間着《ねまき》を見られないのですむので、ほっとしたのだった。男は、かばんから拡大鏡《かくだいきょう》を取り出して、夫人の鼻を調べた。

「スタカーレ・オニシムム・プラスタローゼだな」と、つぶやく。

「それは、なんですか、ターラ」市長が心配そうにきいた。

「プラスタローゼ、ヴァリエターリオ・シネアルムじゃ」

「ああ、なるほど」と、市長。だが実は、なんのことやら、ちっともわかっていなかった。

「今夜、薬を取りにきてくだされ。一日二回、うすくぬりこむこと。きっかり一週間後には治る。というわけだから、奥《おく》さん、心配することはないよ。その鼻は、これまでと同じように、まっすぐになる」

「まあ、ターラ、ありがとうございます」

ターラは、夫人のほおを軽くつまんでから、市長に送られて出ていった。しばらくしてから、市長は寝室《しんしつ》へもどり、はげますように夫人にうなずいて言った。

「よかったな、おまえ。間にあって」

「ええ、そうですね」夫人はため息をついた。

「まあまあ、しょげるんじゃない。おまえのきれいなかわいい鼻が助かった。それが何よりじゃないか」

「あのピアノが買えたら、どんなにいいかと思っていたのに……。あなた、あれをずっとほしがっていたんですもの。それなのに、また一から貯金をしなおさなくちゃならないなんて……」

「そんなことを心配するんじゃないよ、おまえ。薬代を払《はら》えることをよろこぼう。すばらしいじゃないか、タ―ラがすぐに診《み》てくれて。え―と、プラスタロ―ゼ、なんとか……」

「なんとか、シネアルムとか…」

「あのタ―ラ会の人たちは、すばらしく頭がいい」

「ええ、本当にそのとおりね。あらっ、ベルが鳴らなかった?」

「聞こえなかったが、ちょっと見てくるよ」


玄関《げんかん》の前にいたのは、スタッハだった。カト―レンのいちばん西の端《はし》への、長い列車の旅をぶじに終えて、アフゼッテ゠レイエに着いたのだ。

これまでどおり、スタッハは、市長の住まいをさがした。けれども、今までになく、さがしだすのに苦労した。

この町に着いて、すぐに気になったのは、なんとも貧《まず》しい町のようすだった。窓枠《まどわく》のペンキがはげたみすぼらしい小さな家々、そまつな舗装《ほそう》しかされていない道路、街灯もほとんどなく、交通機関はガタガタ、何もかもあわれに見えた。ところが、町の中に入ってみると、がれきの山のような中に、堂々としたよく手入れされた家が、ところどころにあることに気づいた。スラム街に立つ小さな城《しろ》とでもいえそうだ。町の中央広場にも、そんな大きくてりっぱな家が二軒《けん》建っていた。もちろん、スタッハは、このうちの一軒《けん》が市長の家にちがいないと思った。ところが、まちがいだった。何回かたずねてみて教えられたのは、なんの変哲《へんてつ》もない小さな家だった。確《たし》かに同じ広場にあったが、二軒《けん》の屋敷《やしき》のとなりで、まったく目に留《と》まらなかった。

スタッハは、ためらいながら玄関《げんかん》のベルを押《お》した。すると、着古したスーツ姿《すがた》の、あまりぱっとしない小柄《こがら》な男性《だんせい》がドアを開けた。

スタッハは、ここでいいのかな、と思いながらきいた。

「市長さんにお会いしたいのですが」

「わたしが市長だ」と、男性《だんせい》が答えた。

「あなたが？」

思わずそう口にしたあとで、スタッハは、失礼に聞こえたにちがいないと思った。だが、その人は、悪くは取らなかったようだ。「なんのご用かな？」と、親しげに聞いた。

「ぼくは、スタッハと言います。ヴィスからきました。任務《にんむ》を……」

「あなたさまが、スタッハ！」

その人は、両手でスタッハを引っぱって、中に入れた。けれども、いきなり初対面の人に失礼かと手を離《はな》し、スタッハのすり切れたかばんをまるで金製品《きんせいひん》でであるかのように手に取って階段《かいだん》の下に置いた。それから興奮《こうふん》した声で、「スタッハさまが見えたよ」と、二階にむかって声をかけた。そのあと二人は、居間《いま》らしい部屋で、かなりギーギーきしむ壊《こわ》れそうないすにむかいあって、すわった。市長が言った。

「スタッハさま、アフゼッテ＝レイエへよくおこしくださいました」

「市長さん、一つ、お願いです。ぼくのことは、ただ、スタッハと呼《よ》んでください。それに、『あなたさま』とか、『スタッハさま』ではなく、『きみ』と」

「おお、そうだ。いいですとも。それでは、スタッハ、おききするのは失礼かもしれませんが、あなたさま……いや、きみは、アフゼッテに、何をしにきたのですか？」

「こぶ鼻病を治そうと、やってきたのです。けれども、まず、お伝えしなくてはなりませんが、ぼくは、これまでこぶ鼻病を見たことがありませんし、それがなんなのかも知らないのです」

「きみは、なんと幸運な人だ。こぶ鼻病を見たことがないとは！　そんな人がいるなんて」

「市長さん、よかったらこぶ鼻病について教えてください」

「ここでは、Ｋ鼻病《カーばなびょう》とも呼《よ》んでいますが、わたしの妻《つま》は、この病気の初期でベッドにいます。つづきを寝室《しんしつ》で話すのはいやですか？　妻《つま》は、きっと、きみに会いたくて、うずうずしてますよ」

「もちろん、いいですよ」と、スタッハ。

二人は、せまい木造《もくぞう》の階段《かいだん》をあがって、寝室《しんしつ》へ行った。スタッハは、市長の奥《おく》さんに挨拶《あいさつ》した。奥《おく》さんは、とてもよろこんで、部屋にあるたった一つのいすをスタッハにすすめた。市長は、ベッドのはしに腰《こし》かけた。

スタッハは、市長の奥《おく》さんの鼻を見て、まっすぐで、きれいな鼻だな、と思いながら言った。

「あなたの鼻がこぶ鼻病なら、ぼくも、こぶ鼻病になりたいくらいです」

「まあ、そんなことを言わないで。今夜、夫が、ターラ会のぬり薬をもらってこられないなら、一週間後には、わたしの鼻は赤キャベツか、カリフラワーのように腫《は》れあがってしまうんですよ」

　市長は、こう説明してくれた。

「アフゼッテ＝レイエでは、大昔から特殊《とくしゅ》な蚊《か》に悩《なや》まされてきました。その蚊《か》は、この町の周辺にある特定の泥炭地《でいたんち》にたまごを産む。そしてときには、家に入ってきて、休む。休む場所として、蚊《か》は、そのために作られていると思われるものを選ぶ。つまり、とまりやすそうな……」

「鼻だ」と、スタッハ。

「そうです。そして、とまれば、ああ！　ちょっと、ちくりと刺《さ》さないわけないでしょ。鼻の持ち主は、刺《さ》されるとものすごく痛《いた》いから、自分の顔をパシッと強くたたいてしまう。たいてい蚊《か》はそれで死んでしまうが、悪いのはそのあとです。最初は、赤い小さな点、それから熱が出て、小鼻の感覚がなくなったような感じがして……こぶ鼻病になるんです。どういうことかというと、鼻が腫《は》れあがって、赤くなり、見るも恐《おそ》ろしいこぶのようになる。そうなると、可能性《かのうせい》は二つ。一つは、こぶがわれる――そうなれば、死は免《まぬが》れない。もう一つは、そのまま。そのままということは、そのいまわしい外見に、だれもが気分が悪くなるんだよ」

「恐《おそ》ろしいですね」

「そのとおりだ。とても恐《おそ》ろしい。だが、ありがたいことに、ターラ会がある」

「なんですか、そのターラ会って？」

「ターラと呼《よ》ばれる男性《だんせい》の集まりですよ。この市でいちばん大きな学者の会なんです。彼《かれ》らの目からも、頭の傾《かたむ》け方からも、手の動きからも、会の式服の好みからも、知識《ちしき》が輝《かがや》きあふれだしています。ターラ会の人たちは、こぶ鼻病について、なんでも知っている。あらゆる蚊《か》の種類や、蚊《か》がわたしたちの体に入れる毒について知っている。蚊《か》には、数えきれないくらいたくさんの種類がいて、どれもが異《こと》なる種類のこぶ鼻病を引きおこす。赤キャベツこぶ鼻病、カリフラワーこぶ鼻病、マッシュルームこぶ鼻病、タマネギこぶ鼻病、耳こぶ鼻病、ルバーブこぶ鼻病などがあって……つまり、多すぎて、ぜんぶは名前をあげられないくらいです。だが、ターラ会の人たちは、知識《ちしき》の王たちですべてを知っている。薬をこしらえ、試して、作り直したりして、改良してきた。今ではどんなこぶ鼻病でも、すぐに治せるようにしてくれたんです」

「想像《そうぞう》できますよ、市長さんが、ターラ会の人たちの存在《そんざい》を、よろこんでいらっしゃることが」

「知識《ちしき》の神さまたち、天才ですよ。肩《かた》をいからせた、あの美しい誇《ほこ》り高い身ぶりを見るべきだ。それに、彼《かれ》らの話を聞くべきだ。聞けば、すぐにわかりますよ。ここで、天才がしゃべっている。これには異議《いぎ》を唱えられない、と」

「ぼくには、わからないことがあります、市長さん。ターラ会の人たちは、この病気について何もかも知ってる、とおっしゃいました。だったら、なんの問題があるのですか？　大臣たちは、なぜ、ぼくをここに送ったのでしょう？」

市長は、右手の人差し指の関節をかみながら、「わたしもわからないな」と言った。

すると、市長夫人が急に声をひそめて話しはじめた。

「怒《おこ》らないでね、ヘイスベルト。わたし、セーケツ大臣に手紙を書いたの」

「おまえが書いただって？　だが、いったいなぜだ？」

病気の夫人はこう言った。

「あのね、スタッハさん。こぶ鼻病は治せる。ありがたいことに、そのとおりよ。でも、薬の値段《ねだん》が恐《おそ》ろしく高いの。それに、ターラ会の人の往診《おうしん》も、すごく高い。あの人たちがしゃべるひと言ごとにお金を払《はら》わなくちゃならないのよ。ひと言につき、十フルデン札一枚《まい》も……。ターラ会の人が、『奥《おく》さん、おはよう』って言うだけで、二十フルデンになってしまう。でも、抗議《こうぎ》することはできない。それはよくわかってる。だって、あの人たちは、あの病気を治すために長いあいだ、勉強してきたし、すばらしい才能《さいのう》があるんですもの。けれども、わたしは思った……いいえ、希望したというか……。夫は、音楽がとても好きなの。だからわたしたち、ピアノを買うために、十五年も貯金をしてきた。ところが、お金が貯まると、わたしたちのどちらかが蚊《か》に刺《さ》されて、こぶ鼻病にかかる。おかげで貯めたお金が、そのたびになくなってしまう。ところが最近、わたしはスタッハさんのことを新聞でたくさん読んで……」

「ぼくのことは、ただ、『スタッハ』って呼《よ》んでください」

「……スタッハのことを新聞で読んで、さまざまな問題を解決《かいけつ》したことを知った。そこで、考えたわ。もしかしたら、スタッハなら、ここの蚊《か》を退治《たいじ》できるんじゃないかって」

「気持ちはうれしいが、おまえ」と、市長。

「だが、そういうわけにはいかないんだ。あの蚊《か》は、退治《たいじ》してはならないんだよ。あの蚊《か》のたまごは、泥炭地《でいたんち》を豊《ゆた》かなものにしてくれるんだ。たまごがなければ、泥炭地《でいたんち》はただの沼地《ぬまち》になってしまう。そうなると、アフゼッテ＝レイエは、しずんでしまう。そんなことになったら困《こま》る。申《もう》し訳《わけ》ない、スタッハ。妻《つま》がよかれと思ってしてくれたことだ。わたしも残念に思うが、きみはヴィスに帰って、べつの任務《にんむ》をもらってくれ。ここには、することは何もないから。きみの時間のむだになる」

「うーん、でも、二、三日いてもいいですか？」

「まあ、もちろんよ。屋根裏部屋《やねうら》にもう一台、ベッドがあるから、それでよければ……」

「ありがとうございます、奥《おく》さん」

そこでスタッハは、今回も市長の家に泊《と》まることになった。けれども、これ以上みすぼらしい場所に泊《と》まったことはなかった。ひびの入った水がめが、シャワー代わりだった。二枚《まい》の馬衣《うまぎぬ》——馬の背《せ》に着せる布《ぬの》——が、かけ布団《ぶとん》代わりだ。食事は、かたくなったパンに、羊のチーズか、ベーコンの脂《あぶら》のかかったジャガイモだった。だが、考えてみると、市長は、アフゼッテ＝レイエでもっとも高給取りの一人なのだ。（もちろん、ターラ会の人たちを例外としてだが。）

けれども、スタッハは、そんなすべてをがまんした。ヘルファースおじさんのところで、豊《ゆた》かな生活に慣《な》れ親しんでいたわけでもなかった。それに、市長も、夫人も、親切な人だったし、それは何よりもたいせつなことだ。

夕方、スタッハは、市長がターラ会の人の家にぬり薬を取りにいくとき、いっしょに行った。二人は、重いオークの木のドアの前に立った。お手伝いの少女がドアを開けてくれた。少女は、市長だとわかると、二人を玄関《げんかん》に入れ、薬を取りに、家の薬剤室《やくざいしつ》に入った。

スタッハは、まわりを見まわした。すばらしい玄関《げんかん》ホールを見ると、スモークで見たものを思い出す。重そうなシャンデリア、高価《こうか》なじゅうたん、ぜいたくな飾《かざ》り。裕福《ゆうふく》な人の住まいだ。スタッハは無造作《むぞうさ》に両手をポケットにつっこんで、家の中を見ていたが、市長は、少しうらやましそうな顔して、スタッハを見た。そして、とまどったようすで、くたびれた自分の帽子《ぼうし》を手でまわし、頭をいくらか下げた。お手伝いの少女がぬり薬を持ってきて手わたしたので、二人は、ターラの家をあとにした。

スタッハは、市長に言った。

「あのターラ会の人の家では、食事はおいしいものばかりなんでしょうね」

「もちろんだよ」

「もし、ぼくたちが、こぶ鼻病に何かすることができたら、ターラ会の人たちには、あまりありがたくないでしょうね」

「そんなことを言っちゃだめだ」と、市長はぎょっとしたようすで言った。

「あの人たちは、わたしたちの苦しみを軽くするために、日夜、骨《ほね》を折って働いてるんだから。限界《げんかい》まで、一生懸命《いっしょうけんめい》働いているんだよ。あの人たちが資金難《しきんなん》になったら、と想像《そうぞう》してごらん。そんなことになれば、こぶ鼻病との闘《たたか》いに百パーセント集中できなくなる。そしたら、たいへんなことになる。なんと言っても、ター ラ会の人たちの成功は、いのいちばんに歓迎《かんげい》されるべきなんだよ」

「市長さんがそうおっしゃるなら、そうなんでしょうね。ター ラ会の人たちのことをぼくよりもよく知ってるんですから」

家に帰ってから、市長は、夫人の鼻に薬をぬりこんだ。薬は、酢《す》の匂《にお》いがした。

つましい夕食のあと、スタッハは市長に、「こぶ鼻病についての本はありませんか?」と、きいた。だが、そんな本はないようだった。ター ラ会の人たちは、人々が自分であれこれ試して、ひどい結果になるのを恐《おそ》れている。だから、そんな本を作ることに協力するのをことわっているのだ。ター ラ会の専門家《せんもんか》たちと、こぶ鼻病についての知識《ちしき》のない素人《しろうと》がいる。その中間に、中途半端《ちゅうとはんぱ》な知識《ちしき》を持ったター ラまがいの人たちの集まりができてはならない、と考えているという。

そのあと、スタッハは、キムに手紙を書いた。

「なくなってしまった枕《まくら》の代わりに数学の本を重ねて、頭の下に置いて寝《ね》たらいいんじゃない？　学校を休んだ時間を取りもどすのに役に立つかもしれないよ。そうすれば、一石二鳥だ」

それから数日のうちに、市長の夫人のこぶ鼻病は順調に治った。そのあいだ、スタッハとアフゼッテ＝レイエの人たちは、おたがいに知りあった。この町の人たちは、この有名な少年と話をしたがったのだ。よいぬり薬があるにもかかわらず、こぶ鼻病にかかったまま、歩きまわっている人が多いことに、スタッハは気づいた。なんともひどい顔だった。鼻が損《そこ》なわれると、その人の顔そのものも損《そこ》なわれてしまうんだ、とスタッハは思った。それは、まさに事実なのだ。スタッハは、キムと同じくらいの年齢《ねんれい》の少女と出会った。彼《かの》女《じょ》は、キムの目とほとんど変わらない美しい目をしていたけれど、マッシュルームこぶ鼻病にかかっていた。そして悲しそうに、こう話してくれた。

「わたしの場合は、おそすぎたのよ。わたしの父は、かなりけちで、わたしの鼻が少し腫《は》れはじめたとき、ハチに刺《さ》されたせいだと考えたのよ。それで、ターラを呼《よ》ばなかった。すると、二、三日後には、ぬり薬は、もう役に立たなくなってた。そのあと、わたしは、このマッシュルームこぶ鼻になった。そのせいで、ターラ会の人に、何度も往診《おうしん》してもらうことになっちゃった。それで父は、すぐに呼《よ》んだ場合よりも、うんとたくさんお金を払《はら》うはめになったの。おかげで、わたしたち、アフゼッテで、いちばん小さい家に住んでるのよ」

スタッハは、なぐさめようとして、「鼻がわれなくてよかったじゃないか」と言った。

「ああ、でも、こんな鼻よ。いったい、人生になんの役に立つの！　ほんと言うと、わたし、協会にいるときだけ、気楽でいられるのよ」

「なんの協会？」

「フロント協会よ。こぶ鼻病の人だけが入れる協会よ。実は、演劇《えんげき》クラブなの。仲間はみんな、芝居《しばい》をするのが好き。芝居《しばい》をしてると、自分たちはふつうだって思えるんだもの」

「今でも効《き》くぬり薬はないの？」

「ないわ」

「三週間、毎晩《まいばん》、あつく薬をぬっても、効《き》かないかな？」

「効《き》かないと思う。ともかく、そうするとしたら、ぬり薬がバケツ一杯《ぱい》必要になるもの。市の半分が買えるくらいのお金がいるってことよ」

「きみの名前は？」

「イリーナ」

「じゃあね、イリーナ」

「さよなら、スタッハ」

スタッハは、市長の家に帰り、夫人に、「ぬり薬の残りはどうするんですか？」とたずねた。

夫人は、「ちょうど捨《す》てようと思っているところよ」と言った。

ターラ会では、残りの薬があとでまた賢明《けんめい》でない人の手で使われることがないように、残りは捨《す》てるようにいつも強く言っているそうだ。

「残りをもらえませんか？」スタッハがきいた。

「そうね、わからないわ。ターラ会の人たちは……」夫人は、ためらいながら答えた。

「ぜひ、くださいい、奥《おく》さん」

夫人は、ほぼ空になった容器《ようき》を手わたした。スタッハは、それを屋根裏《やねうら》部屋にしまい、ふたたび町に出た。

スタッハがこの町にきていることと、彼《かれ》がこぶ鼻病に関心を持っていることは知られていた。だからこそスタッハは、ターラ会の人と一人も話せないのは、不思議だと思っていた。大きな屋敷《やしき》を見かけると、玄関《げんかん》のベルを鳴らしてみたが、どこの家でも、「主人はいそがしくしています」と言われた。確《たし》かに、ターラ会の人たちは、すべきことがたくさんあるらしく、つねに追われるような足取りで通りを歩いていた。しかし、それでも……。スタッハは、黒いマントを羽織《はお》った人たちのあとをつけ、そのあと、その人たちがたずねた家の玄関《げんかん》ベルを押《お》した。

そうやって、スタッハは、ルバーブこぶ鼻病、タマネギこぶ鼻病、耳こぶ鼻病、カリフラワーこぶ鼻病など、さまざまなこぶ鼻病の初期の状態《じょうたい》を見た。そして、「薬の残りは捨《す》てないで、ぼくのために取っておいてください」と、患者《かんじゃ》たちに頼《たの》んだ。彼《かれ》はスタッハで、わざわざヴィスからきたのだし、大臣たちを個人的《こじんてき》によく知っているのだからと考えて、たいていの人はそうすると約束した。

スタッハは、貧《まず》しい町をぶらぶらと歩き、川の反対側の地域《ちいき》、レイエも見にいき、たくさんの人と話した。貧《まず》しい人たちは、気さくにしゃべってくれた。

市の中央広場の大きな建物――最初に、市役所だと見まちがえた――は、ターラ科学協会のビルであることがわかった。さらに、こぶ鼻病撲滅《ぼくめつ》協会の会議がそこで開かれることも知った。ある晩《ばん》、何十人ものターラ会の服を着た人が、真剣《しんけん》な顔でその建物に入っていった。全員が中に入ってしまうと、スタッハは守衛《しゅえい》に「何があるのですか?」ときいた。「科学に関する会議だよ、スタッハ」と、守衛《しゅえい》。「ターラ会が、毎週、金曜日の夜に開くんだ」

「ぼくも参加できると思いますか?」

すると、守衛《しゅえい》はひどくおどろいて言った。

「まさか! 素人《しろうと》にはまったく関係ないさ。とにかく、さっぱりわからんだろうよ」

だったら、ぼくがいてもかまわないじゃないか、とスタッハは思った。

ターラの人たちに不審《ふしん》を抱《いだ》いているわけではないが、自分を受け入れたがらないのは、どうも気になった。これまでのところ、スタッハは、アフゼッテ＝レイエの市民たちに歓《かん》迎《げい》されるようなことは、まだ何もしていなかった。その週のうちに、ぬり薬のほぼ空になった容器《ようき》を二十二個《こ》、集めた。薬は、色のちがいをのぞけば見たところどれも同じようだったし、匂《にお》いも変わらなかった。スタッハは、それをぜんぶ小さな瓶《びん》に入れて、いっしょくたに混《ま》ぜて、イリーナのところに行った。前回、彼女《かのじょ》に会ったときと同様、その鼻を見て後ずさりしないようにするのがたいへんだったが、自分をおさえることができた。

「ほら、見て」スタッハは、どうにか、ことばをしぼり出した。

「これ、こぶ鼻病のぬり薬だよ。これをきみの鼻に、二晩《ばん》、ぬってみてくれない？　この瓶《びん》、一回に半分ずつ、二晩《ばん》でぬるんだよ。ちょこっとずつ、ささっとじゃなくて」

「まあ、スタッハ。高かったでしょ」

「心配しないで。ぼくは、一セントも払《はら》ってないから。ぬってくれる？」

「マッシュルームこぶ鼻病用のぬり薬よね？　前にもらったのは、みどり色だったけど、これは白っぽい」

「きみが本当のことを知りたいなら、これは、いろいろなこぶ鼻病の薬を混《ま》ぜただけなんだ。あのね、イリーナ、おたがい、正直に話してみない？　きみの鼻がもっと悪くなることはないだろう？」

「そうね」と、悲しそうにイリーナ。

「もっと悪くなることはない。わたし、やってみる」

「だけど、効《き》かないかもしれないってこと、忘《わす》れないで。ぬかよろこびしないでよ。それから、このこと、だれにも言わないで」

「効《き》くはずないって思うけど」

ところが二日後の朝早く、イリーナがやってきて、市長の家の玄関《げんかん》ベルをリリーンと大きく鳴らしたのだ。少なくともアフゼッテの半分が火事で燃《も》えている！とスタッハが思ったほどの音だった。屋根裏《やねうら》部屋からは階段《かいだん》をよけいにたくさん下りなければならないけれど、スタッハは、市長や夫人よりも先に玄関《げんかん》に着いた。

ドアを開けると、イリーナがとてもうれしそうに大声で言った。

「三ミリ、腫《は》れが引いたのよ！」

スタッハには、ちがいがわからなかった。あいかわらず、いまわしいベニテングタケのようだった。だが、二日前よりも少し赤みがましになったような気がする。スタッハは、ことばに気をつけながらきいた。

「どうしてそれがわかるの？」

「わたし、鉛筆《えんぴつ》でこぶ鼻の輪郭《りんかく》を描《か》いたのよ。鼻を紙に押《お》しつけて、鉛筆《えんぴつ》で輪郭《りんかく》をなぞったってわけ」と言ってから、イリーナは、はずかしそうに話をつづけた。

「こんな鼻の人は、自分の鼻がどれくらいの大きさかわかってるのよ、スタッハ。今朝、また輪郭《りんかく》を描《か》いた。そしたら、三ミリ縮《ちぢ》んでた、ほんとよ！」

その日も、スタッハは町中をまわって、ぬり薬の残りを瓶《びん》に半分ほど集めることができた。その夜も、イリーナは、ぬり薬をたっぷりと鼻にぬった。そして翌朝《よくあさ》、「少しよくなったのが、はっきりとわかるようになった」と言った。

ふたたび、金曜日になった。スタッハは、それまでにじっくりと考えた。そして、イリーナにたずねた。

「イリーナ、きみたちの演劇《えんげき》クラブには、ターラ会の式服や帽子《ぼうし》がある？」

「もちろん、芝居《しばい》の衣装《いしょう》としてあるけれど。どうして？」

「ぼくをちょっと信じてくれるかな？」

「わたし、あなたのためなら、よろこんで死んでもいい」

「そうか、そうか。だけど、それは困《こま》る」スタッハは、あわてて言った。

「ぼくにはキムという彼女《かのじょ》がいるんだ。その子から今朝、すてきな手紙をもらったんだ。だけど、イリーナ、きみにお願いがあるんだ。今日、ぼくは、ターラの扮装《ふんそう》をしたいと思ってる。式服を着て、マントを羽織《はお》り、帽子《ぼうし》をかぶって、少し年上に見えるように、口ひげをつけ、しわを数本描《えが》いて……つまり、ほんもののターラらしく見せたいんだ。手伝ってくれる？」

「いいけど」と、イリーナは、ためらいながら言った。

「いったい何をするつもり？」

「できれば、きかないで。必要なものをぜんぶ、用意してほしい。そしたら、今夜早い時間にきみのところに行く。それから、ぼくを、タ－ラ会の人みたいにしてほしいんだ。いい？」

「やってあげる」


ありがたいことに、イリーナの腕前《うでまえ》はなかなかのものだった。イリーナの手にかかると、スタッハは四十歳《さい》くらいの、ほんもののタ－ラ会の一員のように見えた。だが、タ－ラ会の人のように見えるということと、タ－ラ会の人のようにふるまうということは、べつのことだ。だが、幸い、スタッハはいつだって遠慮《えんりょ》しないやつだ。肩《かた》をすくめて、手を差し出しながら命令口調で、

「これ、娘《むすめ》。わたしのマントを！」と、言った。

イリーナはおどろいて「かしこまりました、タ－ラさま」と言うと、どっと笑いだした。

「スタッハ、あなた、すごい！」

スタッハは、輝《かがや》くばかりの顔で、イリーナの家をあとにすると、中央広場を横切り、

ターラ科学協会のビルに足を踏《ふ》みいれた。男たちが、マントを預《あず》かり所にわたすようすを見て、自分も同じようにした。心臓《しんぞう》がドキドキしたが、自分に言いきかせた。

「それがどうしたっていうんだ？　あの人たちが正直な人たちなら、ぼくがここにいても、どうってことないはずだ。だが、もし、あの人たちが正直な人たちでなければ……」

スタッハは、預《あず》かり所の女性《じょせい》に会長の名前をたずねた。ターラ・ファン・レイハースホーヴェンだとわかった。スタッハは、会長のところへ行き、自己紹介《じこしょうかい》した。

「わたしは、となりの村、レイエブルックのターラ・ブームディエです。わたしもこの学《がく》術《じゅつ》会議に参加してもかまいませんか？」

「アハハッ」ファン・レイハースホーヴェンは、笑って言った。

「冗談《じょうだん》をおっしゃいますな、ブームディエさん。学術《がくじゅつ》会議ですと、それはいい。どうぞ、くつろいでくださいよ」

「ありがとうございます、レイハースホーヴェンさん」

スタッハは、なぜ冗談《じょうだん》だと言われたのか、さっぱりわからなかった。けれども、しだいにわかってきた。学術《がくじゅつ》について知らなくても、ここで行われているのが学術《がくじゅつ》会議でないことは、乳飲《ちの》み子でもわかっただろう。ターラ会の人たちは、小さなグループになってすわり、かなりの速さで大きな瓶《びん》を何本も空にしていた。入っているのは、レモネードではない。スタッハは人目を引かないように自己紹介《じこしょうかい》して、小さな輪の中に入った。その中の一人が言った。

「レイエブルックが、開業できるほど大きいところとは知らなかったな。そこで、やっていけるのか、ブームディエ？」

「始めたばかりです。いい生活ができるようになるには、何年かかかるでしょうな。少なくとも、蚊《か》がレイエブルックへずっときつづけてくれれば、ですがね」

「それは、だいじょうぶさ。蚊《か》は、われわれに忠実《ちゅうじつ》だからな。ブームディエ、何を飲むか？　ウィスキー？　それとも、ウォッカか？」

「それじゃ、ウォッカを一杯《ぱい》」

スタッハは、ウォッカをついでもらって、ひと口飲んだ。すると、とつぜん、ひどく咳《せ》きこんでしまった。

まわりにいた人たちはおどろいて、スタッハを見た。

「風邪《かぜ》を引いてしまって……」と言って、スタッハはくしゃみをした。

「胸《むね》が痛《いた》い。ハッ、ハッ、ハックション、いやな気候だ。ハッ、ハッ、ハックション」

「ああ、いやな気候だな」先ほど、スタッハに話しかけた、ブレイヴェルという男が言った。「おれも、たびたび悩《なや》まされてる。おだいじに！」男は、そう言うと、ウィスキーの入った自分のグラスをちょっとあげる、お決まりの動作をして、ぐいと飲みほした。

スタッハも、グラスを持って、飲むふりをした。そして、気づかれないように中身を植《うえ》木鉢《きばち》に捨《す》てた。

「おい」と男。「胸《むね》にくるような風邪《かぜ》のときには、一杯《ぱい》やるのは役に立つぜ」

会議らしいことはあいかわらず話題に出ない。このグループの人たちは、投資《とうし》や不動産、〈ターラと飛行機協会〉のことや、自分たちの料金の値上《ねあ》げについて上機嫌《じょうきげん》でしゃべっていた。

スタッハは、目立たないようにテーブルからテーブルを歩いてみたが、どのグループの話題も同じようなことだった。こぶ鼻病ということばは、一つも耳に入ってこなかった。そこで、スタッハは自分から切り出してみることにした。彼《かれ》は、かなり酔《よ》っぱらっている、だいぶ年上の男に話しかけた。

「お宅《たく》では、目下のところ、仕事がいそがしいですか？」

「ふつうだな」と、男。

「わたしは、新しいタイプのこぶ鼻病を発見したんじゃないかと思ってるんですが。それを、カタツムリこぶ鼻病と呼《よ》びたいんですが」と、ブームディエこと、スタッハ。

「むらさき色にするといい。あの色は、まだ残ってる」

「むらさき色？」

「うん、そうだ。むらさき色のぬり薬を取って、その色を記録簿《きろくぼ》に記入させろ。おーい、ウエーター！　ジンジャーエールわりのウィスキーを一つ」

その男は、飲みものを受けとると、スタッハのことは忘《わす》れた。スタッハの脳裏《のうり》に恐《おそ》ろしい想像《そうぞう》がうかびあがった。ターラ会は、すべてのこぶ鼻病に、同じぬり薬を使っているのではないだろうか？　だとしたら、学術的《がくじゅってき》なことばは、どこにも必要じゃない。スタッハの体に、ひやりとした激《はげ》しい怒《いか》りがわきあがった。

気持ちを落ちつかせなくっちゃ、とスタッハは思った。さあて、これから一部始終を暴《あば》いてやるぞ。

ときどき、だれかしらが酒の入ったグラスをスタッハの手に押《お》しつける。スタッハは、だんだん、周囲に注意をはらいもせずに鉢《はち》植《う》えのゴムの木の根元に投げすてる。植木鉢《うえきばち》の中には、すでに土から数センチメートルも酒がたまっているのに、ゴムの木に変化がないのにおどろく。夜中二時近くになると、植木鉢《うえきばち》にたまっていた酒は土に吸《す》いこまれて、かなり少なくなっていた。

そのとき、初めに話しかけてきたブレイヴェルという男が帰るそぶりを見せたので、スタッハは声をかけた。

「やあ、ブレイヴェル、明日の朝早く、おれのところにマッシュルームこぶ鼻病用のぬり薬を取りにくるやつがいるんだが、ここにくる前に、うちのがなくなってることに気づいたんだ。あんた、ひょっとして少し持ってないかな？」

「ここにはないさ、もちろんだが。けど、いっしょにくるなら、すぐに作れるぜ。おれは、二本先の通りに住んでる」

「ありがたい！」

二人は、夜の道を歩いて、ブレイヴェルの家に行った。そして、調剤室《ちょうざいしつ》へ入った。

「あそこに、ものはそろってる」と、ブレイヴェル。「さあ、自分で作ってくれ。おれは、最後の一杯《ぱい》を持ってくるから」

スタッハは、落ちついて答えた。

「だが、ヒック、おれは、ひどく酔《よ》っぱらってる。いろんなものを落としてしまうんじゃないかと心配だ。自分の調剤室《ちょうざいしつ》ならいいが……ヒック、ヒック……ここじゃ、うまくいかないかもしれない。だから、あんた、やってくれ、ヒック、お願いだ」

「おや、おや」ブレイヴェルがあきれたように言った。

「あんた、適量《てきりょう》以上に飲んだな。だが、やってやるか。あんたも、おれも、タープ同士だもんな」

ブレイヴェルは、桶《おけ》から泥炭土《でいたんど》を一杯《いっぱい》すくって、ふるいにかけ、小枝《こえだ》や小石を取りのぞいた。それから、その上に粉をまいた。粉の袋《ふくろ》には、〈あっという間にパンケーキができあがる、ベーキングパウダー入り〉と書いてあった。明らかに、食料品店から届《とど》いたもののようだ。それに、サラダ油と少量のマスタードを入れて、なめらかなおかゆのようになるまでかき混《ま》ぜる。棚《たな》にワインビネガーの瓶《びん》が数本ならんでいるのを見て、スタッハは、タープのぬり薬の匂《にお》いを思い出した。そこで、スタッハは、「酢《す》を忘《わす》れるなよ」と、酔《よ》っぱらいの声に聞こえるような、怒《おこ》った、息苦しそうな声で言った。

「もちろんさ、忘《わす》れるもんか。酢《す》を入れなくっちゃ、効《き》き目が悪くなるからな。その上、古き、慣《な》れ親しんだ香《かお》りがなくなるじゃないか。あんた、なんて言ったかな？　マッシュルームだったかな？　だったら、みどり色だ」

ブレイヴェルは、たくさんならんだいろんな色の瓶《びん》からみどり色のを取ると、なめらかになった薬に数滴《すうてき》入れた。

「これでよし！　だ。少なくとも、マッシュルームこぶ鼻病二十人分はある。はい、同僚《どうりょう》どの」

「ありがとさん」スタッハは、つぶやいた。

「次は、おかえしするよ」

「最後の一杯《ぱい》をやってかないか？」

「いや、家に帰らなくっちゃ。ヒック。広場に車をとめてある。かなり長いこと、ヒック、運転しなくちゃならんし。それじゃあ、また」

スタッハは、急いで家に帰った。市長夫妻《ふさい》を起こそうかと思ったがやめた。まずは、自分が落ちつかなくっちゃ、と考えたのだ。だって、近所中に聞こえるほどの大声を出しそうだし……と思った。ターラ会の衣装《いしょう》をすみに投げ、ひげを引きはがし、顔を洗《あら》った。それから、がたがたのベッドに横になり、こんな夢《ゆめ》を見た。アフゼッテ＝レイエ市中のターラ会の人たちが、自分の前に後ろむきにならび、頭をたれている。そして、スタッハは、じょうぶだが弾力性《だんりょくせい》のあるゴム製《せい》の棍棒《こんぼう》を手にしている……。スタッハの顔からは、怒《いか》りが消えていた。よく見ると、眠《ねむ》りながら笑っているようだった。

市長は、スタッハの言うことを信じなかった。それほどまでに、ターラ会への信頼《しんらい》は、厚《あつ》かったのだ。それに、こぶ鼻病の再発《さいはつ》への不安も大きすぎた。市長は言いつづけた。

「そんなことは、ありえない。そんなことは存在《そんざい》しない。スタッハ、きみは思いちがいをしたにちがいない。ターラ会の人たちは、学識《がくしき》のある人たちだ。慈善家《じぜんか》だ。それは、ありえない」

「では、これはなんですか、市長さん？　ぼくは、これをどうやって手に入れたのでしょう？」と言って、スタッハは、みどり色のぬり薬が入った大きな瓶《びん》を見せた。

「おや、ぬり薬の、そんな大きな瓶《びん》とは、何たる財産《ざいさん》だ！」

「財産《ざいさん》なんかじゃありません。ほら、見て」と言って、スタッハは、ぬり薬を少し取ると、台所のシンクに投げすてた。

「何をする、スタッハ！　そのぬり薬は、もう使えなくなるんじゃないか？　もったいない！」

「ぜんぜん、もったいなくないです。ぼくは、二十五セント硬貨《こうか》が数枚《すうまい》あれば、このぬり薬を市長さんがほしいだけ、いくらでも作れますよ。あらゆる種類のこぶ鼻病に効《き》くぬり薬を。

市長さん、どうか信じてください。これは、なんの価値《かち》もありません。何もかも、操《あやつ》り人形のばかげた芝居《しばい》みたいなものですよ」

「信じられないな、スタッハ」

「奥《おく》さんは、どう思われますか?」

「わたしの理性《りせい》では、スタッハが正しいと思う。でも、わたしの気持ちは、まだ、それに追いつかないの」

「こぶ鼻病とターラ会の診療《しんりょう》については、ほんとうのことを言うと、あなたがた、アフゼッテ=レイエの市民全員に、責任《せきにん》があるんですよ。あなた方は、ターラ会の人たちを持ちあげ、ほめたたえて、うぬぼれさせ、思い上がらせた。そうだ、ぼく、ちょっと買いものをしてきます。そのあいだ、二人で話しあって、ぼくが話したことを落ちついて考えてみてください」

スタッハは、残りのぬり薬を持って、イリーナのところへ行った。

「ほら、これ見て。少なくとも、四日分あるよ。なくなったら、ほしいだけ作れる」

「作れる?」

「そう、作れるんだ。あとで説明するよ」

帰り道に、スタッハは、食料品店へ寄《よ》って、とぼしい所持金からマスタード、ワインビネガー、小麦粉、サラダ油を買い、苗木職人《なえぎしょくにん》のところで、泥炭土《でいたんど》を買った。そして、「ターラ会の人たちが買いにくるのと同じ種類のものですか?」と、運を天にまかせて言ってみた。

すると、苗木職人《なえぎしょくにん》は、「スタッハさん、あなたもダリアを育てるんですか?」ときいてきた。そして、ことばをつづけた。

「ターラ会の人たちも、やってるようですがね」

「いいえ、ちがいます」と、スタッハ。「あの人たちと同じように、こぶ鼻病のぬり薬を作るんですよ。今日の午後二時に、中央広場にきてください。そうすれば、あなたにもそのこつを教えますよ。ぬり薬の支払《しはら》いのためにお金を貯めなくてはならないのも、これでおしまいです。それでは」

スタッハは、おどろく苗木職人《なえぎしょくにん》のところをあとにした。市長の家にもどると、夫妻《ふさい》が、スタッハの言ったことについて大声で言い争っていた。

「リリパット（＊1）人！」と、スタッハは、とつぜん大きな声でさけんだ。

小柄《こがら》な市長は、ぎょっとした顔でスタッハを見た。

「すみません、市長さん。でも、ぼくは、あなたのことを言ってるのです。でも、それは、あなたが小柄《こがら》だからではなく、あなたは心が小さすぎて、ターラ会全員を捕《と》らえて、この町の幸せをつかもうとしないからです。

市長さん、ぼくがこれからすることを見ててください。よく見ててください」

スタッハは、ボウルにぬり薬の材料を投げ入れてかき混《ま》ぜた。泥炭土《でいたんど》をふるいにかけなかったので、かなり粒状《つぶじょう》になってしまったが、市長夫妻《ふさい》がよく知っているのと同じ種類のぬり薬ができあがった。

「市長さん、あなたが、大きな人になりたかったら、今から泥炭地《でいたんち》に行って、蚊《か》を数匹《すうひき》つかまえてきてください。そして、今日の午後、中央広場で、みんながいる前で蚊《か》に刺《さ》させるのです。ぼくも、よろこんで、そうします。そのあと二人で、アフゼッテ＝レイエの住民たちの目の前でこのぬり薬を作って、それを自分たちの鼻にぬります。そうすれば、ターラ会は終わりです。そして、こぶ鼻病も終わりです。市長さん、やってください」

すると、市長夫人が、とつぜんきっぱりした声で言った。

＊1 『ガリバー旅行記』に出てくる小人の国。

「やってちょうだい、ヘイスベルト」

市長は、すり切れた服を着た体をしゃんとのばした。目にはこれまでになかった強い光が輝《かがや》いている。そして、こう言った。

「今こそ、わたしは、アフゼッテ＝レイエのほんものの市長になってみせる。これまで、わたしは、自分の貧困《ひんこん》とみじめさ、それにこぶ鼻病への不安で、ターラ会の奴隷《どれい》だった。これから、わが市民たちを豊《ゆた》かにする。道路をよくする。アフゼッテとレイエのあいだに橋をかけ、渡《わた》し船をやめる。新しい市役所を建てる。その市役所を、スタッハハウスと名づける。そして、さあ、ヨハンナ、虫とり網《あみ》を持ってきてくれ」

目的意識《いしき》をしっかり持って、市長は、泥炭地《でいたんち》へ出かけた。急いで出ていき、帽子《ぼうし》を忘《わす》れたので、少しはげた頭が陽光に光った。


数日間、アフゼッテ＝レイエの町は騒然《そうぜん》とした。市の中央広場で、市長とスタッハが実《じつ》演《えん》して見せたあと、人々はどうすればよいのかわからなかった。よろこべばいいのか、怒《おこ》ればいいのか？　そこで、人々はどちらもやった。何日も、通りで踊《おど》り、歌ったりした。だが、同時に、ターラ会の人たちの家の前でこぶしをふりあげたり、そこかしこで窓《まど》ガラスをわったりしはじめた。しかし、あとのふるまいは、市長がやめさせた。

市長は、それまでにない堂々とした態度《たいど》で、きっぱりと言った。

「わたしたちは、これから、次のようにする。ターラ会の人たちが、この市やその周辺の地域《ちいき》で購入《こうにゅう》するものすべてにたいして、三倍の代金を請求《せいきゅう》する。また、わたしたちがターラ会の人たちのために行う仕事のすべてにたいしても、ほかの人のために行う場合の三倍の料金を払《はら》わせる。以上のことを、わたしたちがこれから立ち去ろうとする貧《まず》しい家に彼《かれ》らが住むようになるまでつづける。

しかし、それは、それほど長くはつづかないだろう。今や、彼《かれ》らには仕事がないこと、彼《かれ》らは何もできないことを考えよ。ターラたちの富《とみ》は、しだいに減《へ》り、つきてしまう。市民のみなさん、暴力《ぼうりょく》的なやり方ではなく、そうやって行動していこうではないか！」

アフゼッテ＝レイエ市民たちは、市長のことばに耳を傾《かたむ》けた。ターラ会の人の家の窓《まど》ガラスを、もうわったりはしなかった。その代わり、何列にもなって、ターラ会の人たちの家の前で踊《おど》り、「アッハハハ、ターラめ！」と、大声で笑った。

スタッハは、ぬり薬をバケツいっぱい作って、イリーナのところに持っていった。彼女《かのじょ》のマッシュルームこぶ鼻病は、はっきりと腫《は》れが引いていく最中だった。ほかのこぶ鼻病の人たちもみんな次々と、イリーナと同じようになった。治るのに時間がかかるが、かならず、正常《せいじょう》な大きさの鼻にもどることをスタッハは信じていた。前王は、書きのこしていなかったかな?「いちばん太いろうそくも、いつかは燃《も》えつきる」って。

スタッハは、イリーナに言った。

「気をつけるんだよ、きみの鼻がなくなる前に、その薬をぬるのをやめるようにね」

アフゼッテ＝レイエでは、まだお祭り騒《さわ》ぎの真っただ中だったが、スタッハは、「ぼくは帰らなくちゃなりません」と、市長夫妻《ふさい》に伝えた。善良《ぜんりょう》な夫妻《ふさい》は目に涙《なみだ》をうかべた。

「だけど、問題があるんです、市長さん」と、スタッハ。「列車の切符《きっぷ》をどうやって手に入れたらいいでしょうか? ぼくは、もう一セントも持ってないんです。持っていた数フルデンは、ベーキングパウダー入りの粉やマスタード、サラダ油を買うのに使ってしまいました」

「それは、困《こま》った」と、市長。

「わたしたちは、きみにたいへんお世話になったのに、きみのために列車の切符《きっぷ》も買うことができないとは……」

「だいじょうぶですよ」と、市長夫人。「あなた、忘《わす》れてるわ。わたしのこぶ鼻病の最後の代金、まだ払《はら》ってなかったじゃないの。だから……」

「だめです。ピアノのことがあるでしょう」と、スタッハ。

「ピアノは、またの機会があるもの。ヴィスまでは、いくらかかるの？」

スタッハは、二等の列車料金を言った。

夫人は、「はい、どうぞ」と、得意そうにお金をわたした。

夫妻《ふさい》は、スタッハを駅に送った。スタッハを真ん中に、三人で腕《うで》を組んで歩いていった。踊《おど》っていた人々も、三人に加わったので、プラットホームは大騒《おおさわ》ぎだった。その中に、イリーナもいた。彼女《かのじょ》は、初めて、大勢《おおぜい》の人の中で自分の鼻をかくさずに、さらすことができたのだった。まだ、それとわかるが、いい線をいってると言えるまでに回復《かいふく》していた。

「わたし、すっかりもとどおりになったら、あなたに写真を送るね、スタッハ」と、イリーナは大声でさけんだ。

スタッハは、イリーナのほうに手をふって列車に乗った。帰りに一等車でなく二等車に乗るのは初めてだった。けれども、そんなことはどうだっていい。アフゼッテ＝レイエは、あっという間に、暗闇《くらやみ》にまぎれて見えなくなった。けれども、列車の開いた窓《まど》から、

「アッ、ハ、ハ、ハ……ターラ！　アッ、ハ、ハ、ハ……」という笑い声が、かなり長いあいだ聞こえていた。

大臣たちは遅刻《ちこく》する

「あと二つだな、スタッハ」

ヘルファースおじさんは、宮殿《きゅうでん》の裏《うら》の小さな家を満足そうに歩きまわりながら、そう言った。わしの甥《おい》が王になるのはまちがいない、と確信《かくしん》していた。

「六番目や七番目も、ぼくには一回目のときと同じだよ。うまく行かない可能性《かのうせい》はあるんだよ」

おかしなことだが、最初の任務《にんむ》のとき、スタッハは自信があった。思い上がっていたくらいだ。だが、成功するにつれて、かえって失敗するんじゃないかという気持ちが強くなってきていた。

「おじさん、ぼくはこれまで、すごく運がよかったんだよ」

けれども、ヘルファースおじさんは、スタッハは天才だと思いこんでいる。だからおじさんとは、これまでのようには話せない。それでスタッハは、いつものとおりに前の王さまの書きものを読んだ。その中に、こんなことが書かれていた。

「強い光を放つ灯台でも、霧《きり》のときには期待に背《そむ》くことがある。従《したが》って、その灯台を地図にのせないほうが望ましい場合があるのだ。霧《きり》で微光《びこう》となった灯台の明かりは、船長を不幸から守ることもありうるが、霧《きり》によって弱くなりすぎた光が、船長を混乱《こんらん》させ、それによって、危険《きけん》におちいらせることがあるからだ」

前の王さまは、賢《かしこ》い方だった。ぼくは、どうすればあの王さまのようになれるだろうか？

それから二日後、木曜日の朝、いつものようにスタッハは大臣たちのところに行かなくてはならなかった。十時にと言われていたので、十時五分前にはちゃんとホールにいた。時計が十時を打つ最初の音と同時に、マモール大臣がホールを通って、大臣室に入っていった。十二分後に、コーケツ大臣がホールに姿《すがた》を見せ、スタッハに気さくにうなずいて、中に入った。セーケツ大臣がやってきたのは、もう十時二十五分だった。大臣はオーバーシューズ（＊1）をぬいで、洗面台《せんめんだい》でていねいに手を洗《あら》ってから、大臣室へ入った。十時三十五分に、スタッハは、大臣室のドアをノックした。

コーケツ大臣が、自らドアを開けて、いぶかしそうにまゆを上げた。

「十時三十五分ですが」と、スタッハ。

＊1　防水《ぼうすい》のために靴《くつ》の上にはくビニールやゴム製《せい》の靴《くつ》。

「いったい、それがなんだ！　必要なときには、こちらから呼《よ》ぶ」

「マモール大臣がお気の毒だと思います。きっと、複雑《ふくざつ》な気持ちでいらっしゃるのではないかと……」

ドアが、スタッハの目の前でらんぼうにバタンと閉《し》まった。だが、それから数秒後に、マジメーダ大臣が、ホールを通って、ドアを開け、大臣室の中に入っていった。この権力者《けんりょくしゃ》はハンカチをかんでいた。というのは、つい先ほど大臣の孫が、「セーケツおじちゃんって、お風呂《ふろ》の石けんにそっくりだね」と言ったからだ。誇《ほこ》り高きおじいちゃんのマジメーダ大臣は、孫のこの発言に笑いをおさえようにも、なかなかおさえられなかったのだ。

十一時少し前に、正直公正大臣のマッスーグがやってきた。大臣は、宮殿《きゅうでん》にくるとちゅうに交通違反《いはん》をしでかしたので、違反切符《いはんきっぷ》を切るように巡査《じゅんさ》に言ったが、説得するのに一時間もかかってしまった。

あとは、ドタバータ大臣を待つだけだ。ところが、その日の朝早く、砂運搬車《すなうんぱんしゃ》が、宮殿《きゅうでん》のすぐ前で、積み荷の一部を落とす事故《じこ》があった。大臣たちも、スタッハも、もちろんそのそばを通りすぎたのだったが、ドタバータ大臣だけは、スコップを持って、砂《すな》をすくう手伝いをしないではいられなかった。というわけで、ドタバータ大臣は、十一時十五分に、少し息を切らせながら、ドタバタと大臣室に入っていった。そして三十秒後にホールに出てきて、いらいらしたようすで、スタッハに部屋に入るように目配せした。

「おはようございます」スタッハは、大臣たちに挨拶《あいさつ》した。「みなさま、ご健康は申し分ありませんでしょうか？」

「ありがとう、軽い偏頭痛《へんずつう》があるが」と、マモール大臣はていねいに答えた。

ほかの大臣たちは、うなずいただけだった。

マジメーダ大臣が、話しはじめた。

「アフゼッテ＝レイエ市長からの手紙によると、きみは、あのこぶ鼻病と闘《たたか》い、成果をあげたそうだな。これでもって、五つの任務《にんむ》を多少はよい結果に導《みちび》いたわけだ」

「それに、もう一つ、4A《アー》があります」と、スタッハ。

「4A《アー》は、冗談《じょうだん》だよ」

「真面目真剣省《まじめしんけんしょう》が冗談《じょうだん》をあつかっているとは知りませんでした」

「わたしの省の政策《せいさく》を、きみにあれこれ言われる筋合《すじあ》いはない」

「のちに、ぼくが王になって少し仕事に慣《な》れれば、冗談《じょうだん》をあつかうのも、いいかもしれません」

何人かの歯ぎしりが聞こえた。

「スタッハよ」と、コーケツ大臣が悲しそうに言った。

「わたしは、きみにいくつかのことを言わなければならない。わたしの美徳善行省《びとくぜんこうしょう》では、〝無礼〟ということについてとくべつな研究をした。きみは、自分が非常《ひじょう》に無礼であることを知らないのだろう」

「ぼくが？　無礼？」スタッハは、心底、おどろいたようだった。

「なぜです？」

「きみには、尊敬《そんけい》の念が欠けているからだ」

「尊敬《そんけい》の念？　だれにたいしての？」

「より年上の、より賢《かしこ》い人にたいしてだよ」

「ああ、それなら、ぼくにはあります。ぼくは、ヘルファースおじさんに、ものすごい尊敬《そんけい》の念を持っています」

「だが、わたしたちにたいしては、ないな。わたしたちは、きみのおじさんほどではないが、きみの父親といってもいい年齢《ねんれい》だ。それに、中には、きみのおじいさんくらいの年齢《ねんれい》の者もいる」

「大臣は、先ほどおっしゃったのは、〝年上〟だけではなかったですね」

コーケツ大臣が同僚《どうりょう》の大臣たちのほうをむいた。

「みなさん、おわかりでしょう。『それにつける薬はない』のです。わが美徳善行省《びとくぜんこうしょう》の研究では、とうに、この結論《けつろん》に達したのです」

「ぼくは、大臣を悲しませるつもりはありません」と、スタッハ。「ぼくは約束します。ぼくが、もうすぐ王になったら、大臣は、ぼくが今あなたにしているのと同じように、ぼくにたいして無礼にふるまってくださってかまいません」

「カトーレンの王になれるものか」セーケツ大臣がつぶやいた。そして、「きみは、魔法《まほう》使いの存在《そんざい》を信じるか？」と、きいた。

「あまり信じていません。魔法《まほう》使いには、一人も会ったことがありませんから」

「会える瞬間《しゅんかん》が迫《せま》っているぞ。慎重《しんちょう》に考えた結果、わたしたちは、きみは王にふさわしくないという結論《けつろん》に達した。そこで、六番目の任務《にんむ》として、きみが達成できないようなことを選んだ」

「おっしゃってください」と、スタッハは元気よく言った。

「エキリブリエの魔法《まほう》使いを滅《ほろ》ぼすことだ」

「それは、おもしろそうですね」と答えたものの、実は、スタッハは、エキリブリエという市の名前も、まして、そこの魔法《まほう》使いのことも聞いたこともなかった。

「それには、おどろくだろうよ」と、マモール大臣。「さあ、列車の切符《きっぷ》だ」

スタッハは、切符《きっぷ》を受けとって、ながめた。

「またも片道切符《かたみちきっぷ》ですか？」

大臣たちはだまりこんだ。

スタッハは、とがめるようにつけ加えた。

「大臣のみなさんは、これまでぼくが行った町の市長さんたちにいろいろな費用を負担《ふたん》させています。この前はぼくの帰りの切符《きっぷ》を買うために、市長さんは、買いたいと思っていたピアノの代金の半分を使ってくれたんです」

「エキリブリエの魔法《まほう》使いのところから帰ってきた人はいない」と、コーケツ大臣が小声で言った。

「だから、きみ。ここに、きみのおじさんのところに、残りたまえ。おじさんは、歳《とし》を取っているし、もうすぐ年金生活に入る。きみは、おじさんのあとをついでもいいぞ」

「ご親切にありがとうございます。きわめてご親切なおことばです。でも、お受けできません。もったいないことで、大臣の温かいお言葉に涙《なみだ》が出そうです。カトーレンに美徳善《びとくぜん》行省《こうしょう》があるのは、とてもすばらしいことです。ぼくはエキリブリエで毎日、コーケツ大臣のことを思うでしょう。それでは、失礼します」

ドタバータ大臣が、スタッハの気持ちを変えようとあわてたが、スタッハは、大臣たちとの話にうんざりして、部屋を出ていった。

「言わなくてもこうなるとわかってたことだよ、コーケツ」と、マジメーダ大臣が言った。

「真実を包みかくさず話すのはつねによいことだと思うな」と、マッスーグ大臣。

「だが、そうしたのは、わたしだ」コーケツ大臣が、自分の立場を弁護《べんご》した。そして、つづけた。

「エキリブリエの魔法《まほう》使いからぶじに帰ってくることができると、みなさんは信じるかな？　あの魔法《まほう》使いを滅《ほろ》ぼす者は、自らを滅《ほろ》ぼす、と知られているだろう？」

全員が、首を横にふった。かなり気が滅入《めい》るような雰囲気《ふんいき》だった。この六人の冷たい心にも、自分たちへの若《わか》き対抗者《たいこうしゃ》を何が待ちかまえているのか、と心配する気持ちが、少しはあったのだろうか？

不滅《ふめつ》の魔法使《まほう》い、パンタール

エキリブリエは、魔法《まほう》使いにひどく打ちひしがれているような町には見えないな、とスタッハの目には映《うつ》った。駅を出たとき、居心地《いごこち》のいい豊《ゆた》かな町に思えた。噴水《ふんすい》は陽光を受けて、何千ものダイヤモンドがきらきら輝《かがや》いているかのような水を吹《ふ》きあげていた。車体に絵を描《か》かれたばかりのぴかぴかの路面電車《トラム》が、リンリンと楽しそうな音色のベルを鳴らしながら行ったりきたりしている。カフェのテラスには、たくさんの人がすわって、ビールを飲みながら、気持ちのいい天気の、この日を楽しんでいる。暗く貧《まず》しい、あのアフゼッテ＝レイエのあとでは、本当にほっとする。

スタッハは、おじさんにお金をいくらかもらっていたので、自分も冷たい飲みものを楽しむことに決めた。そして、テラスですぐに、同じくらいの年齢《ねんれい》――たぶん少し年上――の若者《わかもの》と話すことになった。名前はミハエルと言った。スタッハは、アンドレアスと名乗った。何をしにきたのかを、すぐに明かすつもりはなかった。本当の名前を言ったら、きっと、説明しなくてはならなくなると思ったのだ。

ミハエルは、山岳地帯《さんがく》にあるこの町をとても気に入っていた。「気候はいいし、スキーはできるし、ハイキングや登山もできる。産業が栄え、だれもが仕事を見つけることができるし、労働時間は短く、給料はいい。その上、人々は、パーティーが好きで、ときどき自分でも開くし、よく笑う。そうだ、エキリブリエ以上に劇場《げきじょう》や遊園地やサーカスがある町は、カトーレンにはない、と言ってもいいよ。というわけで、住むのにいい町なんだ」と、ミハエルは話した。

「問題はないの？」

「ぼくが知るかぎり、取りたてて言うほどの問題はないな」

「いつだったか、魔法使《まほう》いについて耳にしたことがあるけど」

「しーっ！　そのことばを言っちゃだめだ。エキリブリエでは、それは話題にしない。不作法なんだ。それより、ヴィスについて話してよ」

会話は、それまでと同じく軽い調子で進んだ。

そのあと、まだ時間は早いし陽光は暖《あたた》かいので、スタッハは市長を訪《たず》ねる前に、しばらく町を歩いてみた。犬がたくさんいるのが目につく。手入れの行きとどいた犬たちだ。たいていは、上品な飼《か》い主《ぬし》がリードでつないでいる。ところがあいにく、いやな交通事故《じこ》を目撃《もくげき》してしまった。男の人が車にひかれたのだ。その老人は地面に倒《たお》れ、動かなくなった。まわりには、血だまりができた。五分もしないで、救急車がやってきた。スタッハが、不思議に思ったのは、人々が立ちどまらないことだった。さらにおどろいたことに、救急隊員たちが、大急ぎで、まわりに大きなついたてを立てたのだ。それで、老人も車も見えなくなった。

けれども、そのほかは、何もかもが楽しく、ゆかいなことばかりだった。いや、もう一つ、ちょっといやな感じに襲《おそ》われたことがあった。女の人が一人、前を行く友人らしい人に追いつこうとして急ぎ足で歩いていた。追いついた人は、友人らしい人の肩《かた》を軽くたたいた。ところが、肩《かた》をたたかれた人は、ものすごくおどろいたのだ。そのおどろきようは、ふつうではなかった。恐《おそ》れおののき、倒《たお》れないように相手にしがみつかなくてはいられないほどだった。取るに足らないできごとだったのかもしれない。すぐあとに、二人は楽しそうに歩いていった。けれども、スタッハは、あのおどろきようが忘《わす》れられなかった。恐怖《きょうふ》をうかべたあの顔が、頭から離《はな》れなかった。

いつの間にか、市役所の近くにきていた。感じのいい建物だ。そのとなりに、市長の住まいがある。玄関《げんかん》のベルを鳴らすと、若《わか》いお手伝いさんがドアを開けてくれた。

「市長さんはいらっしゃいますか？　ヴィスからきたスタッハです」

「あのスタッハ？」

スタッハは笑って言った。「あのスタッハって？」

「ドラゴンの、それに、爆弾《ばくだん》ザクロの木の、聖《せい》アロイシウスの……それから……あのスタッハ？」

「そう、それはぼくです」

「どうぞお入りください。市長は、もうすぐ帰ってきます」

「市長さんが市役所にいらっしゃるのなら、そちらに行ってもいいですよ」

「いいえ、彼女《かのじょ》は、すぐにお帰りになります」

「彼女《かのじょ》？　市長さんは、女性《じょせい》なんですか？」

「ええ、そうですよ。知らなかったんですか？」

スタッハは、いすをすすめられて、すわった。それから、紅茶《こうちゃ》と丸いチョコレートクッキーが出された。お手伝いの少女は、まるでネコがえさ入れのまわりをまわるかのように、スタッハのまわりをぐるぐると歩きまわった。幸い、しばらくして市長が部屋に入ってきた。市長は、銀色がかった白髪《はくはつ》で、不思議なほどおだやかな顔をした、威厳《いげん》のある女性《じょせい》だった。首のところに白い縁《ふち》どりのある黒色の長いワンピースを着ていた。

市長は、スタッハに心のこもった挨拶《あいさつ》をしてから、お手伝いの少女を台所へ下がらせた。そして、低くやわらかい声で言った。

「ということは、大臣たちは、やっぱり、きみをここによこしたのね」

「ええ、そうです。でも、やっぱりって、どういうことですか？」

「ひと月前に、わたしは、コーケツ大臣から手紙をもらったの。大臣はその手紙で、わたしたちの問題について……ええ、わたしたちの問題よ……それついて、わたしに説明を求めてきた。そして、きみをここに派遣《はけん》することができるだろうと、ほのめかしてきたの。でも、わたしは、派遣《はけん》をことわったのよ」

「どうしてですか、市長さん？」

「わたしは、きみの行動に関心を持って、新聞でずっと追っかけてきたからよ。きみがだれにとっても不可能《ふかのう》な任務《にんむ》で失敗するのは、不当だと思った。そう、これは、あらゆる人にとって……きみにとってさえ、とうてい達成できない任務《にんむ》なのよ。きみは、ごくふつうの少年に見えるけれど、どんな危険《きけん》なことでもやりかねないようだもの」

「ありがとうございます、市長さん」

「でも、それなのに、やっぱり、やってきたのね」

「失礼なことを言うつもりはないのですが」と、スタッハ。「どの市長さんからも、自分の町の問題は解決不可能《かいけつふかのう》だと言われました。けど、それでも……」

「けど、それでも……毎回、何かしら解決《かいけつ》方法を見つけたわけね。どうしてそれが可能《かのう》になったの？　それを説明できる？」

「ぼくが思うに……」スタッハは、慎重《しんちょう》に口を開いた。「ぼくは、その問題を、その町に住んでいる人たちと同じ目で見ていないからでしょう。問題をかかえた町の人たちは、子どものころから、その解決《かいけつ》方法はないと信じています。一方、ぼくは、新鮮《しんせん》な気持ちで町にやってきます。そしていつも、解決《かいけつ》方法は十くらいあるだろうと思って、始めます。その上、ぼくは、いつもとても幸運でした。それは、ぼくが、前の王さまが亡《な》くなった日に生まれたからかもしれません。ということは、今のカトーレンで、前の王さまの死を体験していない国民の中で、ぼくは、いちばんの年上なんです」

「まあ、不思議な話ね」と、市長は、首を横にふりながら言った。

「十八歳《さい》ね。さあ、今夜はここに泊《と》まって、明日の朝、列車でお帰りなさい。大臣たちには、わたしが手紙を書きましょう。そうすれば、べつの任務《にんむ》をあたえられるでしょう」

スタッハも、首を横にふった。

「ぼくは、任務《にんむ》を終えるまで、この町にいます。そうさせてください。市長さんが、ぼくを町から追い出しても、行商人のふりをしてもどってきます。ぼくには、ここですることがあるんです」

「ああ、なんてことを」

「教えてください！　エキリブリエの魔法《まほう》使いとは、いったい、だれ……あるいは、なんなのですか？」

市長は立ちあがると、落ちついたしぐさで紅茶《こうちゃ》を注いだ。そして、弱々しい声で語りはじめた。

「お話ししましょう。この町では、毎晩《まいばん》、一人の年老いた男が訪《たず》ねてきます。見た目には、ごくふつうの老人です。名前は、パンタール。適当《てきとう》に自分で選んだ家の玄関《げんかん》のベルを押《お》します。どの家を訪《たず》ねるのかは、前もっては、まったくわかりません。前の週にやってきたばかりの家の場合もあります。百年間も、ベルを押《お》されたことのない家もあります。訪《おとず》れるのは、一晩《ばん》に一軒《けん》だけです。ドアを開けると、ほどこしを乞《こ》われます。でも、それは、何もとくべつなことではない、と言うでしょうね」

市長は口をつぐんだ。スタッハは、市長の口がふたたび開くのを待った。

「その家の人は、ほどこしをやります。でもスタッハ、それではだめなのです。それでは、じゅうぶんじゃないんです。供物《くもつ》をささげなくてはならないんです。自分が手放したくないものをわたさなくてはならないんです。自分が、ずっと、取っておきたいものを」

「そして、わたさなければ？」

「聞いてちょうだい。たとえば、百フルデンやったとしましょう。でも、やった人はその百フルデンのことは、明日には忘《わす》れてしまうでしょう。パンタールは、そのお金をポケットにつっこみます。パンタールは、知ってるんです。その人が、いくら、うまく演《えん》じて見せても、目に涙《なみだ》をうかべても……それがほんものの供物《くもつ》でないことを感じとるんです。そして、それから……それから、パンタールは、自分が望むほどこしを自ら取る。自分で供《く》物《もつ》を選ぶのです。全財産《ぜんざいさん》が入った預金《よきん》通帳やアルバム、愛するペット、明日の結婚式《けっこんしき》で着るウェディングドレス……あるいは……あるいは、もっとひどい……」

「それで、もし抵抗《ていこう》したら？」

「パチンと指を鳴らして、その人を大きな置き時計に変えると言われています。でも、いつもみんな、放心状態《じょうたい》になって抵抗《ていこう》できません。パンタールに歯むかうことは不可能《ふかのう》なのです。ですから、スタッハ、明日、この市を出ていってくれますか?」

スタッハは、またも首を横にふった。白髪《はくはつ》の市長はため息をついた。

「それでは、今夜は、もう一つ、べつのことを話してあげましょう。ここ二十年、わたしがだれにも話さずにきたことです。そうすれば、きっと帰りたくなるわ。でも、今は、公園で散歩をしてらっしゃい。この町は、あなたのような若者《わかもの》にはたいくつすぎるかもしれませんが。手伝いの者にあなたの部屋を用意させて、彼女《かのじょ》を家に帰らせます。そして、わたしが何か作ります。六時半に夕食よ。いいかしら?」

「ありがとうございます、市長さん」


外に出て、スタッハは、市長の話を聞く前とはべつの目で町を見た。

ミネルヴァ並木《なみき》通り十六番。パンタールは、ここの玄関《げんかん》ベルを鳴らしたことがあるのだろうか? ミネルヴァ並木《なみき》通り七十二番。G《ヘー》・S《エス》・パルフェルニール&J《イェー》・クツィール弁護士事務所《べんごしじむしょ》。法律《ほうりつ》の仕事をしているこの人たちは、今夜、パンタールが自分たちの家にきたら何をやるのだろうか? そして、ぼくは?と、スタッハは考えた。もし、パンタールの訪《たず》ねる先がヴィスだったとしたら、ぼくは、何を手放さなくてはならないんだろう?

キムからのたくさんの手紙？　それとも、フロット？　あるいは、前の王さまの手紙や書きもの？　それとも、ぼくの父さんの形見の古びた左官ごて？

スタッハは約束どおり、ちょうど六時半に市長の住まいにもどった。楽しい食事の時間になった。スタッハは、おかわりして二皿たいらげた。市長は、少ししか食べなかった。二人は母親と息子のように、二人いっしょに皿洗《さらあら》いをした。市長はコーヒーをいれ、居間《いま》にむかいあってすわった。とつぜん、しーんとなった。

エキリブリエの市長が話してくれたのは、こんな話だった。

二十年前、彼女《かのじょ》は、夫で、若《わか》く才能《さいのう》にあふれた市長とこの同じ家に住んでいた。部屋は、いつも花でいっぱいで、キヅタはつるをのばして、窓《まど》から部屋に入ってきた。幼《おさな》い娘《むすめ》のおむつをかえるとき、彼女《かのじょ》は大きな声で歌を歌った。夫は金持ちだった。預金《よきん》通帳には、大きな数字を表すゼロがたくさんならんでいた。夫には、愛するたいせつなものが四つあった。それは、愛する美しい妻《つま》と幼《おさな》い娘《むすめ》、市長という自分の職業《しょくぎょう》、そして、趣味《しゅみ》で集めた貴《き》重《ちょう》な切手のコレクションだった。けれども、幸せな家族のままでいたいなら、遠くに――エキリブリエを離《はな》れて、遠くに行くべきだったのだ。

ある夜、玄関《げんかん》のベルが鳴った。夫の市長がドアを開けた。玄関《げんかん》の前には、年老い、やつれた魔法《まほう》使いのパンタールがいた。パンタールは、ほどこしを乞《こ》うた。市長も妻《つま》も、こうしたことがあることは、以前から知っていた。だが、本気で心配したことはなかった。

市長は、「もちろんです。ちょっとお待ちください」と言うと、自分の部屋に行き、机《つくえ》の引き出しから預金《よきん》通帳を取り出して、「どうぞ、ぜんぶ――わたしたちが持っているお金を一セント残らずさしあげます」と、手わたした。

男は、通帳を袋《ふくろ》に入れて、ゆっくりと首をふった。そして、ひと言も言わずに、市長の横を通って廊下《ろうか》を歩き、部屋に入った。そこでは、妻《つま》が子どもと遊んでいた。市長と妻《つま》が、恐怖《きょうふ》で体をこわばらせているあいだに、パンタールは、子どもをつかんで夜の暗闇《くらやみ》に姿《すがた》を消した。

「ぼくのせいだ」と、市長はうめいた。「ぼくは、お金なんか、どうでもよかった。たとえ、お金があの十倍あったとしても、そのために、ぜんぜん眠《ねむ》れなくなるなんてことはなかっただろう。ぼくは、この切手のコレクションをやるべきだったのだ」

市長は、棚《たな》からぶ厚《あつ》い切手アルバムを五冊《さつ》取り出すと、それを持って、暖炉《だんろ》のところに行き、「いまいましい、こんなもの！」と言って、アルバムをぜんぶ、火の中に投げ入れた。そして、どうしようもない絶望《ぜつぼう》に襲《おそ》われた目で妻《つま》を見つめると、その場にくずおれて死んでしまった。

その後のことについては、手短に語られた。

彼女《かのじょ》は、十分足らずのあいだに、夫と子どもとお金と貴重《きちょう》な切手のコレクションを失ったあと、髪《かみ》が白くなり、彼女《かのじょ》の目からは永遠《えいえん》に笑みが消えた。夫の代わりに市長になったが、彼女《かのじょ》が何かを所有したいと願うことは決してない。こうして彼女《かのじょ》は、もはや魔法《まほう》使いを恐《おそ》れることのない、エキリブリエでただ一人の人間となったのだ。そして、このことは、結局、彼女《かのじょ》が持っているただ一つの慰《なぐさ》めだった。

「さあ、これで、明日の朝、この市を出ていく気になったでしょ、スタッハ」と、市長は、抑揚《よくよう》のない声で言った。

スタッハは、市長のやせた手をとって、うやうやしくキスをした。

「ぼくは今、ようやく本当に確信《かくしん》しました。ぼくは、ここにいなくてはなりません」

エキリブリエの朝刊紙《ちょうかんし》には、毎日、一面の決まった場所に天気予報《よほう》がのっている。その下に、住所が一つ出ている。書かれているのは通りの名前と家番号だけだ。それは、前夜にパンタールが訪《おとず》れた家だ。市長の話を聞いた翌日《よくじつ》から、スタッハは、パンタールがやってきた家に行ってみた。その中で、スタッハが知った状況《じょうきょう》は、それぞれ異《こと》なる。たとえば、最初に行った家では、ダルテルがつれていかれたと言って、家族がひどく悲しんでいた。ダルテルというのは犬だ。スタッハはきいた。

「ダルテルをパンタールにやったのですか？　それとも、パンタールがダルテルをうばっていったのですか？」

「やったんですよ、もちろん。そのために、うちではあの犬を手に入れたんですからね」

「ということは、つまり……」

「でも、当然でしょう。なぜ、エキリブリエには、こんなにたくさん犬がいると思いますか？　ほとんどみんな、犬を飼《か》って、犬に夢中《むちゅう》になろうとします。そうすれば、訪《たず》ねてこられたときに、やれるものがあるわけですから。その犬を愛していなければ、手放したほうがいい。役に立たないのだから」

「パンタールは、前にもお宅《たく》にやってきたことがあるのですか？」

「いいえ。でも、わたしの両親のところにきたことがあります。十三年くらい前のことでしたが。ところで、これで、失礼しなくちゃなりません。すぐにペットショップに行って、新しい犬を買ってこなくてはなりませんから」

その次の日は、年老いて仕事をやめたパン職人《しょくにん》のところだった。その男は、意気消沈《いきしょうちん》していた。貯金の半分をやってしまい、これからは、もっと小さな家に引《ひ》っ越《こ》さなくてはならないだろう、と言う。

「お金をわたすのは危険《きけん》だ、と思いませんでしたか？」

「いいや。わしは、自分がけちだと知っておる。これまでずっと、せっせとお金を貯めてきた。一生懸命《いっしょうけんめい》働いて、貯めたんじゃ。本当にその金のことで悲しんどる。それには、疑《うたが》わしい点はない」

「こんなことが起こりうる、と知っていたんでしょう？　なぜ、エキリブリエから出ていかないんです？」

「なぜ、火山のふもとに村や町が、つねにあるんじゃ？　人は、なぜ、決壊《けっかい》する可能性《かのうせい》のある堤防《ていぼう》のすぐ近くに住むんだ？　エキリブリエは、よい町じゃ。金が稼《かせ》げる。それに、あいつがくる可能性《かのうせい》は低い。平均《へいきん》すると、人生に一度だけじゃ。もちろん、そうとは限《かぎ》らんが……。わしの斜《なな》めむかいの女のところには、この五年間に三回もきた。昔、わしは、その女に、結婚《けっこん》を申《もう》し込《こ》もうかと考えたことがある。わしは、妻《つま》を亡《な》くしてたな。だが、わしの好みとは言え、パンタールは、あそこにきすぎる。あの女は、あいつを惹《ひ》きつけるところがあるらしい。そんなことはごめんだね」

「引《ひ》っ越《こ》しがうまくいきますように。それでは、これで」

打ちひしがれた人々を訪《たず》ね歩くのは、楽しいことではない。けれども、それは、パンタールという魔法使《まほうつか》いについて知るための唯一《ゆいいつ》の方法だった。

パンタールにこられたばかりじゃない人は、その話をすることを拒絶《きょぜつ》した。「悪魔《あくま》について話せば、そのしっぽを踏《ふ》む（うわさをすれば影《かげ》がさす）」ということわざを思いうかべるのだろうか？　エキリブリエの人たちは、不愉快《ふゆかい》なことがきらいだ。悲惨《ひさん》なことをかくそうとする。ここにきてすぐ見かけた交通事故《じこ》で、救急隊員たちがついたてを立てて事故《じこ》をかくしたが、スタッハは、今、その理由がわかった。

五日目、スタッハは、その日の朝刊《ちょうかん》に出ていた住所にむかった。ヘルクレス通り一番だ。ところが、その住所に行ってみると、最初、まちがったかと思った。その家は、まるで、パーティーの最中のようだったからだ。金歯の太った男に出むかえられた。男は、意気《いき》揚々《ようよう》としたようすで、スタッハの肩《かた》をたたいて、居間《いま》に引っぱっていった。居間《いま》にある、みがきたてられた家具や銀のお茶のセットが、男の裕福《ゆうふく》さを表していた。太った男は、言った。

「ああ、こんなに楽しかったことなんぞ、めったにないぞ。話してやるよ。これまでずっと、あの年寄《としよ》りがくることは考えに入れておった。いくらやればいいんだろうかと考えては計算して、眠《ねむ》れぬ夜を過《す》ごしていた。というのは、おれは、動物はだめなんだ。飼《か》おうとしてみたが、犬ってのは、あまり好きになれん。まあ、いいや。そこで、その金をいつもべつにしておいた。商売はうまくいったから、その金額《きんがく》はますます大きくなった。すると、昨夜、玄関《げんかん》のベルが鳴った。おれは、何も考えてなかった。妻《つま》もそうだった。あの年《とし》寄《よ》りの男のことばかり考えてはおられんだろ。ニコレッテが、玄関《げんかん》に行った。ニコレッテというのは、五歳《さい》の娘《むすめ》だ。ぼろぼろに壊《こわ》れた人形を手に持ってた。ほらっ、足につめたワラが飛びだし、頭には穴《あな》があいてるような人形だよ。といっても、ゴミ捨《す》て場にはまだ持っていくほどではない、がらくただ。娘《むすめ》がドアを開ける音がした。妻《つま》とおれは、居間《いま》にいた。『ほどこしをくだされ』と、年寄《としよ》りの男の声が聞こえた。そのあと、娘《むすめ》の声が、『ほどこしって、なんですか?』とたずねた。男は、『あんたから何かもらいたいんじゃよ』と答えた。妻《つま》とおれは、すっかりおどろいて、娘《むすめ》がそのことばを居間《いま》に伝えにくるのを待った。ところが、娘《むすめ》が何をしたと思う? こう言ったんだ。『おじいさん、とってもさびしそうね。ルーニーチェをあげる。この子、とってもかわいいのよ』

ルーニーチェっていうのは、わかるだろうが、人形の名前だ。おれたちは、ぎょっとして、体がこわばった。あの年寄《としよ》りは、自分がほしいものを持っていくはずだ。ところが、あいつがどうしたと思う？　あいつ、こう言ったんだ。『ありがとよ、嬢《じょう》ちゃん』そして、ドアが閉《し》まる音がして、行ってしまったんだ。すぐに、ニコレッテが居間《いま》に入ってきて、自分の空っぽの手を見ながら、『わたし、ルーニーチェをあげちゃった』と言って、泣きだした。

そこで、おれは言った。『いい子だ。パパが人形を十個《こ》、買ってやる。どれも、ルーニーチェよりずっときれいなやつをな』そして、おれは、約束を守った。今朝、店が開く時間になるとすぐにね。ほら、ごらんよ」

男は満足げに、スタッハを奥《おく》の部屋に引っぱっていった。部屋には、「ママ！」と言ったりする、髪《かみ》にパーマをかけた大きな、すばらしい人形が十体もあった。その真ん中に、ニコレッテが悲しそうな顔ですわっていた。スタッハは、ニコレッテの頭をなでると、できるだけ急いで、通りに出た。

どうすれば、パンタールに会えるんだろう？　スタッハは、そればかり考えていた。やはり、何かしなければならない。むこうは夜、こちらは昼間、いつも魔法《まほう》使いのあとを追いかけてばかりでは、うまくいかない。

そうこうするうちに、エキリブリエにきて一週間以上が過《す》ぎた。スタッハは、市長の家に滞在《たいざい》していたが、そのことで市長が困《こま》ることはなかった。それどころか市長は、彼《かれ》が家にいるのは楽しいと思っていた。とてもおいしそうにたくさん食べてくれる人のために料理をするのは楽しいし、とても感じのいい少年だと思っていた。スタッハは、思いついたこと——無遠慮《ぶえんりょ》なことであろうと、なかろうと——をいつも正確《せいかく》に口にする。ときには、つらい質問《しつもん》をされることもある。それは認《みと》めなくてはならない。けれども、たいていは、彼《かれ》のことばからは、共感や、市長自身や市長の仕事への関心、あるいは、その日の朝に彼《かれ》が訪《たず》ねた人への同情《どうじょう》が感じられる。スタッハは、母親を知らずに育った。市長は、娘《むすめ》を失って歳《とし》を取った。二人は、よく理解《りかい》し合える。市長は思った。わたしの娘《むすめ》は、今いくつかしら？　二十歳《はたち》？　二十一歳《さい》？　スタッハよりも、少し年上だ……。市長は、ぐっとこらえた。スタッハは、デシベルや、ブキノーハラや、スモークでのわくわくする話をしてくれた。彼《かれ》は、やはりとても賢《かしこ》く、よく注意しているけれども、市長は、この少年がすべてを成功させたとは想像《そうぞう》できなかった。それは、スタッハがじまんげに言ったからではない。彼《かれ》は、何もかも当然のことのように思っているようだ。だが、スタッハの成功は、創《そう》意《い》工夫と勇気を証明《しょうめい》していると、市長は気づいた。

土曜の夜、二人は、ならんですわっていた。ストーブが燃《も》えていた。秋の冷たい嵐《あらし》が、夏の天気を追いやってしまったからだ。暗い、ほとんど家具のない家の中だが、居心地《いごこち》は、まずまずだ。スタッハは、順ぐりに大臣たちのまねをして見せ、市長は、静かにほほえんだ。そのとき、玄関《げんかん》のベルが鳴った。

「あらっ、だれかしら、こんな夜おそくに?」と、市長。

市長は、パンタールのことは思いうかべなかった。もはや、彼《かれ》を恐《おそ》れていなかったのだ。市長は、玄関《げんかん》に行き、ドアを開けた。玄関《げんかん》の前には、老いた男がコートのえりに首を深くちぢめて、立っていた。エキリブリエの魔《ま》法《ほう》使いだ。

魔《ま》法《ほう》使いは言った。

「ほどこしをいただきにきました」

市長の心臓《しんぞう》は、氷のかたまりのようになった。恐怖《きょうふ》のせいではなかった。彼女《かのじょ》を冷たくつかんでいる恐《おそ》ろしい思い出がよみがえったのだ。

「わたしは、差しあげる価値《かち》のあるものを持っていません」

市長は、財布《さいふ》を出して、魔《ま》法《ほう》使いにわたした。魔《ま》法《ほう》使いは、財布《さいふ》をポケットに入れた。

そして、二十年前と同じように、彼《かれ》は居間《いま》に入り、まわりを見た。

「そこにいる、その少年」と、魔法使《まほうつか》い。「その子は、大人ではない。あなたの家に住んでいる。ということは、あなたのものだ。その子は、あなたにとって何か意味がある。わしは、その子をもらっていく」

小さなため息をついて、市長はくずおれた。

「さあ、こい」と、魔法使《まほうつか》いのパンタール。

「ぼくは、あなたを知らない」と、スタッハ。「ぼくは、あなたがこわい」

「わしは、おまえを置き時計に変えることができる。だが、そうすれば、おまえを運ばなくてはならん。おまえは重い。自分で歩いていってほしい」

「この人を助けるのを許《ゆる》してくれるなら、歩いていく」

「五分だけだぞ」

スタッハは、どうにか市長を抱《だ》きあげて、ソファに寝《ね》かせた。ハンカチにオーデコロンを少しふりかけると、それを彼女《かのじょ》の鼻の下に置いた。市長が少し体を動かしはじめ、おそらく、まもなく意識《いしき》を取りもどすだろうと思われると、スタッハは上着を取って、パンタールについて外に出た。玄関《げんかん》の前に、荷物運搬用《うんぱんよう》の三輪自転車が置いてあった。前に二輪のついた荷台があり、後ろが一輪の自転車だ。魔法使《まほう》いは、ちょっと頭をふって、前の荷物をのせる部分にすわるようにスタッハに合図した。魔法使《まほう》い自身は、ぎこちない動きでサドルにまたがり、こぎはじめた。

ところが、うまくいかなかった。強い突風《とっぷう》が吹《ふ》いて、三輪自転車は、ときどき、ほぼ動かなくなった。スタッハは、へんてこな乗りもの中でひざを折り、えりの中に首をすくめてすわっていたが、しだいに町を離《はな》れ、南の方角へ進んでいることがわかった。今はせまいデコボコ道を走っていた。道の両側は、大きな岩になっていて、進むにつれて岩のかたちはますます異様《いよう》になった。スタッハがふりかえると、強い風のせいで老いた魔法《まほう》使いはたいへんそうだった。スタッハは、両手を口にあてて、大声で言った。

「ちょっと、ぼくにこがせてください」

パンタールは、こぐのをやめ、スタッハは、荷台から飛びおりた。すると、パンタールが抑揚《よくよう》のない口調で言った。

「わしを欺《あざむ》く者は、わしがそれに気づかぬとも、自動的に置き時計に変わる」

スタッハはうなずいて、パンタールが荷台に乗りこむのを待って、サドルをまたいだ。これで、前よりも早く進めるようになった。パンタールは、手で道を指し示《しめ》した。幸い、月の光があった。くっついた岩のあいだを通る、暗くてほとんど見えない道もあったので、月明かりがなければ、スタッハは、岩に乗りあげるか、大きく口を開けた谷のどれかに転落するかしたことだろう。

しばらくして、パンタールは、高い岩壁《がんぺき》しかなさそうなところで、右を指さした。スタッハは、ためらいながら、示《しめ》された方向にむかった。しばらくすると、小さな茂《しげ》みがところどころにある、山の中の深く、暗い穴《あな》に入っていった。急に、風がなくなったのにはほっとしたが真っ暗だった。

「まっすぐだ……。止まれ！」

そこは、石の階段《かいだん》の前だった。上のほうに弱い光があったので、スタッハは、それが階《かい》

段《だん》だと、どうにか識別《しきべつ》できたのだった。パンタールは荷台からおりると、ついてくるように合図した。二人は、山の中に造《つく》られた階段《かいだん》をのぼった。階段《かいだん》の上は、石の部屋とでも呼《よ》べる空間になっていた。その真ん中には、床《ゆか》に穴《あな》があって、そこから大きな炎《ほのお》が燃《も》えあがっていた。穴《あな》のまわりは、低い壁《かべ》で囲まれている。ほかには、ベッドが一つと、古いいすが二つ、テーブルが一つと、古くて背《せ》の高い戸棚《とだな》があった。パンタールは、すぐに火のそばへ行き、手を温めた。スタッハは、いつもながらの大胆《だいたん》さで言った。

「毎晩《まいばん》エキリブリエまで往復《おうふく》するなんて、あなたのお歳《とし》では、とてつもない大仕事ですね」

「しばらくしたら、その火のそばに立つんだ。低い壁《かべ》がとぎれているところがある、あそこだ。まさに、ちょっと押《お》せば、火の中に突《つ》きおとせる場所だよ」

「なぜ、ぼくをあそこに立たせたいんですか？」

「心配するな。わしは、まず、おまえを置き時計に変えてやる。だから、おまえは何も感じない」

「えっ、そうですか」

スタッハは、必死で考えをめぐらせた。この魔法《まほう》使いは、持ってきた供物《くもつ》をこの火の中にほうり投げているらしい。財布《さいふ》なら、簡単《かんたん》だ。だが、ぼくのような重い供物《くもつ》では、火のそばに立たせたいのだろう。そうすれば、かつぐ必要がなくなるから。スタッハは、パンタールの命令に従《したが》うかのように、火のほうに数歩、歩いた。ところが、とつぜん、ぱっと飛んで、いすの上、テーブルの上と飛びうつり、そこから、さらに飛んで、戸棚《とだな》の上に乗った。そして大声で言った。

「まだ、置き時計に変えないでください。ぼくを下につれていくなら、あなたの背中《せなか》が壊《こわ》れますよ！」

白髪《しらが》の魔法《まほう》使いは、怒《おこ》った。

「いったい、どういうつもりだ？　わしに逆《さか》らうことができると思っているのか？」

「ちがいます、パンタール。でも、ぼくは、あなたがぼくを火の中に投げる前に、あなたと話がしたいんです」

「話すことなど何もない」

「お願いします。ぼくは、何のために自分が死ぬのかを知りたいんです」

パンタールは、迷《まよ》っているようだった。

「よろしい。おまえは、あの三輪自転車をわしの代わりにこいでくれた。下へおりてきて、そこのいすにかけよ！」

スタッハは、この老人の言葉を信じていいのかわからなかった。だが、選択《せんたく》の余地《よち》はあるのか？　そこで、下におりて上着をぬいだ。そして魔法使《まほう》いにむきあって、いすに腰《こし》をおろした。魔法使《まほう》いは、機嫌《きげん》の悪そうな顔をし、火の暖《あたた》かさにもかかわらず、先ほどの道中の寒さにまだふるえているようだった。

「これまでに、わしの話を聞いた者は一人もおらん」と、魔法使《まほう》い。「わしと、エキリブリエの物語じゃ。この一度だけ、それを話そう」

魔法使《まほう》いは、棚《たな》から大きな水晶《すいしょう》のかたまりを取り出すと、スタッハの前のテーブルに置いて、言った。「これを見なさい」

スタッハが、水晶《すいしょう》を見ると、天秤《てんびん》が映《うつ》っていた。天秤《てんびん》の片方《かたほう》の皿の上に、エキリブリエの町が造《つく》られていた。その皿の下には、計りしれないほど深い穴《あな》がある。皿のバランスが取れなければ、町は穴《あな》に消えてしまうだろう。天秤《てんびん》のバランスを取っているのはなんだろう？　そう思って彼《かれ》はもう一方の皿を見た。そちらの皿には、小さな火がのっているだけだった。それは、魔法使《まほう》いの部屋にあるこの火だった。

魔法使《まほう》いのパンタールは、話しはじめた。

「わしがこの山に住みはじめてから、五百年近くになる。わしの前には、わしの父親が五百年、住んでおった。今、わしがやっておるように、この火が燃《も》えつづけるようにすること——それが、父の仕事じゃった。なぜなら、火が消えたら、町は、そこに生きている者もろとも、地中にしずんでしまうのだから。これは、ただの火ではない。燃料《ねんりょう》として、供物《くもつ》を必要とする火なのじゃ。重みのある供物《くもつ》だ。町をのせた皿を同じ高さに保《たも》つためにじゅうぶんな重さのある供物《くもつ》でなければならん。そんな重さを持つのは、しぶしぶ手放さなくてはならない供物《くもつ》だけ。火を燃《も》えつづけさせることができるのは、そんな供物《くもつ》だけなんじゃ。

火には、毎日、燃料《ねんりょう》をあたえなければならない。供物《くもつ》を毎日届《とど》けるのは、わしの仕事だ。五百年ものあいだ、その仕事をしてきた。毎日だぞ。毎日、わしは、だれかがだいじにしているものをうばってきた。町を救うためじゃ。この仕事をやりとげるために、父親は、二つの魔術《まじゅつ》を教えてくれた。一つは、それが供物《くもつ》か、それとも、単なるほどこしかを感ずることのできる術《じゅつ》だ。もう一つは、すべてのものを置き時計に変えることができる魔術《まじゅつ》じゃ。そして、わしをだましたならば、だましたやつはだれでも、ひとりでに置き時計に変わる。仕事を行うためには、この二つの能力《のうりょく》があれば、じゅうぶんだった。

だが、わしは年老いた。わしには、息子はおらぬ。父親の場合とはちがう。ひょっとしたら、あと五年くらい生きられるかもしれん。いや、ひょっとしたら、あとまだ三十年。だが、いつか、最後のときがくる。そのとき、エキリブリエは地中に消えてしまい、この町があった場所にはただ大きな穴《あな》が開くだけだ」

かなり長い時間、二人は、黙《だま》ってむかいあってすわっていた。それから、パンタールが、疲《つか》れた声で言った。

「今、おまえは、エキリブリエの秘密《ひみつ》を知った。さあ、火のそばに立て」

「この火は、ほかの方法で燃《も》えないのですか？」

「供物《くもつ》によってのみじゃ。自らの意志《いし》で飛びこむ供物《くもつ》である必要はない。ともかく、そのことはわかっただろう。わしが、無理強いして飛びこませればよい。しかし、だれか、自らの意志《いし》で飛びこむ者がいれば、この火は一千万年燃《も》えつづけるであろう。だが、わしの父親は、そんなやつに会ったことはなかったし、わしも、ない。さあ、あそこに立て」

「もうちょっと待ってください。ぼくが、今、自分から火の中に飛びこめば、火は、一千万年、燃《も》えつづけるのですか？」

「もちろん、そういうわけじゃない。わしは、おまえを無理やり、ここにつれてきた。それを自らの意志《いし》でとは言えん」

「パンタール、ぼくを一度帰らせてください。明日の朝、ぼくは、自分でもどってきて、火の中に飛びこみます」

老いた魔法《まほう》使いは短く笑った。うれしそうな笑いではなかった。

「明日の夜には、おまえは、ここから百キロメートルも離《はな》れたところに逃《に》げ出しておろう」

「試してみてくれませんか？　ぼくが逃《に》げたとしても、それがどうだって言うんです？　何千ものうちのたった一つの供物《くもつ》でしょ」

「無理だ。今夜、供物《くもつ》をやらなくては、火は消えてしまう」

「それじゃあ、今夜もう一度、供物《くもつ》を取りにエキリブリエに行きませんか？　そして、小さな可能性《かのうせい》に賭《か》けてみませんか？　ぼくが、明日、自らもどってきて、あなたが、もう二度とエキリブリエに行く必要がなくなる可能性《かのうせい》――それは小さいかもしれませんが、絶対《ぜったい》にない、とは言えないでしょう？」

「この天気では、もう一度行って帰ってくる力は、わしにはない」

「ぼくがこぎます。町の入り口まであなたをつれていき、ぼくは、そこで待ちます。そのあと、あなたをつれて、もどります。ぜひ、そうしてください、パンタール。お願いです、ぜひ」

長いあいだ、魔法使《まほう》いは、少年を見ていた。それから、ふるえながら立ちあがり、コートに手を通しはじめた。

町への道は、追い風で楽だった。だが、帰り道は骨《ほね》が折れるにちがいない。

スタッハは、えりに首をすくめ、かなり長い時間、町の入り口で年老いた魔法使《まほう》いを待っていた。その前に、スタッハは、おせっかい心を出して——ときどきそうすることがあるのだが——パンタールにこうささやいたのだった。「ヘルクレス通り一番、今週、あなたが行ったところですね」

ようやく、荷物運搬用《うんぱんよう》の三輪自転車のキーキーときしむ音が聞こえてきた。ゆっくりと、年老いた魔法使《まほう》いが近づいてきた。顔色が悪く、ひどく疲《つか》れているようだ。町の中の短い距離《きょり》でさえ、このむかい風では老人にはひどくこたえたようだ。スタッハは、帰りは自分がこいでいけることをよろこんだ。そうすれば、寒さでかじかんだ自分の体も少しはほぐれるだろうから。

ようやく、二人が洞穴《ほらあな》にもどったとき、スタッハはうれしかった。とても厳《きび》しい行程《こうてい》で、たびたび行く手を阻《はば》まれた。強風が黒い雲を次々と追いやったので、月が、その光で地上を照らす間は少ししかなかった。

風が吹《ふ》きすさび、月は、まさに予期された役割《やくわり》を果たすかのように、ぼーっとしか照らさない中を、荷物運搬用《うんぱんよう》の三輪自転車に魔法《まほう》使いを乗せて必死にこぎ、岩の住まいにつれていく――そんなすべてが、スタッハには夢《ゆめ》のように思えた。魔法《まほう》使いなら――これまでに存在《そんざい》したであろう魔法《まほう》使いなら、「ちちーんぷいぷい……パッ……さあ、着いた！」と言ってくれただろうに。だけど実際《じっさい》には、パンタールが魔法《まほう》をかけるところを、ぼくは見たことがない。水晶《すいしょう》のかたまりの中をのぞき、天秤《てんびん》を見ただけだ。水晶《すいしょう》を見ると、未来の姿《すがた》がいろいろわかる……そんなことを聞いたこともある。けれども、パンタールがほんものの魔法《まほう》使いであることを、スタッハは確信《かくしん》した。そのことは、エキリブリエ市長の目を見ても明らかだった。

階段《かいだん》をあがったところにある部屋の中で、パンタールは、コートのポケットから書類の束を取り出した。

「金歯の男だ」と、魔法使《まほう》い。

「あいつはわしを見ても、おどろかなかった。あいつは言った。『ちょっと待ってくれ』と。そして、娘《むすめ》をベッドから引っぱり出してきた。娘《むすめ》は、寝《ね》ぼけて、わしのほうにやってきた。両手にそれぞれ、高価《こうか》な人形を持っていた。『どうぞ』と、娘《むすめ》は言った。『パパが、これをおじいちゃんにあげなさい、だって。これをあげるから、どうか、わたしのルーニーチェを返してくれない？』

そこで、わしは、金歯の男の机《つくえ》のところに行って、株券《かぶけん》とか、お金にかかわる書類を持ってきた。少なくとも、あいつの財産《ざいさん》の半分だろうな。あいつの目は、ここ長年で初めてだろうが、太った腹《はら》を越《こ》えて、靴《くつ》の先が見えるくらいまで飛び出たよ」

スタッハは、話が半分しか耳に入ってこなかったが、ほほえんだ。

パンタールは、「ああ、火よ、欲深《よくぶか》な男からの、この供物《くもつ》をお受け入れくだされ！」と、もったいぶって言うと、書類を炎《ほのお》の中に投げた。

魔法使《まほう》いは、戸棚《とだな》から色あせた馬衣《うまぎぬ》を取り出すと、スタッハに投げて言った。

「どこか、すみで横になりな」

魔法使《まほう》い自身は、服を着たままどさっとベッドに倒《たお》れこみ、毛布《もうふ》を引っぱって体にかけた。そして、まるで、その夜、森中の木をせっせと切り倒《たお》さなければならないかのように、ギーギーとのこぎりをひくようないびきを立てていた。

スタッハは、毛布《もうふ》代わりの馬衣《うまぎぬ》にくるまり、いすからクッションを二個《こ》取って、眠《ねむ》ろうとした。だが、あまり眠《ねむ》れなかった。パンタールのいびきのせいではなかった。スタッハはときどき壁《かべ》の上に顔を出す炎《ほのお》を見つめた。不安が高まる中で、スタッハは自分に問うた。ぼくは明日、あの中に身を投げ出す勇気を持てるだろうか？

次の日、スタッハは一日中、パンタールの家のまわりの山をさまよい歩いた。

まずは朝早く、岩の住居《じゅうきょ》のすき間から陽の光がさしこんでくるとすぐに、スタッハはこっそりと外に出た。昨日の夕方から何も食べていないのに空腹《くうふく》を感じないことに気づいたのは、午後になってからだった。おなかが不安でいっぱいだったせいだろう。逃《に》げ出す理由を、数え切れないくらいたくさん考えた。

エキリブリエは、本当に危険《きけん》なのか？　それとも、あれは何もかも頭が変になった老人のたわごとか、あるいは嘘《うそ》か？　ぼくは、カトーレン国のために命をたいせつにすべきではないか？　すでに五つの任務《にんむ》は果たした。市長のところにもどるか？　市長は、ぼくに会ってよろこんで、大臣たちに、任務《にんむ》を果たしたという手紙を書いてくれるだろう。そうすれば、大臣たちが、エキリブリエの魔法使《まほうつか》いが、まだエキリブリエにいると耳にしないうちに王になれるかもしれない。そして王になれれば、火に飛びこんで一握《ひとにぎ》りのエキリブリエの市民のために死ぬよりも、カトーレンの全国民のために、もっとたくさんのことができるんじゃないか……？

もし、エキリブリエの市民たちが、供物《くもつ》をささげる必要がなくなるとしたら、それはよくないことかもしれない。供物《くもつ》をささげることは、美しく気高い行為《こうい》だ。受けとるよりも、あたえるほうが幸福なのだから。だけど、この日々の供物《くもつ》を、ぼくが勝手に評価《ひょうか》していいのか？

スタッハは、旬《しゅん》を過《す》ぎたブルーベリーを二、三個《こ》つんで口に入れた。にがかった。ああ、ぼくは、まちがってる。エキリブリエの人たちが無理やりに出す供物《くもつ》は、たぶん、よい目的のために必要なんだろう。だからって、その行いによって市民がよりよい人になるわけではない。それどころか、人々は、そのせいで不安になり、機嫌《きげん》が悪くなったり、不幸になったりする。だが、人々が本当に自発的に供物《くもつ》をささげるなら、事態《じたい》はちがってくる。で、ぼくが王になることは？　ぼくが自らの意志《いし》で自らを供物《くもつ》としてささげれば、ぼくは、カトーレンの王になれない。

いろいろ考えていたけれど、スタッハは、心の奥底《おくそこ》ではわかっていた。ぼくが自らをささげなければ、王になるにふさわしくない、と。

太陽は、自ら不可避《ふかひ》の軌道《きどう》をまわる。そして、必然的に西へ近づく。そこで、太陽は地平線の下に消え、一日の終わりを告げる。

今、スタッハ――十八歳《さい》――は、自分の問題と必死に格闘《かくとう》していた。それは、コーケツ大臣が推測《すいそく》し、彼《かれ》に警告《けいこく》していたよりも大きな問題だった。

パンタールは、スタッハがもどってくるとは一瞬《いっしゅん》たりと思わず、エキリブリエの町に行こうと、夜九時半にコートを着た。ひとりごとをぶつくさ言いながら歩いてはいたが、いやな気分ではなかった。好感を持てたあの少年と、少年の人生と自由とを許《ゆる》していたあの少年は、この長い年月のあいだで、自分と本当の会話を交わしてくれた、唯一《ゆいいつ》の人間だった。パンタールは昨日、冷たい風の中を三輪自転車の荷台にじっとすわっていたせいでリウマチがひどくなって、節々が痛《いた》かった。とてもつらそうに石の階段《かいだん》をおりる。

いちばん下の段《だん》にスタッハがすわっていた。パンタールは思わずころびそうになり、もう少しでスタッハにおおいかぶさるところだった。若者《わかもの》の肩《かた》につかまって、ようやくころばずにすんだ。ここにいる二人のうち、一人は寒さにふるえ、もう一人は葛藤《かっとう》にふるえていた。どちらのふるえがひどかっただろうか？

パンタールが少しとがめるように言った。

「なぜ、逃げなかった？」

「逃《に》げません」と、スタッハ。「上に行きましょう。あなたは、町へは、もう行く必要ありません」

二人は、だまって階段《かいだん》をあがった。上の部屋で、パンタールはコートをぬいだ。

「さあ、ちょっとすわりなさい」と、パンタール。「まだ時間がある。なぜ自分から飛びこむつもりになったのか、話しなさい」

「話さないほうがいいでしょう。五分後には、ぼくの勇気はまたなくなるかもしれない。火の中に飛びこむ前に言わなければならないことばは、なんですか？」

「もうちょっと待て。すわってなさい。おまえさんは、若《わか》い。若《わか》い人々は、生きたがり、死にたがらない。おまえさんがなぜ死にたいのか、わしは知りたい」

老いた魔法《まほう》使いは、スタッハが若《わか》いことがまるで罪《つみ》であるかのように、低い声で言った。

「ぼくは死にたくない」スタッハは、大きな、だがおびえたような声で言った。「だけど、エキリブリエの人たち——あの人たちも死にたくない。あの人たちは、何千人もいる。だけど、ぼくは一人だ」

「おまえさんは、ばかだ」パンタールは、ぶっきらぼうに言った。「あいつらは価値《かち》がない。冷たく、愛のない生き物だ。自分の利益《りえき》ばかり考えとる。わしが行けば、恐《おそ》れて供物《くもつ》を出す。やつらは計算する。わしがよろこんで持っていってくれるような供物《くもつ》で、いちばん小さいのは何か？と、つねに計算する。だが、わしは、意地の悪い魔法《まほう》使いだ。やつらが愛しているものを取りあげる。わしが、なぜ、供物《くもつ》を必要とするのかどうか、きいてくれた者は一人もおらん。わしは、あざけられ、呪《のろ》われ、憎《にく》まれておる。おまえさんは、ばかだ。あいつらには価値《かち》がない」

「なぜ？」と、スタッハは小声できいた。「それでは、なぜ、あなたは何百年ものあいだ、この感謝《かんしゃ》されない仕事を、わざわざやってきたのですか？　なぜ、ずっと前にあの人たちを町もろとも消滅《しょうめつ》させようとしなかったのですか？」

年老いた魔法《まほう》使いは立ちあがった。かっとして、恐《おそ》ろしい顔で首をふったので、ぼさぼさの白髪《はくはつ》が目の前にたれ、本当に意地の悪い魔法《まほう》使いのように見えた。魔法《まほう》使いは、火のほうへ行き、炎《ほのお》にむかってこぶしをふりあげた。

「数え切れないくらい、わしは、やめようと決心した。だが、それと同じ回数だけ、わしは、行くことを無理強いされた。炎《ほのお》の赤い舌《した》が食べもの——供物《くもつ》——をくれと言った。何千もの激《はげ》しくゆらめく炎《ほのお》が、くれなければ、町の人々——通りで踊《おど》り、太陽の光をあび、世界が自分のものであるかのように思い、悪や破滅《はめつ》は存在《そんざい》しないかのように生きる悪漢ども——を、つれていくぞと語ったのだ。

わしが、なぜそれに従《したが》ったか？　わしもばかだからじゃ。おまえさんと同じように、頭が変なんだよ。だが、わしは年寄《としよ》りじゃ。おまえさんは若《わか》い。わしは、しだいに、ばかになる権利《けんり》を持った。おまえさんは、持っとらん。おまえさんは、理性《りせい》を使わなくちゃならん。おまえさんは、通りで踊《おど》らなくちゃならんし、太陽の光をあびなくちゃならんし、世界は自分のものだと考えなくちゃならん。わしは、ばかになる権利《けんり》を要求する。

おお、火よ、受け入れよ、このわずかな供物《くもつ》を！」

怒《いか》りのこもった声でそう言うと、パンタールは、ぱっと炎《ほのお》の中に身を投げ、消えた。

スタッハは、魔法《まほう》使いパンタールの通夜をするかのように、一日半、洞穴《ほらあな》の中にいた。うろたえながら火のほうへ歩いていき、下を見た。魔法《まほう》使いが姿《すがた》を消した火の中には、何も見えなかった。このできごとにひどく衝撃《しょうげき》を受けたが、自分には危険《きけん》がなくなったのだと、徐々《じょじょ》に納得《なっとく》した。ずっと弔《とむら》いをしていてもむだだろう。緊張《きんちょう》と長い不安に疲《つか》れ、思わずふらつきそうになり、もう少しで火の中に落ちそうになった。だが、どうにか、パンタールのベッドにたどり着いた。そして、パンタールへの敬意《けいい》が足りなかったことへのお詫《わ》びをつぶやくと、どさっとベッドに倒《たお》れて十二時間眠《ねむ》った。

次の朝、目覚めたときには、猛烈《もうれつ》におなかがすいていた。最初に思い出したのは、エキリブリエの市長はとても料理が上手だったという、なんとも現実《げんじつ》的なことだった。そのあとで、ようやく、今、自分がどこにいるのか、そして、どんな体験をしたのかが思い出された。

火は、まったく前と同じように、地面にあいた穴《あな》の中で燃《も》えていた。戸棚《とだな》をさぐってみたが、かびの生えたパンしかなかった。それでも、スタッハはそのパンをぜんぶ食べた。それから水晶《すいしょう》のかたまりを見ていたら、目に涙《なみだ》があふれてきた。天秤《てんびん》は見えなかった。水《すい》晶《しょう》は輝《かがや》いていたが、とくべつに美しくはなかった。

夜も、スタッハは火を見た。この火は燃《も》えつづけるのだろうか？と思った。前日までよりも火が弱くなったのか、強くなったのかは、まったくわからなかった。それから眠《ねむ》ろうとした。強烈《きょうれつ》な空腹《くうふく》を感じたが、頭は、パンタールのことでいっぱいだった。パンタールが魔法《まほう》を使うのは見ていない。あの老いた魔法《まほう》使いの秘密《ひみつ》は、彼《かれ》とともに火の中に消えてしまったのだろう。

スタッハは、それがよいのかどうかわからなかったが、翌朝《よくあさ》、洞穴《ほらあな》をあとにする前に決心した。パンタールのものはすべて、消えるほうがいい。

そこで、荷物運搬《うんぱん》用の三輪自転車をかついで階段《かいだん》をあがり、火に投げ入れた。つづいて、いすもテーブルも、ベッドも、戸棚《とだな》さえも——そのために階段《かいだん》を上り下りしなくてはならなかったが——運んで、火にくべた。部屋は、何もない空間——地面に小さな噴火口《ふんかこう》のようなものがある洞穴《ほらあな》——が残った。

「パンタールよ、静かに眠《ねむ》れ」とスタッハ。「あなたがだれで、何者だったのか、ぼくは決して、知らせまい。けれども、あなたの風変わりな心の中には、無慈悲《むじひ》な世界への愛がたくさんあった。ぼくは、あなたに約束する。ぼくがあなたについて知りえたことを、決して口外しないと」

エキリブリエでは、不思議なうわさが広まった。

スタッハがパンタールにつれていかれ、市長が気を失った。あとになって、市長は意識《いしき》を回復《かいふく》し、魔法使《まほう》いがきたことを新聞社に電話で知らせた。魔法使《まほう》いがやってきたことを新聞社に知らせるのは、慣習《かんしゅう》なのだ。ところが、ヘルクレス通り一番の住民も「訪問《ほうもん》を受けたのは自分だ」と強く主張《しゅちょう》した。そして、何よりも不思議だったのは、その次の日の夜、つまり、日曜日の夜には、魔法使《まほう》いはどこの家にもやってこなかったのだ。新聞社には、だれからも、なんの知らせもなかった。月曜日も同じだった。

あのスタッハというのは、なんとも不思議な少年だ――と、知れわたった。もしかしたら、彼《かれ》が……。推測《すいそく》や、仮定《かてい》や、可能性《かのうせい》を問う声が、町中に広まった。

お昼になるころ、スタッハは、市長の家に着いた。お手伝いの少女は幽霊《ゆうれい》を見たのかと思い、大きな悲鳴をあげた。

「そんなにおどろかないで」と、スタッハ。「市長さんはいますか?」

市長はいなかった。

「食べるものは何かありませんか? おなかがすいて、倒《たお》れそうなんです」

それを聞いて、お手伝いの少女は元気を取りもどした。だって、幽霊《ゆうれい》は食べないもの。

そう思って少女は、スタッハを台所につれていった。スタッハは、パクパクとパンを食べ、パン入れを空っぽにしてしまった。そのあいだに、少女は市長に電話をして、スタッハがもどってきたことを伝えた。市長は会議中だったが、副市長にあとを任《まか》せて、すぐに家に帰ってきた。そして、スタッハを見ると、自分にまだ涙《なみだ》が残っていたのだと気づいた。スタッハの額《ひたい》にキスすると、天井《てんじょう》をあおぎながら言った。

「今日は、二十年ぶりのうれしい日よ」

市長の気持ちが少し落ちつき、スタッハのひどい空腹《くうふく》もおさまると、もちろん、市長は、スタッハが、どうやってパンタールから逃《に》げてきたのかを知りたがった。

「ぼくは、パンタールに約束したんです」と、スタッハ。「だれにも言わないって。市長さんにも、言わないって。これだけは、言えます。パンタールがエキリブリエにくることは、もうありません。みんな、安心できます」

スタッハは、とりわけ市長さんには明かせないと思いながら言った。

「昨日はこなかった」と、市長。「一昨日も」

「これからは、決してきません。どうか、その理由はきかないでください」

「きみって、不思議な少年ね、スタッハ。きっと、きみはまもなく、カトーレンの王になる。これは、六番目の任務《にんむ》だったかしら？」

「はい、六番目です。あと一つです」

「きみが王になったら、カトーレンはすばらしい時代になるわね。わたしは、忠実《ちゅうじつ》に仕えます」

「あっ、そんなふうに言うのは、だめです。ぼくたちは、カトーレンの全国民の幸福のために、いっしょに働くんです。あなたは、ここで。ぼくは、ヴィスで。ぼくが、エキリブリエに本当の友だちがいるって思えるのは、すてきなことです。あなたのことを、そう言ってもいいですか？」

市長はうなずいて言った。

「もちろんよ。ところで、スタッハ、今、わたしが、あなたにしてあげられることがあるかしら？」

「三つのお願いがあります。一つ目は、大臣たちに、エキリブリエの魔法《まほう》使いはいなくなった、と手紙を書いてください。二つ目は、ヴィス行きの列車の切符《きっぷ》を。それと、三つ目は……お願いというより希望なんですが、パンタールの銅像《どうぞう》を建てることを提案《ていあん》してほしいんです」

「銅像《どうぞう》……あ、あの……」

「パンタールは、とてもよい魔法使《まほう》いだったんです。パンタールは、町のためにたくさんのことをしてくれました。たぶん、あなたはそのことをぼくから聞きたいでしょう。でも、何よりも……パンタールの銅像《どうぞう》は、供物《くもつ》をささげることに意味があるんだと、人々に、思い起こさせてくれるでしょう。自らの意志《いし》で供物《くもつ》をささげる——ということを、ぼくは言いたいのですが……」

「みんなで考えてみるわ、スタッハ。まず、あなたを駅につれていくわね。できるだけ早く、ヴィスに帰りたいんでしょ。カトーレンは、新しい王を必要としているもの。手紙はすぐに書きます。もちろん、列車の切符《きっぷ》は買いますよ」

二人が外に出ると、たくさんの人がいた。スタッハが帰るとかぎつけたのだ。

「魔法使《まほう》いは死んだの、スタッハ？」と、大声でたずねる。

「もうくることはありません。もう二度と」

「あいつに何をしたんだ？」

「パンタールが、ぼくにしてくれたんです。ぼくは、帰らなくっちゃ。さようなら！」

スタッハは、急いで列車に乗りこんだ。プラットホームにいるたくさんの人の中で、スタッハには、市長だけが目に入った。市長の目は涙《なみだ》でいっぱいだった。バッグからハンカチを取り出す。けれども考え直したらしく、それをスタッハにむかってふりはじめた。その小さな白い布《ぬの》は、たくさんふられている手の中ですぐに見えなくなった。けれども、ヴィスで列車をおりるときもまだ、スタッハの心の中では、涙《なみだ》にぬれた市長の目が見えていた。

公園での会議

マジメーダ大臣は鏡の前で、筆で髪《かみ》の毛を整えていた。髪《かみ》の毛の一本が筆先にぶら下がっているのを見て、ぎょっとした。また一本ぬけてしまった……。だが、彼《かれ》の気分は、とっくにゼロ以下に下がっていた。昨日の夕刊《ゆうかん》が、エキリブリエのあちこちで、とつぜん、大規模《だいきぼ》な祭りが始まったことを伝えたのだ。それ以上読まなくても何が起こったかはすぐわかった。カトーレン新聞は、これはエキリブリエ市民にとって、きっと、新しい王誕生《たんじょう》の祝祭にむけてのよい準備《じゅんび》になるとまでの見解《けんかい》をのせていた。

マジメーダ大臣は疲《つか》れはてていた。自分も、ほかの大臣たちも、スタッハの最後の任務《にんむ》として、これまでの任務《にんむ》よりもむずかしい任務《にんむ》を思いつかないだろうとわかっていた。しかも、マジメーダ大臣は、自分が真面目《まじめ》真剣省《しんけんしょう》の大臣にふさわしいかどうか、自信がゆらぎはじめていた。昨日、いちばんわんぱくな孫に、またも大笑いさせられたのだ。幸いなことに、その子以外には、だれにも笑い声を聞かれなかった。だが、これは、不吉《ふきつ》なしるしではないだろうか。あの子は、なんと言ったっけ？　ああ、そうだ。

「ドタバータ大臣とレーシングカーのちがいって、なんでしょう？　ドタバータ大臣は自分でドタバタ走るけど、レーシングカーはガソリンで走るんだよ」って、言ったんだった。あのいたずらっ子め、と大臣はやさしい気持ちで思った。そのあと、大臣は、「しっかりと、家庭内の義務《ぎむ》を果たしなさい」と妻《つま》に言って、宮殿《きゅうでん》へむかった。

とちゅうで、マモール大臣に出会った。マモール大臣も心配そうな顔をしていた。今朝、着がえるときに、片方《かたほう》の靴《くつ》ひもが切れたのだ。新しい靴《くつ》ひもを通すのに、七十秒もかかり、それで、ひどく平静を失っていた。マジメーダ大臣が声をかけた。

「マモール大臣、ちょっと遠回りして、公園を歩いていかないか」

この提案《ていあん》に、マモール大臣は自分の予定が急に侵害《しんがい》されたように思い、ひどく動揺《どうよう》した。

「わたしは、九時に規則秩序省《きそくちつじょしょう》にいなくてはならない」

「何をするために？」

「まずは、時計のねじを巻《ま》く。それから、砂時計《すなどけい》のむきを変える。十時に、職員《しょくいん》が全員そろっているかを調べなくてはならん」

「そんなことは、ちょっと飛ばしなさい」

「飛ばしたりしたら、一日の予定が合わなくなる。ということは、週の予定とも合わなくなり、月間の予定とも合わなくなり、年間の予定とも合わなくなる」

気の毒に、マモール大臣はそう考えただけで、胃が痛《いた》くなってきた。

「一度くらい飛ばしたからって、どうなるって言うんです？　さあ、いっしょに公園に行きましょう」


コーケツ大臣は、家族とともに美徳善行《びとくぜんこう》の十二の黄金の規則《きそく》を確《たし》かめてから、美徳善行《びとくぜんこう》省《しょう》へ出かけようとしていた。窓《まど》から見て、天気のよい日になるだろうと思った。朝の太陽はすでに、木々に魔法《まほう》をかけ、秋の色彩《しきさい》のお祭りを出現《しゅつげん》させようと、いそがしそうだった。

昨夜、大臣は、三日間の国内出張《しゅっちょう》からもどったところだった。新聞を見て、スタッハのエキリブリエでの成功について読んだ。あの町の市長との手紙を交わしたあと、大臣は、スタッハが今回の任務《にんむ》を成功させるとは思っていなかった。心の奥底《おくそこ》で、美徳《びとく》の成果についての自分の講演《こうえん》は、この少年の功績《こうせき》と比《くら》べると貧弱《ひんじゃく》だという意識《いしき》が芽生えてきた。つまらない美徳善行省《びとくぜんこうしょう》へ行く気が、急にしなくなった。散歩だ、そのほうが自分に合ってる。そこで、大臣はマッスーグ大臣の家に電話をした。

「コーケツだが、きみもまだ家にいるようだな」

「ちょうど出かけるところだ」

「ところで、ちょっと。公園を散歩しないか？　行く気があるなら、寄《よ》るけれど」

「ないな、じか……いや……よろこんで」と、マッスーグ大臣は言いかけたことばを訂正《ていせい》した。実は返事をしかけてから、まだ時間がかなりあることに気づいたのだ。

「じゃあ、あとで」

　マッスーグ大臣も、今朝は悲しい気持ちだった。妻《つま》の嘘《うそ》を見やぶってしまったからだ。「頭痛《ずつう》はどうだね？」と聞いたら、妻《つま》は、「すっかりよくなったわ」と答えた。ところが、そのあとすぐに、妻《つま》が頭痛薬《ずつうやく》を一錠《じょう》飲んでいるのを見てしまったのだ。自分と自分の正直公正省は、正直であることを目指して努力しているが、あまり成功していない。同僚《どうりょう》の大臣たちでさえ、毎日、大なり小なりの嘘《うそ》をついている。例外は、コーケツ大臣くらいだ。あいつは、本当に努力している。あの大臣といっしょに、公園をまわるのは楽しいだろう。

　ドタバータ大臣とセーケツ大臣は、そりが合わなかった。ドタバータ大臣は、せっかちで、ドタバタと動きまわってばかりいるが、セーケツ大臣は、いつも手を洗《あら》ったり、服にブラシをかけたりしてばかりいる。だから二人は、できるかぎり同席したり、同行したりすることを避《さ》けていた。ところが今朝は、ドタバータ大臣は清潔衛生省《せいけつえいせいしょう》の同僚《どうりょう》のところに寄《よ》ることにした。スタッハの記事を読んで、ただちに行動を開始しなければならないと考えたのだ。ところが、セーケツ大臣は電話を持っていない。彼《かれ》は、電話の取りつけに電話局の人たちがドタドタときたない足で家に入ってくる問題を無視《むし》できず、しかも受話器を耳にあてるのは不潔《ふけつ》だと思っていた。だから、三十分早起きして、セーケツ大臣のところに迎《むか》えにいくことにしたのだ。すると、目に小さなごみをつけたセーケツ大臣が出迎《でむか》えてくれた。もちろん、清潔《せいけつ》でいられない理由があったのだろう。

二人は、自分の欠点が出ないようにしつつ、いっしょに出かけた。ドタバータ大臣は、自分の歩みができるだけ速くならないようにした。これは、あまりうまくいかなかった。セーケツ大臣はどうにかその速さについていけたが、狩人《かりうど》から逃《のが》れるシカのようにハアハアあえいでいた。とちゅう、二人が公園の近くにきたとき、セーケツ大臣はひと息入れるために、あることを思いついた。

息をハアハアさせながら、苦しそうな声で言った。

「白鳥は、もう、公園から冬を過《す》ごす土地へ行ったでしょうかねえ?」

「ちょっと、見てきましょう」と言うと、ドタバータ大臣は公園の中に走っていった。

セーケツ大臣は疲《つか》れて、ハンカチをベンチに広げると、その上にすわった。

五分間ほど休むと、ドタバータ大臣がもどってきた。

「白鳥はまだいますよ。ところが、白鳥だけではありませんでした。ちょっと、見にいきましょう」

というわけで、その記憶《きおく》すべき朝、カトーレン国の大臣全員が、公園のベンチにすわることになったのだ。

コーケツ大臣が言った。

「わたしの考えでは、大臣が公園に集まるのはふさわしいことではない」

「確《たし》かに」と、マジメーダ大臣が賛成《さんせい》する。「公園では、浅はかで気楽な白鳥が育つ」

「それに、こんな行楽は、わたしのスケジュールには合わない」と、マモール大臣が不平を言った。

「働いている国民から見て、これは公平ではない」と、マッスーグ大臣。

「その上、ここには、ありとあらゆる、きたない虫がやってくる」セーケツ大臣がこわがった。

「それに、わたしたちは、何もしてない」と、最後にドタバータ大臣が言った。

それでも、大臣たちはすわったままだった。秋の陽光が、六人の、その大部分の人のはげた頭を照らしていた。要するに、みんな、とてもいい気持ちだったのだ。

「スタッハ」と、マジメーダ大臣がつぶやいた。

ほかの大臣たちがうなずいた。

「またも、成功した。わたしは、敗北を認《みと》めます。あの若者《わかもの》は、打ち負かせない」

ほかの大臣たちもうなずいた。同じ考えが、全員の頭にうかんだのだ。

マジメーダ大臣が、つづけて言った。

「わたしは、提案《ていあん》します。最後の任務《にんむ》は、簡単《かんたん》なものにしましょう」

これは、太陽の影響《えいきょう》だろうか？　戸外での会議だからか？　それとも、まもなく、スタッハ王となる彼《かれ》の復讐《ふくしゅう》を恐《おそ》れたのだろうか？　ともかく、みんな、このいちばん年上の大臣の意見に賛成《さんせい》した。そのあとかなりの時間、大臣たちは、最後の任務《にんむ》について討論《とうろん》した。むずかしすぎてはならない。だが、簡単《かんたん》すぎてもならない――みんな、やはり、簡単《かんたん》すぎる任務《にんむ》には賛成《さんせい》しなかった。そのとき、とつぜん、問題が解決《かいけつ》した。

スタッハは、ステリングヴァウデの石のいすに、すわらなければならない！

ステリングヴァウデの一日

ステリングヴァウデ村は、ヴィス市からわずか十七キロメートルのところにある。広場のまわりには、家が何軒《なんけん》かと、教会が一つと小さなカフェが一軒《けん》あるだけで、ほかには何もない。村には、年寄《としよ》りばかりが数人住んでいる。若《わか》い人たちは、とっくに大きな都市に出ていってしまった。このつつましい村で、スタッハは最後の任務《にんむ》をやりとげなくてはならないのだ。

土曜日の朝、スタッハは、ヘルファースおじさんの古い自転車のタイヤに空気を入れ、ステリングヴァウデ村にむかった。安定したよい天気だ。エキリブリエでは自転車の練習が大いにできたな。ペダルを踏《ふ》みながら、数日前の、エキリブリエから帰ってきたときのことを思い出していた。それは、これまでよりもずっと静かだった。というのは、エキリブリエでの経緯《けいい》を、スタッハが何も話したがらないので、新聞記者たちが少し機嫌《きげん》をそこねたからだ。だから、スタッハが少し心配していたように、七番目の任務《にんむ》についてはそれほど大きくあつかわれなかった。もちろん、どの新聞にも出ていたが、これまでのような大見出しの記事ではなかった。

ヘルファースおじさんは、「ステリングヴァウデ村のいすねえ」と考えていたが、ずっと昔に落ちて死んだ人がいたことを思い出しただけだった。そして言ったのだ。

「スタッハ、気をつけろよ。大臣たちは、今回、これまでよりも親切そうだが、わしは、ちっとも信用してない」

スタッハは、やさしいおじさんのことばを思い出して、ほほえんだ。遠くに、小さな塔《とう》が見えてきた。あれが、ステリングヴァウデにちがいない。あそこの石のいすにすわることに、いったい、どんな困難《こんなん》があるのか、興味津々《きょうみしんしん》だ。十分後に、村に着いた。もう少しで、うっかり通りすぎそうになった。それほど小さな村だった。

何もない広場で自転車をおりて、シナノキに立てかけた。すぐに、石のいすが目に入った。それは、ごつごつした石をつんで造《つく》ったいすで、古めかしいひじかけいすのかたちをしていた。先のとがった鉄柵《てっさく》がそのまわりを囲んでいた。

正面には、木製《もくせい》の掲示板《けいじばん》が戸口にくくりつけられていた。掲示板《けいじばん》は、風雨にさらされて傾《かたむ》き、ペンキで書かれた文字はところどころはげ落ちていた。昔は、金色の文字だったのだろう。今はよごれて、飾《かざ》り文字の飾《かざ》り部分が半ば消えかけている。スタッハは、苦労して、そこに書かれていたことばを読み解《と》いた。

このいすにすわる者は、自分の相続人に　前もって、金と地所を　遺贈《いぞう》せよ。なぜならば、その者は、きっと死ぬであろうから

「忠告《ちゅうこく》をありがとう！」スタッハはフフッと笑って、つぶやいた。「ぼくには、相続人はいないし、お金も土地もない。だから、安心してこのいすにすわれる。けれども、死んではいないのだから、死ぬ可能性《かのうせい》がある。でも、死ぬ気はない」

そのほかの点では、いすに危険《きけん》がありそうなところは見つからなかった。ただ重い石を重ねただけで、決して熟考《じゅっこう》して、趣味《しゅみ》よく造《つく》られたものとはいえなかった。じっさい、不格好《ぶかっこう》だが、がんじょうないすに見えた。柵《さく》の戸口に重くてさびた南京錠《なんきんじょう》が下がっていた。スタッハは、ガチャガチャいじってみたが、びくともせず、しっかりと閉《し》まっていた。

広場には、あいかわらず、スタッハ以外に人はいない。スズメが三羽いるだけだった。スズメも、人のように心を持っているのだろうか？　それはさておき、今は、いすはそのままにして、カフェでのどの渇《かわ》きをいやそう、とスタッハは思った。今回も、ヘルファースおじさんから小遣《こづか》いをいくらかもらっていたのだ。このカフェは、あらゆる点で、小さな村によくある昔ながらのカフェと同じだった。クロスのかかった小さなテーブルが数卓《すうたく》あり、木製《もくせい》のいすがまわりに置いてある。そして、クロムメッキの蛇口《じゃぐち》のついたビール樽《だる》がある。つまり、みんなが知っているようなたぐいのカフェだ。昼下がりのこの時間、お客はいない。

スタッハが、「すみませーん」と、二、三回呼《よ》ぶと、女主人らしい五十代の人が現《あらわ》れた。怪《あや》しむように、しげしげとスタッハを見ると、ペタペタと歩いてきて、「なんにしますか？」と、きいた。

スタッハは愛想よく、

「ビールを一つお願いします」と、言った。（＊1）

女主人はグラスをゆすぎ、ビールを注ぎはじめたが、その手際《てぎわ》のよさに、スタッハは見とれた。十分くらいして、スタッハは、指三本分の厚《あつ》さの細かい泡《あわ》がのったビールのグラスを、その四分の一の泡《あわ》が消えないうちにもらった。

スタッハは女主人にたずねた。

「この村の広場にあるいすの柵《さく》の門を開ける鍵《かぎ》は、だれが持っているんですか？」

＊1　オランダでは、二〇一四年に禁酒年齢《きんしゅねんれい》が十八歳《さい》に引きあげられるまでは、ビールやワインは十六歳《さい》から、そのほかのアルコール度数の高い酒類は十八歳《さい》から飲酒できた。

「大おばのヘーシェ・ファン・ドルプよ。広場のかど、シナノキのそばに住んでる」と、女主人は歯切れよく答えると、ペタペタと歩いてもどった。

そのようすには、あなただれなの、何をしにきたの、なぜ、あのいすに興味《きょうみ》があるの、といった好奇心《こうきしん》のかけらも見えなかった。スタッハはビールを飲み、「お勘定《かんじょう》をお願いします」と言ったが、だれも出てこない。そこで、代金をテーブルに置くと、大おばのヘーシェをさがしにでた。すぐにわかった。スタッハが自転車をとめたシナノキのそばの家に住んでいた。とても高齢《こうれい》で、自分の力では十メートル以上は移動《いどう》できないほど弱っていた。色あせ、くぼんだ口には、大きな茶色の歯が一本だけ残っていた。リウマチで背《せ》は曲がり、やせた顔にするどい鼻が特徴的《とくちょうてき》だった。この人のほうが、魔法《まほう》使いのパンタールよりも魔《ま》女《じょ》らしいなあ、とスタッハは思った。

「なんだね？」と、ヘーシェは、カフェの女主人と同じく怪《あや》しむようにきいた。

「ぼくは、スタッハと言います。ヴィスからきました。あなたは、ヘーシェ・ファン・ドルプさんですか？」

「そうとも」

スタッハという名前を知らないようだった。活気のない目は、まだ新聞を読めるのだろうか？　このさびれた場所に、この人としゃべろうとして、やってくる人がいるのだろうか？

「ぼくは、石のいすにすわりたいんです。鍵《かぎ》を持っていらっしゃいますか？」

老女は、教会の塔《とう》をつえで指し示《しめ》した。塔《とう》のまわりをカラスが飛んでいる。

「犬たちはそなたの血をなめ、天の鳥たちがそなたの骨《ほね》から肉を食いちぎり、そなたの骨《ほね》は太陽にさらされ、色あせる」

「わたしをよろこばせてくれる、うれしい見とおし」と、スタッハは、相手の話し方に合わせようとして、つぶやいた。

「そのくわしいことを説明していただけませんか、ヘーシェおばあさん？」

老女は、つえでいすを指し示《しめ》した。

「なんと書いてあったか、読まなかったのか？」

「読みました」と、スタッハ。「遺言書《ゆいごんしょ》を作れとか。けれども、あのいすは、なぜ、そんなに危険《きけん》なのですか？」

「なぜ、あんたは、あのいすにすわりたいのじゃ？」

「それは、カトーレンの王になるために、ぼくがしなければならない、最後の任務《にんむ》だからです」

「王になりたいのじゃと」ヘーシェおばあさんは、口をもぐもぐさせながら言った。「それは不思議だ。たいへん不思議じゃ。たぶん、わたしは、それを待っておったのだろう。中に入りなされ。そしたら、いすについてわたしの知っておることを話して聞かせよう」

スタッハは、あとについて家の中に入り、いすのかわりに箱のような古い木製《もくせい》の足温器にすわるように言われた。中に炭が入っていて、足を温められる。それで、スタッハは、文字どおり、ヘーシェおばあさんの足もとにすわることになった。明らかに、彼女《かのじょ》は、スタッハをよく見るためにそうしたのだろう。つまり、背中《せなか》が曲がっているので、見上げるのはやっかいなのだ。そして話しはじめた。

「石のいすについては、いろんな話がある。そのいくつかは、わたしが自分で経験《けいけん》した。ほとんどは、母親から聞いた話だ。そして母親が、その母親から聞いた話もあって……そんなふうにどんどんさかのぼる。それが本当かどうかは、あんたが自分で判断《はんだん》してよい。

昔、昔、ヴィスが、まだ壁《かべ》で囲まれ、貴族《きぞく》たちが馬に乗り、鍛冶屋《かじや》が大砲《たいほう》ではなく、甲冑《かっ ちゅう》を作り、農奴《のうど》（＊2）が棒切《ぼうき》れで敵《てき》に襲《おそ》いかかっていたころ、カトーレンには、わがままで誇《ほこ》り高い、変わった王がおった。

＊2　領主《りょうしゅ》の土地で働く、奴隷《どれい》と農民の中間的身分である労働者。

その王は、魔法《まほう》を使えるとうわさされていた。貴族《きぞく》たちは、かげでは王をあざけり、王の面前ではお世辞を言っていた。だが、伯爵《はくしゃく》のヤンとヘイスベルトのスタッハハウエル兄弟だけは例外じゃった。この勇敢《ゆうかん》な二人は、場所やときが許《ゆる》せば、公然と王に反対したり、王を笑い者にしたりした。人の話によると、この二人も魔法《まほう》を二、三使えたので、そうすることができたという。ともかく、王がこの二人を憎《にく》み、殺そうとしていたのは確《たし》かだ。だが、初めのうちは成功しなかった。

この王は、自分はなんでもできる、と本気で思っておった。ヴィスの有名な大聖堂《だいせいどう》を建てた著名《ちょめい》な建築家《けんちくか》をろくでなしとののしり、自分は、地上に二つと同じものがない芸術《げいじゅつ》作品をつくりあげることができると断言《だんげん》したんじゃ。その芸術《げいじゅつ》作品は、王の避暑地《ひしょち》であるステリングヴァウデで制作《せいさく》することになった。王はまず、大きな塀《へい》を造《つく》った。作品ができあがるまで、作業をする者たち以外のだれにも見られないようにするためじゃった。

作品が完成すると、王は、身分の高い人たちを国中から、ステリングヴァウデでの大きな夏祭りに招待《しょうたい》した。祭りは七日間もつづくことになった。招待《しょうたい》された者たちは、遠くからも従者《じゅうしゃ》を引きつれてやってきた。この村に、それほど大きな富《とみ》が集合したことは、そのときまでに一度もなかった。四日目、祭りが最高潮《さいこうちょう》に達したとき、芸術《げいじゅつ》作品の除幕式《じょまくしき》が行われることになった。お客たちはみんな輪になって、塀《へい》のまわりに集まった。王が合図をすると、作業員たちが塀《へい》を運び去った。すると、全員の目の前に不格好《ぶかっこう》な巨像《きょぞう》のようなものが現《あらわ》れた。それが、今、〈石のいす〉として知られるものじゃ。

お客たちは、魔法《まほう》でおぼえさせられていたとおりに、『おお!』とか、『ああ!』とか、感嘆《かんたん》の声をあげた。二人をのぞいて、みんながそうしたのだよ。その二人というのは、ヤンとヘイスベルトのスタッハハウエル兄弟じゃ。二人は、ほおに涙《なみだ》が伝わるほど、笑った。おかしくて、ひざをたたいて笑った。笑いが少しおさまると、たがいに趣味《しゅみ》の悪い建造物《けんぞうぶつ》を指さして、また笑いだした。その笑いが、ほかの人たちにも移《うつ》り、みんないっしょに笑いはじめた。

王だけは、笑わなかった。王の顔は、怒《いか》りで赤くなった。王は、石のいすにすわり、その場にいる人たちをおどすようににらんだ。笑い声はしだいに静まり、ついには、不吉《ふきつ》な沈黙《ちんもく》が広がった。王が大声で言った。

『そなたたちは、愚《おろ》かさと無知から笑う。そなたたちは、これがどのような芸術《げいじゅつ》作品か知らない。だが、わしは、みなの者にこう言わせよう。

このいすにすわる者は、自分の相続人に　前もって、金と地所を　遺贈《いぞう》せよ。

なぜならば、その者は、きっと死ぬであろうから』

そして、『このことばは、王以外のすべての者にあてはまる』とつけ加えた。

すると、ヤン・スタッハハウエル伯爵《はくしゃく》がきいた。

『王は、このひねくれた石のかたまりにすわる者をみな、死なせると言いたいのですか？』

『わしが、死なせるのではない。だが、その者は、確実《かくじつ》に死ぬのだ』

『偉大《いだい》なる王よ、わたしは、よろこんで試してみたいと思います』

『どうぞ、やりたまえ、スタッハハウエル伯爵《はくしゃく》よ』

王は、そのいすからおりると、あざけるように深々とお辞儀《じぎ》をして伯爵《はくしゃく》をうながした。

伯爵《はくしゃく》はためらうことなくいすに飛びのると、勝ち誇《ほこ》ったようにすわった。人々にむかって笑顔を見せ、口を開いて何か言おうとした。ところが、ことばが出てこないうちに、伯爵《はくしゃく》は苦痛《くつう》に顔をゆがめ、心臓《しんぞう》のあたりをつかんだ。そして、カトーレンの貴族《きぞく》たちがぎょっとして見守るうちに、地面に落ちて死んだ。

ヘイスベルト伯爵《はくしゃく》は、急いで兄のもとへ行き、かがみこんだ。だが、単に兄の死を確認《かくにん》することしかできなかった。伯爵《はくしゃく》は、自分の気持ちをおさえて立ちあがり、王の目を見て、言った。

『人殺し！　悪霊《あくりょう》どもが王に乗りうつった』

ヘイスベルト伯爵《はくしゃく》は、盾《たて》持ちや召使《めしつか》いたちのいるところへ行き、大きくてたくましい六人を選び、いすのところへついてくるように目配せした。その場にいた人々は、だまりこくってそのようすを見ていた。

『この不格好《ぶかっこう》な石のかたまりの呪《のろ》いを、わたしが取りさってやる』と、伯爵《はくしゃく》。『国いちばんの愚《おろ》かな男によって造《つく》られたこの石のかたまりは、これからのち、カトーレン一の醜《みにく》い物体にすぎなくなるであろう。さあ、六人の者ども、わたしをいすにあげよ』

六人のたくましい男たちが伯爵《はくしゃく》を持ちあげているあいだに、伯爵《はくしゃく》はこう言った。


『重き人物六人がわたしをこの石にあげる。

そのとき、何ごともわが身にふりかからず、呪《のろ》いは、一瞬《いっしゅん》にして飛びさる』

伯爵《はくしゃく》はだまって、数秒間、いすにすわっておった。それから、ヘイスベルト・スタッハハウエル伯爵《はくしゃく》も心臓《しんぞう》のあたりをつかんでうめいた。『聖《せい》パローニウスよ、重きをなす人たちです。重い男たちでなく、重要な人たちだ。この者どもは、召使《めしつか》いだった。だが、その人たちは、より重要な……より高い……わたしよりも高い地位に……』

話のとちゅうで、死が、伯爵《はくしゃく》を襲《おそ》った。伯爵《はくしゃく》は地面に倒《たお》れ、息絶《た》えたのじゃ」

「なんと、不思議な話だ」と、スタッハ。

「おまえさんは、スタッハと言ったかな?」と、ヘーシェおばあさんがきいた。

「はい、そうです」

「不思議な偶然《ぐうぜん》だ」と、おばあさんはつぶやいた。「おまえさんは、この中世の伯爵《はくしゃく》たちの遠い、遠い子孫かもしれんな。この呪《のろ》いを取りさる定めを持っておるのかもしれない」

「それじゃあ、この伝説は真実だと思いますか?」

「聞きなされ。話は、まだ終わっておらん。いすについては、物語がたくさんあるんじゃ。一六〇二年だったか、三年だったか、ある軍人がいすにすわることになった。軍人は、一分ほどすわっておった。そのとき、天から一筋《ひとすじ》の稲妻《いなずま》が光り、軍人は死んだ。

農家の男の話もある。それは、どんなことでもやってやると自慢《じまん》していたがんじょうな男だった。仲間たちが、石のいすにすわってみろとけしかけた。みんなで、賭《か》けをしたんだ。男は、いすにのぼった。すると、竜巻《たつまき》が起こって、村の半分をめちゃめちゃにし、むこう見ずな男も吹《ふ》きとばした。それで、三キロメートル先で見つかったが、死んでおったとさ」

「ヘーシェおばあさん、そんな話をぜんぶ信じますか？」

「信じるべきかもしれんじゃろ？　この村では、スタッハハウエル伯爵《はくしゃく》が言おうとしたことが、なんとなく受け入れられておる。六人の地位の高い、重要な人たちによって、石のいすに担《かつ》ぎあげられる人がおれば、呪《のろ》いは解《と》けると。その人よりも、重要な人々によってじゃ。だが、わたしは、自分自身が体験したことを話したい」

おばあさんは、しばらく口をつぐんで、息を整え、考えを整理しているようだった。

「少なくとも、五十年くらい前のことじゃ。この村には、今よりもずっと多くの人が住んでおった。あるとき、ヴィスから学生のグループがやってきた。歴史の勉強をしている学生たちだった。確《たし》か、ステリングヴァウデについて、ここが本当にカトーレンの王の避暑《ひしょ》地《ち》だったのかどうかを調べにきたのだった。おまえさんと同じくらいか、少し年上の、ゆかいな学生たちじゃった。騒々《そうぞう》しく、村中に聞いてまわっておったよ。もちろん、学生たちは、まわりを柵《さく》に囲まれたあの変な石の造《つく》りものや、あの不思議な警告《けいこく》について、何かも聞きたがった。わたしの母さん——神よ、母さんの魂《たましい》を安らかに憩《いこ》わせたまえ——のところにもやってきた。母さんは、わたしが今、あんたに話したことをぜんぶ、学生たちに話してやった。学生たちは、ちょっと不安そうに笑って、『そんなこと、信じないよ』と、得意そうに言いあっておった。

ところが、その中の一人——くるくるとカールした髪《かみ》の、陽気な子が言った。

『鍵《かぎ》を貸《か》してくれませんか、おばあちゃん？　ぼく、あれに登ってみます』

『自分がしようとしてることが、わかってるの？』と、母は言った。

けれども、その学生は自分に自信があった。それで、母は、その学生に鍵《かぎ》をわたした。学生たちはみんなで、石のいすのそばに行った。でも、ふだんよりも静かだった。カール頭の学生は、柵《さく》を開けて中に入った。顔が変に緊張《きんちょう》しておったが、歩いていき、パッと二、三歩でいすに飛びのった。一瞬《いっしゅん》、しーんとした静けさの中で、その子はすわっておった。しばらくすると、学生たちはみんな、『ペーター王、ばんざーい！』と、さけんだ。そのとおり、その子の名は、ペーターといった。学生たちは、学生帽《がくせいぼう》を空中に投げた。ペーターも立ちあがって、自分の学生帽《がくせいぼう》を宙《ちゅう》に投げて、頭でとらえようとした。ところが、帽《ぼう》子《し》はいすの少し外に落ちてきた。ペーターは、後ろにそりかえりすぎて、いすのむこうに頭から落ちてしまった。首の骨《ほね》が折れて、死んでしまったんじゃ」

「えっ、まさか！」スタッハは、ひどくおどろいた。

「話が、もう一つある」と、ヘーシェおばあさんはつづけた。

「三十年前のことじゃ。前の王さまがステリングヴァウデにおいでになった。王さまは、話をご存《ぞん》じじゃった。あれこれ騒《さわ》がず、鍵《かぎ》を持ってこさせ、石のいすにすわった。何ごとも起こらんかった」

「王さまですからね」

「そのとおりじゃ。王さまだった」

「六人の地位の高い人たちに持ちあげてもらおうとした人はいないんですか？」

「やってみようとした人はたくさんおる。きみょうに聞こえるかもしれんが、地位の高い人を六人も集めることができた人は、おらんかったのさ。だいたい、重要な人たちは、自分より下の人を自分よりも上に持ちあげようという気は、あまり起こさないもんだ。そうだろ、そんなことはなかったよ」

「そんなにむずかしいですかねえ？　でも、ぼくが知ってる、いちばん高い地位にある人たちのことを考えると、確《たし》かにそうだと思えますが」と、スタッハ。

もっといろいろ知ろうとしたが、ヘーシェおばあさんは、同じことをくり返しはじめた。それでスタッハは、心からお礼を言い、「たぶん、近いうちに、またきます」と、その場を離《はな》れた。もう、夕方近くなっていたので、自転車に飛びのり、ヴィスにむかった。暗くならないうちに家に帰れるようにしなくちゃならない。ヘルファースおじさんの自転車は、前のライトも後ろのライトもつかないのだ。


「それは、ぜったいにだめだよ」と、ヘルファースおじさんが言った。自転車のライトの話じゃない。

「ぜったいに、うまくいかない。マジメーダ大臣が、おまえを持ちあげる姿《すがた》……ぜったいに、ない。セーケツ大臣、あの人は、感染症《かんせんしょう》にかかるのをこわがるだろう」

「ぼくも、あの人たちがやってくれるとは思わない。だけど、試してみなくっちゃ」

スタッハは、土曜日の夜、石のいすにまつわる話をすべて、おじさんに聞かせていた。

ヘルファースおじさんは、最後の任務《にんむ》が家から近いところなので、よろこんでいた。これまでよりもずっといい、自分が手伝えるかもしれないと思っていた。だが、今のところ、手伝えることなど見つかっていなかった。おじさんは、首を横にふりながら、「あの人たちは、決してやってくれない」と、また言った。

「あの人たちにも、チャンスをあげなくっちゃ」と、スタッハは、思っていたことを口にした。

日曜日は一日中、スタッハは大臣たちへの長い手紙に取り組んだ。石のいすをめぐって、どのような伝説があるかを正確《せいかく》に説明し、最後に、自分をそのいすに持ちあげていただけないでしょうか、とていねいに頼《たの》み、最後にこうしめくくった。

そうでなければ、ぼくは、そのまま、思い切ってやってみることになります。
そしたら、その古い伝説とともに、どうなるかわかりません。
大臣のみなさまのご健康をお祈《いの》りします。

敬具《けいぐ》
スタッハ

手紙を送り、返事を待った。ヘルファースおじさんは緊張《きんちょう》して、十五分おきにトイレに行った。大臣たちの会議室の戸棚《とだな》にかくれてようすをさぐる機会はなかった。それは、スタッハにとって安心だったが。大臣たちは、二日と二晩《ばん》、会議をしていた。すさまじい言い争いの声が、とぎれとぎれにホールにまで聞こえてきたので、ヘルファースおじさんは、ホールで何度もほこりを取るふりをした。

マモール大臣は、日程《にってい》をどうしていいかわからなくなり、マジメーダ大臣は、それをからかって笑い、マッスーグ大臣は、真実を公表せず、ドタバータ大臣は指一本動かさず、関心なさそうにいすにすわっていた。コーケツ大臣は、同僚《どうりょう》の大臣たちをひどくののしり、セーケツ大臣は、丸二日間、風呂《ふろ》に入らなかった。ようやく四十八時間後に、大臣たちは意見が一致《いっち》し、スタッハに手紙を書いた。そして、よろめきながら家に帰り、ベッドに倒《たお》れこんだ。

スタッハが受けとった手紙には、こう書かれていた。

長時間検討《けんとう》した結果、わたくしたちは、ご要望にお応《こた》えする理由を見いだせませんでした。

敬具《けいぐ》

マジメーダ、マッスーグ、ドタバータ、コーケツ、マモール、セーケツ

返事の内容《ないよう》は予想していたけれども、ヘルファースおじさんは、それを見てひどく悲しんだ。だが、スタッハは、あまり気にしていないようだった。楽しそうに口笛をふきながら、フロットと散歩に出かけた。出かける前にスタッハは言った。

「大臣たちもチャンスがあったのに。これで、あの人たちは、大臣のままでいられない。自分たちのせいだ」

すでに王の地位が確定《かくてい》したかのように、軽やかな足どりで家を出た。

スタッハは、ヴィスの町をぶらぶら歩き、切手を一シート買った。左右から自分に挨拶《あいさつ》をする人たちに楽しそうに手をふった。そして、最後に、報道《ほうどう》センターに行った。ここは、新聞関係者が集まるところだ。新聞記者たちが何人かいた。記者たちは、すぐにスタッハを囲んで、「最後の任務《にんむ》はどこまで進んでいますか?」と聞いた。

「とてもうまくいっています」と、スタッハ。「ぼくは、ステリングヴァウデに行って、石のいすを見てきました。とてもがんじょうにできていますね。えーと、今日は、十一月七日ですね。一週間後の次の日、十一月十五日金曜日、正午に、ぼくは、あのいすにすわるつもりです」

スタッハは、ゆっくりと家に帰った。ヘルファースおじさんは宮殿《きゅうでん》で仕事をしている。それでスタッハは、何通かの手紙を書くことにした。まずは、キム宛《あて》だ。

「幾何《きか》はうまくいってる? かなりできるようになったかな? 休暇《きゅうか》を過《す》ごすことになったら、黒板に書かれた代数の問題と、朝食のお皿にのったバルケンブレイ(*3)と、どっちがいい? きみは、どっちもきらいかもしれないけど……。休暇《きゅうか》をいっしょに過《す》ごせるかな? というのは、きみに会いたくないなんて言ったら、ぼくは、ひどい嘘《うそ》つきだってことだもの」

それから、キムのお父さんとお母さんに手紙を書いた。任務《にんむ》4A《アー》のときに、キムが持ってきてくれた枕《まくら》へのお礼、それに、おいしいアップルパイと、スモークへ送ってもらった

*3　ブタの内臓《ないぞう》とそば粉を使った昔の農家で作られた料理。

硝酸《しょうさん》カリウムと木炭へのお礼を述《の》べた。また、これまでにした任務《にんむ》のことや、こんどの石のいすのことも書いた。そして、大臣たちはスタッハに協力することを拒否《きょひ》したけれども、自分は、十五日にすわるつもりだから、花火を用意しておいてほしいと頼《たの》んだ。

そのあと、ほかの市長たちに手紙を書いた。快《こころよ》く自分を受け入れてくれ、親切にしてくれたことへのお礼を伝えた。アウクメーネ市長には、市長夫人と子どもたちはみんな元気かどうかたずねた。大教会にみんなが実際《じっさい》に満足しているかどうか、新しい市役所と新しい市長の住まいの建設《けんせつ》の進み具合をきいた。スモークへは、新たな太陽の光の中で、みんなの肌《はだ》の色がいい色に焼けたかどうか、質問《しつもん》した。そんなふうに、みんなに書いた。そして七番目の任務《にんむ》の中身についてと、十一月十五日に実行するつもりだと知らせた。ヘルファースおじさんが帰ってきたときには、指が引きつっていた。手紙をポストに入れ、夜は、おじさんとドミノをして遊んだ。

翌日《よくじつ》の朝刊《ちょうかん》には、全新聞の一面に、「十一月十五日、金曜日に決行!」と、大きくあった。ほとんど、どの新聞にも、「石のいす」にまつわる話が出ていた。ヘーシェおばあさんのところを、たくさんの人が訪《おとず》れたようだ。カトーレン新聞は、大臣たちがスタッハを持ちあげることをすすめていた。「だが、この提案《ていあん》にたいする返答は受けとっていない」

と、記事にあった。ヘルファースおじさんはひどく怒《おこ》って、

「いすにすわるのは危険《きけん》だ」とスタッハに言った。

そして、「お願いだから、すわらないでくれ」と、口を酸《す》っぱくして頼《たの》んだ。

けれども、スタッハは、どうでもいいことのように、

「安心してよ。だいじょうぶだから」と言った。

次の一週間は、年老いたおじさんは、ひどくそわそわして落ちつかなかったが、スタッハは平静そのもので、気をもんでいるようすは、まったくなかった。水曜日の夜、二人がまたドミノをしていると、玄関《げんかん》のベルが鳴った。スタッハがドアを開けると、玄関《げんかん》前にキムとお父さんの市長がいた。キムは、すぐにスタッハの首にとびついて、抱《だ》きしめた。キムがスタッハから離《はな》れてようやく、ブキノーハラ市長は、スタッハと握手《あくしゅ》ができた。

「入ってください。きてくださって、うれしいです」と、スタッハ。

ヘルファースおじさんとキムのお父さんは、初対面の挨拶《あいさつ》をした。ドミノの牌《はい》は箱にしまわれた。キムは台所に行き、コーヒーをいれた。

「おどろかないのかい？」と、ブキノーハラ市長がきいた。

「おどろきませんでした」と、スタッハ。

「実を言うと、きてくださるのを待ちのぞんでいました。市長さんが、善良《ぜんりょう》で心の広い方だと知っていますから」

「えっ、本当かい」と、市長は、ちょうどコーヒーを持ってきたキムのほうを見て言った。

「キムとわたしは、きみをおどろかそうと思ってたんだよ」

スタッハは、急いで言いなおした。

「キムが、またきてくれるなんて、びっくり、うれしいです。思ってもいなかったから」

すると、ヘルファースおじさんが口をはさんだ。

「いったい、どうなってるのかな？　説明してくださいと、お願いしたら失礼かな？　わしは、話についていかれん」

「そうですね、ヘルファースさん、スタッハは、石のいすがいったいどのようなものなのか、わたしたちに手紙をくれたんですよ。そして、われわれの名誉《めいよ》ある大臣たちが彼《かれ》をいすに持ちあげることに協力してくれないことも伝えてくれた。さて、わたしは、自分がそんな重要な人物だとは言いませんが、それでも、スタッハよりは高い地位にいる男じゃないか……と思ったんです。少なくとも、金曜日のお昼までは。そのあとは、スタッハが、カトーレンでいちばん重要な人物になりますが。でも、いいでしょう。今はまだそうじゃありませんから。というわけで、わたしは、スタッハを、呪《のろ》われた石のいすに持ちあげるのに手を貸《か》したいと思いましてね」

「なんとも、力強い、誠実《せいじつ》なお方じゃ」と、ヘルファースおじさん。「だが、ご存《ぞん》じかな、六人いなくては……」

そのとき、玄関《げんかん》のベルが鳴った。

「……六人の重要な……」

「まだ、金曜日じゃないよ、おじさん」と、スタッハ。「こんなにおそく、ベルを鳴らしたのはだれか、まず見てこよう」

ドアの前に、デシベル市長がいた。市長は、スタッハを抱《だ》きしめると、しゃべりはじめた。あいかわらず、しゃべるのが得意だ。だが、市長がいろいろしゃべったことに、新たにつけ加えられたことはあまりなかった。デシベル市長も、ブキノーハラ市長と同じ目的できたのだった。翌日《よくじつ》、木曜日の朝、アウクメーネ市長がやってきた。そして、その日の午後、スタッハがとても感動したのは、アフゼッテ＝レイエ市長が、夫人といっしょにやってきたことだった。往復切符《おうふくきっぷ》を二枚《まい》買うのに、二人は、財布《さいふ》の中を深く見つめなくてはならなかったことだろう。

「ピアノは、いつか、きっときますよ。ヨハンナもどうしてもいっしょに行きたいと言って」と、アフゼッテ＝レイエ市長。「わたしは、とても質素《しっそ》な市長です。コートは十六年前のものですし、あなたをいすに持ちあげるのを手伝うほど重要な人物だとは思いませんですが、王の戴冠式《たいかんしき》には、とにかく出たいのです」

それを聞いたアウクメーネ市長が、思いやりのあることばをかけた。

「ご同輩《どうはい》の市長さん、アウクメーネの大教会では、わたしたちは毎週日曜日に、人間はみんな平等だということを学んでいますよ」

キムのお父さんが、明日、どうやってみんなでステリングヴァウデに行けばよいかときいた。スタッハは、まだまったくそのことを考えていなかった。もちろん、そんな小さい村へは、バスも電車も通っていない。

「土曜日すぐに、運輸《うんゆ》大臣を任命《にんめい》すればいい」

と、ブキノーハラ市長が冗談《じょうだん》を言った。そして、つづけた。

「何も、自分ですることはない。つまり、わたしにやらせてください」

ブキノーハラ市長は出かけていき、古いマイクロバスを借りてきた。これはなかなかのお手柄《てがら》だった。というのも、乗りものという乗りものはほとんど、明日、ステリングヴァウデに行きたいという人たちの予約が入っていたからだ。

午後おそく、ヘルファースおじさんが帰ってきた。

「わしは、明日、休みを取ることにした」

スタッハは、おじさんのやせた肩《かた》に腕《うで》をまわして言った。

「ぼくのやさしいおじさん、これからは毎日が、休暇《きゅうか》になるよ」

「市長が四人しかいない」ヘルファースおじさんはためらった。「二人足りない。まあ、いいか。おまえが死ぬことにはならんだろう。ひょっとしたら、足を二本、折ることになるかもしれんが」

スタッハは、大笑いした。

「そしたら、おじさんは、ぼくの車いすを押《お》さなくちゃならないよ」

ヘルファースおじさんの家はぎゅうぎゅうの満員で、みんなでとくべつ楽しい夜を過《す》ごしていた。デシベル市長が、デ・シベルというコニャックを六本持ってきていた。それで、みんな少し酔《よ》っていた。楽しさが最高潮《さいこうちょう》に達したとき、玄関《げんかん》のベルが鳴った。玄関前《げんかんまえ》に、エキリブリエ市長がいた。

「骨《ほね》が折れても、片足《かたあし》だ。それなら、松葉杖《まつばづえ》で歩ける。ヒック」ヘルファースおじさんのしゃっくりが出た。「きてくださってありがとうございます、市長さん。これで、とにかく、わしは車いすを押《お》さなくてすむ」

キムは、その冗談《じょうだん》が気に入らなかった。それに、彼女《かのじょ》は心配でたまらなかった。

「スタッハ」と、小声でキム。「スモーク市長はどこにいるの？　ヘーシェおばあさんは、六人って言ったんでしょ。五人じゃないでしょ。五人なら、あなたが一人でのぼる場合と、危険《きけん》の度合いは、まったく同じよ」

「今から心配しないで。きっと何もかも大成功するから」

キムのお父さんは、十一時に、おんぼろのマイクロバスをヘルファースおじさんの玄関《げんかん》前《まえ》につけた。全員が乗りこんだ。ヘルファースおじさん、それまでにやってきた市長たち、アフゼッテ＝レイエの市長夫人、キム、そしてもちろん、スタッハも。いよいよ出発というときに、流線型のリムジンがすべるように通りに入ってきて、マイクロバスの後ろにとまった。運転席から恰幅《かっぷく》のいい男がおりてきて、車の後ろのドアを開けた。マイクロバスの中の九人の目が、スモーク市長に注がれる。

「ちょっと待ってて」と、スタッハは大声で言うと、バスからおりて、富豪《ふごう》の市長に挨拶《あいさつ》した。

恰幅《かっぷく》のいい男がきいた。

「わたしがお役に立てるかな？」

「きてくださったんですね」と、スタッハ。「あのバスの中に、市長さんたちが五人います。ちょうどステリングヴァウデに行くところです」

「それはよかった。わたしは、後ろからついていくよ」

ところがそのとき、デシベル市長が窓《まど》から首を出して、大きな声で言った。

「こっちへおいでよ、ぜひ！　ずっと楽しいから」

スモーク市長はまゆを上げて、バスを見ていたが、

「おお、それもいいな」

と言った。

「太陽がたっぷり照るようになって、わたしも、だいぶ貧《まず》しくなりはじめたからな」

というわけで、スタッハのもとに重要な六人の人物が集まったのだ。すなわち、デシベルのおしゃべりな市長、ブキノーハラの活動的な市長、スモークの堂々とした市長、アウクメーネの信仰心《しんこうしん》の厚《あつ》い市長、アフゼッテ＝レイエのつつましい市長、そしてエキリブリエのひかえめな市長だ。キムは、うれしかった。バスのいちばん後ろのすみっこの席にすわり、とても満足していた。みんなでステリングヴァウデへむかった。とちゅうでタイヤがパンクして、一度だけ止まった。


正午をほんの少し過《す》ぎたころ、ステリングヴァウデ村についた。人がたくさん、とても大勢《おおぜい》集まっていた。

「なんだ」と、スタッハ。「休みを取ったのは、ヘルファースおじさんだけじゃなかったみたいだな」

人混《ひとご》みをどうにかかきわけて、スタッハは、シナノキのそばの小さな家に行った。ヘーシェおばあさんは、すでに鍵《かぎ》をエプロンの大きなポケットにつっこんでいた。それから二人は、いすを囲む柵《さく》のところに行った。スタッハが、錠前《じょうまえ》をガチャガチャいじっていると、人々がさっとよけた。またも、あの人たちがやってきたのだ。三人ずつならんだ、六人の大臣たちだ。柵《さく》の前に立った大臣たちの黒いジャケットが、色とりどりの人々の服と対照的だった。スタッハが錠前《じょうまえ》を開け、六人の市長たちといっしょに中へ入った。村の広場に厳《おごそ》かな静けさがさっと広がる。

五人の男の市長たちがスタッハをがっしりとつかんだ。そして、エキリブリエの市長は、スタッハのたれさがっていたコートのすそをしっかりと持った。

「一、二、三……それーっ！」と、キムのお父さんが大声をあげた。ここでこそとばかりに活動的なブキノーハラ市長は、率先《そっせん》しなくてはいられなかったのだ。

スタッハはすわった。石はかたく、冷たかったが、そんなことに注意をはらう人はいない。少しのあいだ、しーんとなった。まるで、人々は、スタッハが静かに生き残っているのが信じられないかのようだった。しばらくして、スタッハが大臣たちにむけて、鼻の先に親指をあてて、ほかの指を広げて、あざけるようなしぐさをすると、耳をつんざくような歓声《かんせい》があがった。

デシベルの市長が、「カトーレン国王、ばんざーい！」とさけぶと、人々は、五百回も両腕《りょううで》をあげて、「ばんざーい！」とさけんだ。

二百回目のとき、コーケッ大臣のくちびるが、人々といっしょに少し動きはじめた。二百五十回目のとき、ドタバータ大臣の片腕《かたうで》が、ほかの人の動きに合わせてそろそろと動きはじめた。三百回目には、ほかの大臣たちも、一人としてじっとしていられなかった。そして、大臣たちのあいだから、地底からのうなり声のようなものが聞こえてきた。三百五十回目には、大臣たちの手が、耳の高さまであがった。そして、最後の百回は、大臣たちも、まわりのカトーレン国民と同じように、「ばんざーい！」と、いっしょにさけんだ。

そのあと、ヴィスまでの大行列が始まった。

村のカフェの女主人――ヘーシェおばあさんの姪《めい》の娘《むすめ》――は、いろんなことが混《ま》じりあった気持ちでそれを見ていた。一方では、静かな村にあまりにも騒々《そうぞう》しすぎると思ったが、他方では、今日の午前中だけで、これまでの十年分よりもたくさんのビールを樽《たる》からグラスに注いだなあ、と思っていた。

マジメーダ大臣が、スタッハにきいた。

「王さま、わたしたちの車の一台を提供《ていきょう》いたしましょうか？」

スタッハは笑って、申し出はありがたいが、自分は、市長さんたちやヘルファースおじさんやキムとバスで行くほうがいいと答えた。そして、「あとで、聖《せい》アロイシウスで会おう」と言った。

最後に、みんなが集まったのは、あの大聖堂《だいせいどう》だった。そこに前王の王冠《おうかん》が保管《ほかん》されている。マジメーダ大臣が、それを取り出してスタッハの頭にかぶせた。

「これとともに、われわれ、この国の大臣は、陛下《へいか》が、国民の願いに従《したが》い、われわれが定めた規則《きそく》によって、また、わが国にとっての公正と善《ぜん》であるという理由から、カトーレン国の王に即位《そくい》されたことを宣言《せんげん》します」

「ひどく美しいことばだ」と、スタッハ。「あなたが、この冠《かんむり》を自分自身の頭にのせられなかったことで、悲しみをあまり感じないことを願う。悲しみを感じるならば、こう考えるといい。あなたが冠《かんむり》をかぶったら、わたしたちは、美しくカールしたあなたの頭をほめたたえられなくなると」

そのあと、スタッハはいすの上に立って大声で話した。

「みなさん、いつも、ぼくを応援《おうえん》してくれて、ありがとうございます。いくつか、伝えたいことがあります。

第一に、ぼくは、これまでに終えた七つの任務《にんむ》と同じような任務《にんむ》を、毎年、少なくとも一つ、実行したいと思います。失敗すれば、すぐに、王をやめるつもりです。

第二に、ブキノーハラ市長はすぐに、国の全土に、花火の箱を送るように指示《しじ》を出してください。花火は、ぼくがけがで入院しているあいだに製造《せいぞう》されたので、発送の準備《じゅんび》ができています。今日から三日間、お祭りをします。ついでですが、これからはお祭りをたびたび行うようにします。これまでの分を、取りもどさなくてはなりませんから。それにかかる労働時間は、演説《えんぜつ》を減《へ》らすことで、補《おぎな》えるでしょう。

というわけで、第三は、この演説《えんぜつ》は、ぼくがこれからするつもりでいる演説《えんぜつ》の中で、いちばん長いものだということです。では、みなさん、大いに楽しんでください」

それから、カトーレン国では祭りがよく行われるようになった。そして、それはその後、長年にわたって、世界中で、模範的《もはんてき》な人生の楽しみ方とされたのだった。


どこにあったのか、さまざまな爆竹《ばくちく》、おもちゃのピストルの紙火薬、照明弾《しょうめいだん》、七回音を出して散る小さな花火など、ありとあらゆる花火が、シューッ、パチパチ、ドンと音を立ててほとばしり、きらきらと輝《かがや》いた。スタッハは、王の仕事をするために宮殿《きゅうでん》に行った。

市長たちが、別れの挨拶《あいさつ》にやってきた。

「みなさんに提案《ていあん》があります」と、スタッハ。

「これまでの真面目《まじめ》真剣省《しんけんしょう》や清潔衛生省《せいけつえいせいしょう》など、ほかの省も、ぼくは必要ないと思います。それよりも、国民健康省が必要です。アフゼッテ＝レイエの市長さん、特にあなたは、その省を創設《そうせつ》するのに適任《てきにん》だと考えます」

「わたしが？」と、アフゼッテ＝レイエの市長は、ことのほかおどろいた。

「きれいな空気と水保全省《みずほぜんしょう》には、スモークの市長さんがふさわしいと思います。教会文化社会省には、アウクメーネの市長さんです。エキリブリエの市長さん、あなたは、開発途《かいはつと》上地域援助省《じょうちいきえんじょしょう》を担当《たんとう》してくれませんか？　防衛軍縮省《ぼうえいぐんしゅくしょう》は、キムのお父さんがいいと思います。そしてあなた、デシベルの市長さんには、国民がおたがいの話を聞き、おたがいのことを考慮《こうりょ》しあえるようになるには、みんながどのように学びあえばよいのか？　それを研究する省を運営《うんえい》してほしいのです。すなわち、民主主義《みんしゅしゅぎ》大臣になってください。

みなさん方の市の住民は、新しい市長を選ばなければなりません。みなさん、以上の任《にん》命《めい》を受けてくださいますか？」

市長たちは、よろこんでうなずいた。そして、準備《じゅんび》をするために、それぞれの市に出発した。

スタッハは、もとの大臣たちを呼《よ》んで話した。

「あなた方は、大臣のままではいられません。けれども、国の仕事をやめさせるつもりもありません。べつの仕事をしてもらいたいと思います」

スタッハは、ここ何か月かのあいだに政府《せいふ》に送られてきた手紙の束をつかんだ。手紙はどれも、スタッハを、次の任務《にんむ》の場所として自分たちのところに送ってください、という依頼《いらい》だった。スタッハは最初の手紙を読んで、言った。

「ちょっと見てください。聖《せい》ボーンチェ教会区の嘘《うそ》の泉《いずみ》。これは、あなたむきじゃないですか、マッスーグさん？」

カーレル・マッスーグはお辞儀《じぎ》をして、手紙を受けとった。

「テイトヘーストの、速く進みすぎる暴走《ぼうそう》時計の件《けん》。マモールさんでどうでしょう？」

バスティアン・マモールは、任務《にんむ》を受けいれた。

「これは、マジメーダさんむきだ。タノシミ丘《おか》の燃《も》える笑気ガス」

「かしこまりました、陛下《へいか》」

スタッハは、また、手紙の中をさがした。何通かは不適切《ふてきせつ》だとしてわきに置いたが、ボニファティウス・コーケツによさそうなのを見つけた。ランゲンスタンデンのいたずらなお手伝いの少女たちだ。元美徳善行《びとくぜんこう》大臣がその任務《にんむ》を受けいれたあと、つづいてスタッハは言った。

「さあ、ここに、ドタバータさんにぴったりなのがある。ナマケパイプハウゼンの固まる水銀だ」

「ありがとうございます」と、トム・ドタバータ。

そのあと、スタッハは、かなりの時間、元大臣たちの最後の一人の任務《にんむ》をさがさなければならなかった。

「これがいい、セーケツさん。ホドーノウンチ村の犬の異常《いじょう》発生だ」

「最大の最善《さいぜん》をつくします」と、フィリップ・セーケツは約束した。

「今日は、これでじゅうぶんだ」と、スタッハはひとりごとを言った。そしてキムをさがしに行った。キムは今夜の列車でブキノーハラに発つ予定だ。

「帰りたい？」と、スタッハがきいた。

キムは、悲しそうに首を横にふった。

「幾何《きか》と代数ができるようになったら、ぼくのところにもどってきてくれる？　たとえば……ぼくたち、結婚《けっこん》できるかもしれない。ぼくは、幾何《きか》についても代数についても、何も知らない。統治《とうち》していて、それが必要になったら、きみがぼくを助けられるかもしれないだろ」

するとキムは、スタッハの耳をぎゅっとつまんだ。

「痛《いた》っ！」

「一度くらいごくふつうに、きみが好きって、言ってもいいんじゃない？」

「きみが好きだ！」

さて、この瞬間《しゅんかん》、若《わか》い二人は、二人だけにしてやったほうがよさそうだ。けれども、興《きょう》味津々《みしんしん》の読者のためにお知らせしておこう。二人は、その後、本当に結婚《けっこん》して、末永《すえなが》く、幸せに暮《く》らしたんだ。

訳者《やくしゃ》あとがき

まずは、本書の舞台背景《ぶたいはいけい》を少しお話ししましょう。

この物語の舞台《ぶたい》となるカトーレン国では、人々《ひとびと》に敬愛《けいあい》されていた王が亡《な》くなって十七年。王には、息子も娘《むすめ》もおらず、王の死後、さまざまな陰謀《いんぼう》や論争《ろんそう》を押《お》しのけて、六人の大臣たちが権力《けんりょく》をつかみました。大臣たちは、「新しい、最善《さいぜん》の王を指名するために適切《てきせつ》な方法を考え出す」と国民に約束したものの、その約束を実行することなく、権力《けんりょく》の座《ざ》に安住していました。

一方、王が亡《な》くなった十七年前のその日、カトーレン国に一人の少年が生まれました。名前は、スタッハ。生まれてすぐに父と母を亡《な》くし、王宮で召《め》し使いとして働く伯父《おじ》に育てられました。十七歳《さい》になったスタッハは、ある日、伯父《おじ》をとおして大臣の一人に面会する機会を得《え》ます。そして、大臣にききました。

「どうすれば、ぼくはカトーレンの王になれますか?」

さらに、スタッハはこの問題を閣議《かくぎ》にかけるように要求しました。

大臣は、思いもよらぬ問いと要求に、慌《あわ》てふためきますが、閣議《かくぎ》にかけることを余儀《よぎ》なくされます。何週間も議論《ぎろん》を続けましたが、一、外国追放、二、打ち首、三、解決困難《かいけつこんなん》な七つの任務《にんむ》を課すこと、と意見が分かれ決まりません。とうとう、サイコロで決めることになりました。サイコロをふる役目は、スタッハの伯父《おじ》。伯父《おじ》はふるえあがりますが、幸い、出た目は七つの任務《にんむ》を課すで、ひとまずホッとします。

大臣たちは、スタッハが辞退《じたい》することを期待していましたが、スタッハは、毅然《きぜん》として任務《にんむ》を引き受けます。任務《にんむ》は、いずれも、カトーレン国の各都市が長年かかえてきた難題《なんだい》ばかりで、これまで、専門家《せんもんか》ですら解決策《かいけつさく》を見いだせませんでした。

さあ、その七つの任務《にんむ》とは？　そしてスタッハは、無事にその任務《にんむ》を果たすことができるのでしょうか？

作者、ヤン・テルラウ――原子物理学者から、政治家《せいじか》、作家へ

この『カトーレンの王』を書いたのは、オランダの作家、ヤン・テルラウです。

といっても、日本では一九八〇年代に、その著作《ちょさく》のうちの二作品が翻訳出版《ほんやくしゅっぱん》されただけですから、みなさんにはあまりなじみがなく、その名を聞くのも目にするのも初めてという方が多いことでしょう。けれども、オランダでは、おそらく知らない人がいないほどよく知られた、幅広《はばひろ》い層《そう》に人気の作家です。というのも、テルラウは作家としてだけでなく、同時に、政治家《せいじか》としてもオランダで重要な役割《やくわり》を担《にな》ってきた人だからです。それだけでもちょっと驚《おどろ》きですが、社会人としての第一歩は、原子物理学者として十三年間、国内外の有名な大学で研究生活を送りました。

まずは、そんな異色《いしょく》とも言える彼《かれ》の経歴《けいれき》をもう少し詳《くわ》しくご紹介《しょうかい》しましょう。

テルラウは、一九三一年十一月、オランダ東部の州、オーフェルエイセル州の村、カムフェルフェーンに生まれました。父は、プロテスタントの牧師《ぼくし》でした。第二次世界大戦中は、一時、学業を中断《ちゅうだん》したこともあったそうですが、戦後の四八年に十六歳《さい》でユトレヒト大学に入り、数学と物理を専攻《せんこう》。そして、数学で修士《しゅうし》号《ごう》を、物理で博士号を取得。大学卒業後は、オランダ、アメリカ、スウェーデンの大学で原子物理学研究者として働きました。

一九六六年、オランダでは若《わか》い知識人《ちしきじん》によるリベラル系《けい》の政党《せいとう》、D66（民主66）が設立《せつりつ》されました。翌《よく》六七年に、テルラウもこの政党《せいとう》に参加します。そして、一九七〇年にユトレヒト市議になったのを皮切りに、一九七一年から下院議員として国政《こくせい》に携《たずさ》わり、主に、経済《けいざい》、エネルギー、環境《かんきょう》の分野で活躍《かつやく》し、経済《けいざい》大臣、副首相などを歴任《れきにん》します。その後、一九九一年から九六年までヘルダーランド州知事（＊1）。一九九九年から二〇〇三年まで上院議員を務《つと》めました。

子育ては物語とともに

本書、『カトーレンの王』が出版《しゅっぱん》されたのは、一九七一年。まさに、テルラウが政治家《せいじか》として活動するようになった時期と重なります。国政《こくせい》に携《たずさ》わる毎日は、さぞかし忙《いそが》しかったことと思いますが、彼《かれ》の作家としての活動は、妻《つま》のアレクサンドラ・テルラウ－ファン・フルスト（＊2）との間の四人の子どもたちと共にはじまりました。

テルラウは、あるインタビュー（＊3）で、「わたしは自然科学者であり、政治家《せいじか》だ。作家になるとは、つゆほど思っていなかった。日記も書かなかったし、書くことは好きじゃなかった」と語っています。

ところが、「物語は好きだった。子どもが生まれてまもなく、物語の大きな力に気づいた。それは、子どもを育てるのにすばらしい方法だ」と考えたそうです。

そこで、いちばん上の子が二歳《さい》になったときから、毎晩《まいばん》、自分で作ったお話を子どもたちに聞かせました。そして、それは、十年もつづいたのです。

＊1　オランダでは、日本の県知事にあたる州知事は直接《ちょくせつ》選挙ではなく、政府《せいふ》が任命《にんめい》。

＊2　当時のオランダでは、結婚《けっこん》すると、女性《じょせい》は結婚《けっこん》前の姓《せい》を夫の姓《せい》の後ろにつけるのが法的に正式とされた。ファン・フルストは、アレクサンドラさんの結婚《けっこん》前の姓《せい》。

父親の話に耳を傾《かたむ》ける子どもたちの反応《はんのう》を見ると、どんな話にわくわくするか、どのような場面で話に夢中《むちゅう》になるかを推《お》し量ることができたと言います。その結果、子どもたちが、翌日《よくじつ》もつづきをねだるようなお話がいくつも生まれました。

そこで、妻《つま》のアレクサンドラは、それを書きとめるように何度も説得し、夫がようやく書いた原稿《げんこう》を出版社《しゅっぱんしゃ》に送りました。その出版社《しゅっぱんしゃ》では当時、著名《ちょめい》な児童文学者パウル・ビーヘルが顧問《こもん》をしていました。ビーヘルは、テルラウの原稿《げんこう》を読んでこう言ったそうです。

「すばらしい読み物だ。しかし、無名の人が書いたこのばらばらな話を、いったいどうすればいいか？　二つのことをしなさい。一つ目は、これで本を作りなさい。二つ目は、作品をもう一つ書きなさい」

そこで、彼《かれ》はそうしました。子どもたちに話したお話は、『ヴィリブロルトおじさんの冒険《ぼうけん》』（一九八六年、佑学社《ゆうがくしゃ》『ぼくのおじさんは世界一』）となり、もう一つは、『ピョトール』を書いたのです。いずれも、一九七〇年に出版《しゅっぱん》され、テルラウは、ビーヘルに課せられた二つの任務《にんむ》を果たしました。

＊3　2016年2月14日のBoekwijzer.comのインタビューより。

作家としてのテルラウ

　こうしてテルラウは、政治家《せいじか》であるとともに、作家としても活躍《かつやく》を始めました。一九七一年には、この『カトーレンの王』が出版《しゅっぱん》されました。これは大好評《だいこうひょう》を博し、一九七二年に、オランダの重要な児童文学賞、〈金の石筆賞〉を受賞しました。それだけではなく、アムステルダムとロッテルダムの〈子ども審査団賞《しんさだん》〉（一九七二年）、第二回ヨーロッパ児童文学賞（一九七三年）、オーストリア児童文学賞（同年）も受賞し、今なお版《はん》を重ねています。

　わたしが初めてこの本の原作を読んだのは、もう三十年前になりますが、一九九四年の第四十一刷でした。手元にあるもう一冊《さつ》は、二〇〇六年の第五十三刷、そして、本書の翻《ほん》訳《やく》に使ったのは、二〇二一年の第六十六刷です。また、世界各国の二十以上の言語に翻訳《ほんやく》されています。どれだけ多くの子どもがこの本を楽しんできたか、想像《そうぞう》できます。

　一九七二年には、『戦争の冬』（一九八五年、岩崎《いわさき》書店）の原著《げんちょ》が出版《しゅっぱん》されました。そこでは、第二次世界大戦中のドイツに占領《せんりょう》されたオランダを舞台《ぶたい》に、レジスタンスに協力することになった少年が描《えが》かれます。ベストセラーになり、〈金の石筆賞〉（一九七三年）を受賞しました。

「これは、わたしのもっとも自伝的な本だ」と、テルラウは語っています。「この本の中のできごとは、すべて本当だ」とも。

その後も、テルラウは、『手紙の秘密《ひみつ》』（一九七三年）、『スヘルデ東河口《かこう》　風力10』（一九七六年）、『地割《じわ》れ』（一九八三年）、『開かれた牢獄《ろうごく》』（一九八六年）、『曲馬師《し》』（一九八九年、翌年《よくねん》の〈子ども審査団《しんさだん》賞〉を受賞、いずれも未邦訳《みほうやく》）など、つぎつぎと作品を発表します。

さらに、二〇〇七年には、『カトーレンの王』の続編《ぞくへん》、『カトーレンでの探求《たんきゅう》』が出版《しゅっぱん》されました。これは、スタッハが王になってから四十年後の世界を描《えが》くものです。また、作品の中には映画化《えいがか》もされたものもあり、『戦争の冬』（二〇〇八年）は世界各国で上映《じょうえい》され、アカデミー賞の外国語映画《えいが》賞の候補《こうほ》にもなりました。『手紙の秘密《ひみつ》』は二〇一〇年に、『カトーレンの王』は二〇一二年に映画化《えいがか》されました。

テルラウの作品――『カトーレンの王』を中心に

彼《かれ》の作品は、なぜ多くの子どもたちだけでなく、大人も含《ふく》めた幅広《はばひろ》い年齢層《ねんれいそう》に読み継《つ》がれているのでしょう？

本書の主人公スタッハは、前王の残した警句的《けいくてき》な言葉をよく引用しますが、テルラウは、こんな警句《けいく》を口にしています。

「十三歳《さい》の子どもに説明できないことのすべては、あなた自身が、それを理解《りかい》していないということだ」

テルラウは、アメリカのMIT（マサチューセッツ工科大学）で研究者として働いていた頃《ころ》、毎週木曜日の午後に、世界的に有名な自然科学者たちの話を聞く機会があったが、彼《かれ》らの話は、いずれもとてもわかりやすかった――それが印象的だった、と語っています。なぜなら、彼《かれ》らはその問題を本当に理解《りかい》していたからだ。そして自分も、物語を語るときも、政治《せいじ》においても、本質《ほんしつ》は何かと、いつも自身に問う。問題の本質《ほんしつ》がわかってから論争《ろんそう》するし、テーマをじっくり考えてから書きはじめると言っています。

物理学と政治《せいじ》と文学――その三つは、かけ離《はな》れているように見えて、テルラウの作品を読んでいると、それらは分かちがたく結びついていると思われます。問題を徹底的《てっていてき》に研究し、取り組む姿勢《しせい》は、自然科学者のものであり、政治家《せいじか》が目指すべき姿勢《しせい》です。そして、彼《かれ》の文学作品ではその両者が結実して、大きなテーマが、子どもにとってわかりやすく、大人にとっても興味深《きょうみぶか》く語られます。

『カトーレンの王』でも、彼《かれ》が政治家《せいじか》として熱心に取り組んだ自然保護《ほご》や環境《かんきょう》問題をはじめ、社会のさまざまな問題が取り上げられ、考えるきっかけを与《あた》えてくれます。

また、彼《かれ》の作品にはユーモアがあり、登場人物や地名にも意味を持たせたものがあります。大臣たちの名前や、地名ではスモーク、デシベルなどがそうです。アフゼッテ＝レイエでは、市民はターラにだまされていましたが、アフゼッテンというオランダ語の動詞《どうし》には「だまし取る」という意味があります。教会がずれ動く町、アウクメーネ。これは、キリスト教の教会一致《いっち》運動、世界教会運動を表すウークメーネからの造語《ぞうご》、魔法《まほう》使いのやってくる町、エキリブリエは、英語の equilibrium（平衡《へいこう》）からの造語《ぞうご》だそうです。ブキノーハラは、オランダ語の「武器《ぶき》」という語を使った造語《ぞうご》の意味を生かしました。テルラウは、この本の執筆中《しっぴつちゅう》は米ソの対立を軸《じく》とするいわゆる東西冷戦の最中で、西側諸国《しょこく》と東側諸国《しょこく》で武器製造《ぶきせいぞう》があいまいなまま盛《さか》んに行われていた背景《はいけい》があると語っているそうです。

こんなふうにいろんな読み解《と》き方ができますから、本書は、さまざまな教科の教材としてもよく使われているようです。教師用《きょうしよう》にこの本を使った読書指導《しどう》の方法が出ているのを、わたしもインターネットでいくつか知りました。

カトーレンに見えるオランダの暮《く》らし

本書の舞台《ぶたい》、カトーレンは架空《かくう》の国ですが、作者、テルラウの国、オランダの生活習慣《しゅうかん》がところどころに見られます。そこで、そのいくつかをご紹介《しょうかい》しましょう。

第二の任務《にんむ》でブキノーハラを訪《おとず》れたスタッハは、市長の娘《むすめ》、キムと仲よくなり、時々いっしょに出かけます。そんなあるとき、屋台で塩漬《しおづ》けニシンを食べます。近年は、健康志向《しこう》から魚を食べる人も増《ふ》えましたが、もともとは、あまり魚を食べない人が多いオランダ。でも、ハーリング（ニシン）だけはとくべつです。特に、初夏から夏にかけてとれた新ハーリングは、オランダ人が待ちのぞむ伝統的《でんとうてき》な食べものです。塩漬《しおづ》けにしたハーリングをタマネギのみじん切りやピクルスといっしょにそのまま、あるいはパンにのせたり、はさんだりして食べます。町にはそれを食べさせる屋台が出ます。屋台とはいえ、カラフルでなかなか立派《りっぱ》なものが多く、そんな屋台でのハーリングの立ち食い――オランダ観光案内の写真で見たという方もあるでしょうか？

そしてオランダと言えば、チューリップを思い浮《う》かべる方もいるかもしれませんが、チューリップだけでなく、オランダは花の栽培《さいばい》が盛《さか》んな国です。

ブキノーハラでの任務《にんむ》を終えて帰ってきたスタッハを、ヘルファースおじさんは、花束を用意して迎《むか》えます。「あの子は花が好きだからな」と。オランダ人は花が好きで、よく買います。自宅《じたく》に飾《かざ》るためだけでなく、人を訪《たず》ねるときの手土産や誕生日《たんじょうび》などの贈《おく》りものにも花を持っていきます。花は何よりの贈《おく》りものなのです。さらに、住宅街《じゅうたくがい》の家の前の庭は小さいけれど、どこもよく手入れされ、季節の花が咲《さ》きみだれています。近所の家々の個性《こせい》あふれる庭を見て歩くのは、オランダに住んでいたころの私《わたし》の楽しみの一つでした。

ところで、もう一つ、わすれてならないのは、オランダの誕生日《たんじょうび》です。

スモークのドラゴン退治《たいじ》にあたって、さすがのスタッハも、たった一発の銃弾《じゅうだん》を、ドラゴンに命中させられるか、と心配します。でも、そのとき、気づきます。

「今日は、ぼくの十八歳《さい》の誕生日《たんじょうび》だ。誕生日《たんじょうび》に失敗するなんて、ありえないだろ」

そう、誕生日《たんじょうび》は、オランダ人にとって、とても大切な日です。家庭でも、学校でも、職場《しょくば》でも……どこでも祝い、その人が主役になれる日です。でも、祝い方がちょっと変わっています。誕生日《たんじょうび》の人がケーキをくばるのです。その日に家にいるなら、お祝いにくる人のために、ケーキとコーヒーを用意してその人たちを迎《むか》えます。やってくる人は、プレゼントを持ってきて、「おめでとう」と祝います。学校や職場《しょくば》なら、誕生日《たんじょうび》をむかえる人がクッキーなどを持っていき、祝ってもらいます。また、西欧《せいおう》の人が大いに祝う五十歳《さい》の誕《たん》生日《じょうび》には、玄関《げんかん》ドアに50と書いた飾《かざ》りを貼《は》ったりして大きなお祝いをすることもあります。もしオランダ人と親しくなって、誕生日《たんじょうび》を教えてもらったら、けっしてわすれてはなりません。メールでもいいですから、「おめでとう」と伝えましょう。きっと、よろこんでくれます。オランダの誕生日《たんじょうび》は、生まれてきてよかった！と思わせてくれるとてもすてきな日です。そういえば、アンネ・フランクの『アンネの日記』でも、アンネがあの有名な日記帳を手に入れた経緯《けいい》を書いた「初めての日記帳」の章に、お誕生日《たんじょうび》に学校の休み時間にみんなにクッキーをわけてあげたり、クラスを代表して、その日にバレーボールをすることに決めたりしたことが書かれています。

私《わたし》は、これまでどちらかというと、オランダ児童文学で、すでにクラシックとなっている作品を書いてきた作家たちに関心を持ち、その作品を翻訳紹介《ほんやくしょうかい》したいと思ってきました。いずれも、オランダでほんとうによく読まれ、オランダ人の多くが知っている作品、私《わたし》が考えるオランダらしさのあふれる作品、たとえば、国際《こくさい》アンデルセン賞受賞《しょうじゅしょう》作家のアニー・M・G・シュミットの『イップトやヤネケ』（岩波書店）、『ペテフレット荘《そう》のプルック』（同）や『ネコのミヌース』（徳間書店）など、また『王への手紙』（岩波書店）

で、二〇〇五年に過去《かこ》五十年の「金の石筆賞《しょう》」受賞《じゅしょう》作品の中から第一位となる賞《しょう》を受賞《じゅしょう》したトンケ・ドラフトの作品、『ジーンズの十字軍』（同）など歴史《れきし》小説を得意《とくい》としたテア・ベックマン――その死後、青少年向けの優《すぐ》れた歴史《れきし》小説に与《あた》えられる賞《しょう》として「テオ・ベックマン賞《しょう》」が創設《そうせつ》された――などの作品です。そして、テルラウも長年紹介《しょうかい》したいと思っていた作家でした。けれども、『戦争の冬』の邦訳《ほうやく》がすでに出ていたこともあり、機会を見つけられないまま年月が過《す》ぎてしまいました。

ですから、二〇二二年に刊行《かんこう》された画期的な世界文学全集、「小学館世界J文学館」にアニー・M・G・シュミットの『オッチェ～コックのパパとホテルをつくる』とヤン・テルラウの『カトーレンの王』を入れていただけたことは、とてもうれしいできごとでした。さらに、こうして『カトーレンの王』が単行本として出版《しゅっぱん》されるのは、いっそうの喜《よろこ》びです。

この物語の日本語版《ばん》がにしざかひろみさんのさし絵とともに、オランダ語の原書同様に末永《すえなが》く読み継《つ》がれていきますように！

二〇二四年九月　　　　西村由美

作 **ヤン・テルラウ** Jan Terlouw

1931年オランダ生まれ。ユトレヒト大学にて、数学で修士号、原子物理学で博士号を取得。オランダ、アメリカなどで物理学者として働く。1967年にオランダのリベラル政党D66(民主66)に参加。下院議員、経済大臣、副首相、上院議員などを務める。その頃から作家としても活動。1971年出版の『カトーレンの王』と翌年の『戦争の冬』で〈金の石筆賞〉を受賞。のちに、いずれも映画化された。本書は、20以上の言語に翻訳されている。

訳 **西村由美** にしむら・ゆみ

福岡県生まれ。東京外国語大学英米語学科卒業。1984～86年のオランダ在住を機にオランダ語を学ぶ。帰国後、外務省研修所等でオランダ語講師を務め、オランダ語の児童書を中心に翻訳を始める。訳書にシュミット『イップとヤネケ』『ペテフレット荘のプルック』(以上、岩波書店)『ネコのミヌース』(徳間書店)、ドラフト『王への手紙』『ふたごの兄弟の物語』『踊る光』(以上、岩波書店)など。2021年、第7回JBBY賞(翻訳部門)を受賞。

絵 **にしざかひろみ**

1979年、神奈川県生まれ。多摩美術大学グラフィックデザイン学科卒業後、画家、イラストレーターとして活躍。日本ブックデザイン賞特別賞、「月刊美術」準グランプリ受賞。装画・挿絵『ジークメーア 小箱の銀の狼』(斎藤洋／著　偕成社)、装画・挿絵『オズの魔法使い』(ボーム／著　河野万里子／訳　新潮文庫)、キャラクターデザイン「コニカミノルタプラネタリウム―猫星月 ある日の星空のおはなし」、展覧会など、多方面で活躍している。

初出

本書は、『小学館世界J文学館』（二〇二二年十一月刊）に収録されている、電子書籍『カトーレンの王』を再編集したものです。

小学館世界J文学館セレクション
カトーレンの王

2024年11月11日　初版第1刷発行

作／ヤン・テルラウ
訳／西村由美
絵／にしざかひろみ

発行人／野村敦司
発行所／株式会社 小学館
〒101-8001 東京都千代田区一ツ橋 2-3-1
編集 03-3230-5628　販売 03-5281-3555
印刷所／萩原印刷株式会社
製本所／株式会社若林製本工場

 ISBN 978-4-09-290676-1

装丁／城所 潤＋大谷浩介（JUN KIDOKORO DESIGN）
制作／友原健太　資材／斉藤陽子　販売／飯田彩音
宣伝／鈴木里彩　編集／津田隆彦・塚原伸郎・村元可奈